北山草木记

张玉泉 著

图书在版编目（CIP）数据

北山草木记 / 张玉泉著. -- 北京：华文出版社，2023.3
　　ISBN 978-7-5075-5636-0

　Ⅰ．①北… Ⅱ．①张… Ⅲ．①散文集－中国－当代 Ⅳ．①I267

中国国家版本馆CIP数据核字(2023)第032148号

北山草木记

作　　者：张玉泉
责任编辑：修文龙
出版发行：华文出版社
社　　址：北京市西城区广安门外大街305号8区2号楼
邮政编码：100055
投稿信箱：784263235@qq.com
电　　话：总 编 室　010-58336239
　　　　　　发 行 部　010-58336267
　　　　　　责任编辑　010-58336255
经　　销：新华书店
印　　刷：北京建宏印刷有限公司
开　　本：710mm×1000mm　1/16
印　　张：17
字　　数：296千字
版　　次：2023年3月第1版
印　　次：2023年3月第1次印刷
标准书号：978-7-5075-5636-0
定　　价：78.00元

版权所有，侵权必究

目录
CONTENTS

1　自　序

第一辑　草木邂逅

3　北山草木记

21　永远的栎树林

23　尖山栎树林

26　白栎洼的林涛

28　山野之阳

30　山林夕照

32　山野的风

35　遥远的山林

37　山林的花朵

40　山野深处

41　山川的走向

43　林　野

44　山野之雾

47　烟雨山林

49　峥嵘草事

51　草的深情

53　草的姿势

57　荒草的灵魂

60　草木的味道

63　云头雨梦

65　妖气沟的雨

第二辑　行走山野

69　行走北山

71　白栎洼听雨

73　北山的等待

75　林　后

78　西　寨

81　采摘之旅

84　北山温情

87　山野之谜

90　山之子

92　上山之路

94　西寨的孤独

97　山野流云

99　北山夜色

102　月色山河

105　北山之路

107　荒野的呼唤

109　上坟路线

112　走过乱坟岗

114　走向荒野

第三辑　北山记忆

- 125　北山雨季
- 131　北山往事
- 133　北山月色
- 134　北山琐忆
- 136　北山有雨
- 138　时光印记
- 140　山野之春
- 143　风雨红薯地
- 145　山野的尽头
- 148　拯救山野
- 151　北山记忆
- 153　北山的考验
- 155　北山静坐
- 157　山野时光
- 158　北山的怀念
- 159　故乡的草地
- 161　草丛间的灵魂
- 165　深沉的夜
- 166　寻找月光
- 168　玉米之恋
- 171　玉米的记忆
- 174　玉米地的变迁

第四辑　离乡情深

179　团城，团城

182　万物有序

185　行走远方

188　南山行

191　吃　桌

194　回归宁静

198　雨的往事

202　雨　声

207　听风听雨听江南

210　今晚有雨

212　雨色匆匆

221　弯月似刀

230　雨中离乡

233　急行的雪

236　父亲周年祭

239　道路上的风景

242　坐在花园中间

244　城市森林

249　城市的雨

252　一场雷雨的启迪

256　菖蒲在岸

261　城市夜色

263　后　记

自　序

　　留下山野的文字并不是纯粹的抒情，也许是对山野养育的感恩。他们如父母，如亲人，曾经在这片荒野上耕作，又在这片荒野上长眠。我的心从这里出发，经历了风雨的磨砺，走向了城市的人生。仿佛早已被山野打上了深深的烙印，无法从一场荒野的睡梦中苏醒。我一直无法融入城市，如同一棵来自山野的栎树，找不到曾经自由的田园。我一直在独立思考，生命中该留下什么，我们应该歌唱什么。我们应该在内心保留一块属于故乡的祭坛，时刻保持对荒野的尊重。

　　在沉思了若干个年头后，我决定把这些粗浅不一的文字出版。还带着泥土的味道，还带着青春的温度，还带着未曾泯灭的热爱。在山野之中，你或许能够获知这个世界的命运。山林的繁茂，月下的怒涛，冬日的凋零，春日的复苏。我们曾经领略了苦难的阵痛，又将在新的希望中出发。

　　北山是我独自行走的山脊，我曾经在这里翻阅山野的表情，日月的秘密。获知云雾的吞吐，苍鹰的高傲和花草的玲珑。在这里我沐浴过上苍的烈雨，淋漓地畅饮它疼痛的抚摸，来自酸涩的果浆的养育，山石棱角的刺痛，荆棘的针织。我在这里专注地打量和审视大自然的力量，它们在不断地生发出新的荒芜和繁荣。当世界越来越接近真实，我的内心仿佛还没做好迎接世界的准备。我忐忑着，惶恐地穿梭在森林中，像一头仍旧等待出窝的小熊，不知道如何用自己的双手创造世界。

　　我躲在茂密的栎树林里，呼吸着青涩的野草和树叶的气息。风时而卷集着半山腰的林涛，滚动着，挣扎着，仿佛无止境的浪涛。未来究竟是什么样子，未来怎样与现实世界消解融通。日月穿梭在森林中，也会穿梭在城市的人群中，也会穿梭在人心中。只是这样的世界究竟和未来有什么不同？我一直在思考，也不想弄明白，我只知道自己依旧生活在父母的呵护下，依旧是一只自由飞翔的小鸟。

但很快时光改变了一切，时代改变了一切。人们走出森林，任由山野荒芜。当我在城市的狭缝中穿梭时，内心深藏着这片原野，挂念着这片山野。我回忆着曾经的日子，那些山雨淋漓与云雾空蒙的日子，仿佛都成了故乡的经典。曾经城市与山野靠情感维系，如今这些脆弱的蛛丝般的网线，正在风雨中飘摇断裂。我们心头的记忆，从未被改变，也必将在我的文字中恒久地留存。我想把这些记忆用文字记录下来，供阅那些常年奔波在城市的心灵，也许在焦灼的深夜，能让他们感受到暂时的安顿。

也许这些北山的草木，正在遥远的地方，和你一样焦灼地等待。我们或许还会在未来相遇，在风雨不定的未来，在你徘徊迷离的梦乡。

第一辑　草木邂逅

随着父亲逐渐年迈，我们兄弟分散各地，我家的柿子树已经很多年没有采摘。等我工作多年回乡去那些熟悉的地方寻找柿子树时，发现它们有的已经被砍掉，有的已经年迈被风刮倒，有的树干中空自己断裂在脚下的土地上。我的内心感觉到了莫大的失落，我们再也不能找到看树老，连同树也不能看到了。

北山草木记

相比南山，北山距离我家更近。隔着东河，中间坐落着几座低山，穿过五六公里的羊肠小道，就可以到达那里。

山不在高，有仙则灵。在我的记忆中，山中草木仿似木刻版画，已经深深凸印在我的脑海里，甚至可以成套印制和出版。它们的叶片形状，根茎的肤色，花朵的颜色，果实的味道，无一不在我的感官中存留。

植物也有植物的神话。它们有的平易近人，有的桀骜不驯，有的妩媚娇艳，有的伟岸挺拔。有的群居，有的独行，有的匍匐，有的深藏。

草木也有草木的性格。在每一寸叶脉之上，都有着易经的密码。有的带着魔力的神韵，有的带着救世主的仁慈，有的面露无比的痴情，有的却形同千年的老者。

有几个年头，我常常在它们身边厮守，感知它们的欢喜与忧愁，感知它们生命的顽强与热力，感知它们的呼吸和微笑，感知它们那颗与世无争的心。

有时候我与它们对视，坐在它们中间，成为它们家庭的一员。我感觉自己的肢体，开始在草木中不断地蔓延、生长。我听懂了它们的言语，在万物间涤荡，穿过大地的土层，透过蓝天的云朵，在我的目光中，呈现一派新鲜的气息。它们开始向我围拢，为我提供美妙的果实，并向我发出危险的警告，告诉我这是一片人类不能踏入的领地。

走过东河那片荒芜的草丛，爬过一片风中的山林，阳光正结实地照耀在山岭上。树木的阴影相互交杂错落，树叶在相互摩挲低语。一些微小的虫子，正艰苦地向着它们的目的地跋涉。我再一次置身于生命中神奇的时刻。栎树如此繁茂，甚至成了这个植物王国中最重要的族类，它们担负着建设北山的重任，点缀着这片波澜壮阔的家园。我甚至能够听到它们内心不安的呼喊，它们想要保护所有脚下的土地、动物和植物。它们在构建着更加浓郁的氧吧，我的第二次青春即将在这里复活。

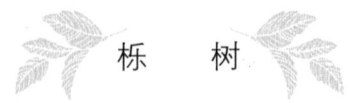
栎　　树

　　再也没有比这类植物更加普通和常见的了。然而,它却像养育我的父母一般,那样的仁慈和善良。它们不断地繁衍和生长,把贫瘠的荒山点缀得如同另外一个星球。在这片土地上,栎树是我的兄长和姐妹,它们的每一片叶子的脉络,都深深地印在我的脑海里。椭圆形的叶子,柔软的,四周带着细小稀疏的锯齿形状,中间的叶柄把叶子分为两半,无数条叶脉又将两边均衡地划分为更多的区域。我没有研究过这些叶子,但可以肯定的是,栎树的叶子透露着无穷的密码。也许,叶子两边一阴一阳,每一块都有着自己的分工。它们接受阳光,制造着更多的养分和氧气,搬运到粗大的枝干上去。叶子的背面是白色的,带着锋芒。我喜欢栎树的叶子,它们那样的柔软,那样的厚实,那样的繁茂和旺盛。叶子背面的白色,会在雨天翻转过来,向着世界告白一个雨天即将到来。

　　我常常在一个下午,瞭望北山那片栎树林。如果发现远山是一片苍茫的白色,一个下午的雨就会在几个小时内到达。雨天的栎树林低垂,安静。每一棵树都在雨天用枝叶弹奏雨歌。雨滴浑圆、晶亮,浸湿了黑色的枝干,洗亮了叶子的亮绿,透露着晶亮的锋芒。雨滴从树梢的叶脉流下,在另一片叶子上接力传递。他们顺着叶尖,不断地敲打。只有安静地坐在栎树下,才能听到美妙无比的音乐。那些如鼓点发出嘣嘣的声音,却又没有鼓点那样的脆,带着一点布匹的柔软,带着快马的小碎步,带着羽毛的张力,带着沙哑的低沉,在轻轻地敲响。这是故乡的音乐,栎树的音乐,这是一场环保的音乐,湿重的音乐。

　　我在栎树下感受着天籁的足音。它们从遥远的天际而来,在大地上免费送进你的心房。没有门票,没有保安,更不用安检,大人小孩均适宜倾听。我带着一颗冷峻的心,坐在沙地上。仰脸看着栎树的叶背不再发白,它们的全身都已经和雨紧紧拥抱在一起。一阵风吹来了音乐会的高潮,无数的雨点一瞬间抖落,在叶尖之上发出了翻滚的河浪与海潮的声音。仿佛是万人的掌声,从遥远的天际传来,一阵一阵不能平息。

　　我的脸孔已经被几滴雨水打湿,打湿的还有我的胸襟。那是这个伟岸的音乐指挥家,不小心从指挥棒上遗落的音符。我脚下的沙地都坚守在原处,砂石与砂石紧紧搂抱在一起,泥土都给流水让开了道,显现出微小的沟壑。栎树叶子的缝隙里，天空开始发亮，雨丝变得更加柔软。在山谷晦暗的背景下，隐约看清雨线变得细小和稀疏起来。栎树的音乐会结束了。

阳光来的时候，山野之上，已经开始变得空旷和低沉。灼人的阳光让脚下的砂石滚烫，让灰褐色的麻骨石也变得沉默。许多鸟子都哑了喉咙，躲在栎树丛中保持缄默。栎树下面变得无比清凉，太阳已经把叶子烤得萎蔫低垂。它们的叶背翻转过来，卷在了一起。它们不愿意接受如此炽烈的爱，不喜欢与如此灼人的目光对视，开始害羞地低下头，在中午的北山安静地打盹。

我大多数时间藏身于树丛，安静地坐在树下等风。风最开始从北山的山谷中刮起，那里有一条常年不倦怠的小溪，有一片太阳烤晒不到的阴凉。在午后三四点的时候，一阵凉气最先从那里飘逸出来，然后化为一阵阵山风，吹拂着这片安静的栎树林。太阳从西边的山垭口落下去时，栎树林的叶子早已抬起了头，等待着夜幕笼罩。

栎树林这时候更加活跃了。它们都换上了深绿的装束，等待暮霭到来。我走出了栎树林，山野变得阴暗无比，怀抱里多了黑夜的事物。石头变成了凶猛的巨兽，猫头鹰开始发出呼喊，一些蟒蛇也出洞了，蝙蝠飞出石壁，在栎树林上空盘旋。

山林的叶子都被黑色的夜幕笼罩，无数叶脉的轮廓勾勒出了山岭的迂回。栎树林，带着月色的苍茫，翻卷着林海的波浪，发出了回家的呼唤。

那几个年头，我经历了栎树的童年，栎树的青年，见证了栎树的恋爱，开花结果，见证了栎树的苍老。

栎树最开始从根部发芽。一根柔弱的小苗，蜷缩着，只有瘦长的主干，预示着他未来的挺拔。等到栎树苗不断长高，出脱成一个个健壮的小伙儿，向蓝天伸张出了自己的枝条。栎树的叶子开始变得娇嫩旺盛，它们快乐地呼吸，摇摆着自己的枝干，向着小鸟和流云招手。

有的栎树刚经历了成年便被砍伐，成了人们厨房的柴料。我看到过那些柴火，发白的枝干上布满了无数粗糙的沟壑，树皮与木质之间的缝隙里沾染着红色的汁液，那是它们痛苦的眼泪，它们渴望成才的眼泪。也有的被磨腰虫从树干中间拦腰吃断，整齐的牙齿痕迹，将仅有的一个年轮咬啮进苦痛的命运。那些倒下来的栎树，枝条已经被太阳烤焦，四周落满了细碎的木屑，作案者已经逃之夭夭，树干上部倒下来，匍匐在脚下的土地上。有的还带着绿色的乳臭，还有一首绿色的歌谣未曾唱响。

大多数栎树异常坚强地经历了童年，茁壮地生长，很快撑起了一片绿荫。它们开始开出花朵，结出果实。栎树的花朵很少被人们注意，它们青涩、幼小，与青绿的叶片融合在了一起。在我的记忆中，有一种白栎的花朵，结实如同一枚荔枝的绒球，酸涩可口。等到了秋天，栎树的果实被橡壳托着，椭圆形的果实带着坚硬的青铜色外壳从树叶之间凸露出来，接受着阳光的暴晒。等到栎树叶子金黄时，橡子更加坚硬，从母亲的怀抱中脱离，掉落向脚下的土地。

我的感情深深地与北山的栎树林融合在了一起。我与它们从春天相守到夏天，再从夏天相守到秋天，一直到寒冬来临。春天时，所有的土地解冻，小鸟出巢，草木吐芽。栎树也从枝干中间伸出了鹅黄的芽脉，芽尖带着红润，带着刚刚出生的娇嫩，等待着阳光的爱抚。也许就在一夜之间，所有的芽脉看到了世界，看到了我，北山突然变得富有生机。

我会在春天上山观赏栎树林中间开出的桃花、梨花、杏花，还有那些不知名的花朵，在栎树丛中不断地浮现出来，变成了现实的花园。栎树林如此包容，它欢迎不同肤色的科类，成为它的好邻居、好伙伴。它们相映成趣，绿色的背景成了春天的主题。而花木丛中，栎树远远地站立观赏，将她们轻柔地怀抱。

有几个月时间，我的任务是在山上看守茧场。春天的茧场，是由一片片栎树丛组成的。叶脉发芽之前，父亲砍掉了主要的枝条，让栎树的嫩芽从树根长出来，成为春蚕最爱吃的食粮。这是春蚕的乐园，它们在这片茧场里，快乐地食用栎树叶子的美餐。蚕咀嚼树叶的声音，在栎树丛中传来，发出了美妙的声响。蚕场是不断更换的，大概分为三四个蚕场，一般到了四眠场，蚕儿便开始吐丝结茧了。也有一些早熟的蚕儿，在三眠场就已经开始吐丝结茧了。

我坐在蚕场里看虫儿。防止那些蚕儿的天敌，鸟雀或者更大的鸟儿，来偷食这些肥硕的美食。蚕儿的肥硕是栎树叶子养大的，它们浑身都散发出晶亮高贵的黄色光芒，有的蚕儿浑身点缀着发光的白点，在阳光下仿佛披挂着圣僧的袈裟。

夏天的时候，栎树林更加繁茂，北山几乎已经看不到一寸山的肌肤。叶子都在拼命地生长，泛着油绿的光泽。它们不断地繁衍，成长为一片旺盛的家族。我常常在夏天来到北山，在这里寻找宝物。栎树林与山外灼热的夏季成了两个世界。走进栎树林，这里清凉、阴暗，能够看到陈年的腐叶，松软的带着雨季的水汽，散发着特有的气味。我的眼睛在栎树林里不断地逡巡，甚至可以找到树叶之间的爱情，找到母亲的疼爱，找到栎树林那颗与我相同的大爱之心。

我常常在栎树林里发现野生葡萄和猕猴桃，它们把身体攀附在栎树上，在一棵棵栎树之间穿梭，将透亮的果实悬挂在高高的栎树叶脉之间。我脱掉鞋子，两腿夹着栎树枝干，一步步爬向栎树的梢顶。我感觉到栎树生命的身躯，也有宽厚的类似父亲的臂膀。它紧紧地将我怀抱，用坚韧的枝条将我缠绕，害怕我跌落山涧。它拨开树叶，让清澈的阳光照亮我面前的山林，害怕我过于惊恐黑暗。它在风中不断地摇响树叶，与周边的栎树共同发出温柔的吟唱，害怕我不能忍受山林的静默。

我就是这样爱上栎树林的。它们原始、自由，身姿各异。有些像是多年的老者，枝干已经腐朽，但浑身却长满了木耳或者灵芝。更多的栎树则以一种坚挺的姿势守望在路口或者山石旁边，从来不曾有一丝的位移。它们一直在等待着我的回归，我的来临，等待着我在它们的庭院嬉戏。

我懂得它们的耳语，枝叶相互交错、摇摆，用一种温柔的频率，摇响阳光和山林的清香。有时候走累了，我就坐在那里打开怀中的干粮，摘一枚栎树叶子，啜饮几滴新鲜的雨露。我听到高大的栎树林，在呼唤着山谷中的孩子们，让他们用歌声驱散我内心的孤独。

一棵栎树不知道要活到什么年纪。梦中的栎树，永远都是那样自由的身影。它们最开始无比的挺拔、直立，最后变得苍虬、弯曲。没有人为它们修剪，它们自己为自己修行。在每一棵巨大的栎树内心，都居住着一座寺庙，人世的善恶炎凉，每一棵栎树都曾经经历，都曾经顿悟，都曾经用一种佛的姿态来倾听和诉说。

记得村东头土岗上有一棵三百多年的栎树。过去农会打土匪，生产队开会，批斗人，都是在这棵树下。这棵树见证了山村的历史变迁。在大炼钢铁的年头，生产队开会，决定砍掉这棵老栎树。砍树的老李头砍到第三斧子时，树皮内就流出了汩汩的鲜血。老李头吓得扔下斧子，回家后卧病不起。从此这棵树便存留了下来。我到村东头去看过这棵老栎树，巨大枝干的笼罩下，仿佛是另外的世界。树上住着许多巨大的黑鸟，据说还有人在树上发现过蟒蛇。

栎树为我遮挡风雨，也成为山村的佑护神。童年的时代，每逢遇到几个月不下雨，庄稼便面临着死亡和减产的威胁。村里十里八乡成立了祈雨队，敲锣打鼓到十里外的龙王庙祈雨。祈雨的队伍每个人都头带栎树枝编织的帽子，据说带着这顶帽子，可以通灵苍天。我常常跟随着祈雨的队伍前行，栎树的帽子，我从此就编织得最好。几条栎树枝，在坚硬的树干之上折下来时，竟能变得如此柔软，环环相扣，首尾相接。栎树叶背的绒白与叶面的绿色交错，天与地融合在一起，孩子和老人，铜锣与鼓，这也许是人们与天地沟通的方式？

秋天时，我是带着无比的喜悦上山的。在那里我收获了橡壳、橡子，这是栎树赐予我最好的纪念和礼物。我带着篮子和口袋，巡行在一座座山梁之间。栎树在风中摇落果实，把苦涩的记忆一同收藏，把命运的希望寄托给经历了苦难的孩子们。橡子、橡壳是可以做染料和汽车轮胎、橡胶之类的原料，过去村里有人贴出布告，大量收购橡子橡壳。于是，捡拾那些果实，成为我创造价值、勤工俭学的主要功课，也成为我融入秋季栎树林的最好方式。

我常常在黎明时分，吃过早饭，在雾霭中上山。山林中的橡壳和橡子落在山谷中，潜藏在树叶下面。我把它们一一找出，收藏进我的口袋。我近距离观察它们的果实，一枚橡壳曾经孕育了果实，陪伴着孩子的一生，最后变得如此坚硬无比。它光滑的底座，有一个圆圆的印记，那是果实分娩和成熟脐带相连的地方，它如此地深爱，深爱着自己怀抱中的孩子，将自己的营养，源源不断地通过这里输送给自己的爱子。橡子带着紫红的硬壳，里面藏着苦涩坚强的子仁。据母亲说，那是她和父亲年轻时常吃的食粮。橡子不仅养育了自己的孩子，也养育了这片土地上的人民，才有了烟火不息的后代。

等到冬天来临的时候，栎树林早已经落尽了叶子，稀疏的山野间，可以看到天空的影子。等到下雪，栎树枝头挂满了冰凌，各处都是斑驳的雪白，点缀着山野的肌肤。只有一些不愿意离开母亲怀抱的枝叶，仍旧坚守在栎树的枝头。

白 栎 洼

经过尖山，向西北方向穿过山谷，蹚过一条小溪，向着后山的栎树林穿行，还没到达山脊，便可听见白栎洼的林涛了。白栎洼宁静、温柔，清一色的白栎挺拔站立，在山谷中等待你的检阅。

每一次踏上北山，我的内心总是牵挂着白栎洼。如果时间允许，我总会选择绕山慢行，哪怕是匆匆而过，不做长久地停留，瞥一眼山洼内苍茫的林海，听一听巨大无边的涛阵，内心的忧郁和双脚的疲累也会烟消云散。

从我记事起，白栎洼就以巨大的阵容存在。它们每一年都会以凶猛的姿势向上生长，几乎要碰触到雨天的阴云和夜晚的星辰。白栎体态修长，身材伟岸，树皮肤色发白。它们在生长的过程中，仿佛过于专心，忘记了分叉，忘记了停下来思考，向着天空一个劲疯长。

与黑栎相比，白栎叶子窄小，瘦长而单薄。当从林后的黑暗中走出，踏进白栎洼那片土地，道路突然变得明亮起来，阳光透过白栎树梢，清清凉凉地泛着浅绿的色彩，带给你无比的安全感。白栎树轻柔地在风中摇动，它们的枝叶与树干的形姿几乎雷同。在这里，所有的栎树都失去了个性，千篇一律地耸立，发出轻柔的歌声。

走在白栎洼，我的脚步显得格外轻松，假若是背着装满橡壳的袋子，也觉得突然卸去了许多沉重。白栎洼每一棵树之间的距离格外近，它们之间的空隙已经没有了敌我防备的界限，我甚至猜测，它们的根脉已经在土地深处牢牢地生长在了一起。白栎树结出的橡子瘦小，橡子的颜色带着些许的青嫩，很多果实没有黑栎那样结实浑圆，甚至带着干瘪、裂纹、苍白，还未成熟，就被一些虫子咬啮、蛀空，过早地从果壳中脱落。但凡秋天来临，又到了拾橡壳的季节，白栎洼成为人们不愿光顾的地方，只有那些不能走远路的老人和孩子，会到这片林子中来。

白栎，在我的印象中，它们成了北山的艺术区。我在这里，每做停留，总会感觉进入了画家的构思中。密集的白栎树干，整齐划一的列队山谷，给人一种纪律严明、巍峨庄严之感。它们的叶脉碧绿，树梢轻柔，很容易就被山谷中的清风左右晃动，形成气壮山河的舞蹈。它们的叶子高高浮动在云层之上，涛声从山谷穿出，犹如天庭的淋漓之雨，永不停息地在白栎洼澎湃击撞。

这群白栎的家族世代在这里繁衍生息，如同栎树家族中的女性王国。看惯了黑栎树林的阳刚，再看这片白栎林温驯阴柔，散发着独特的吸引力。走在白栎洼的树林中，脚底踩踏到经年的落叶，树叶的光滑几乎让我不能保持站立的姿势。每一片树叶虽然已经干枯，但叶面却发出油亮的光芒。它们卷曲着叶尖，相互拥抱着，等待在岁月中默默腐朽。新鲜的白栎树叶子茂密、轻薄，干枯后成为人家灶房内引火的首选。粗大的柴火放进灶洞前，抓一把白栎的干叶子，擦着一根火柴，叶子就会快速地被引燃。仿佛是一团闪光的烟火，在灶洞内爆发出巨大的火球，又像是点燃了一段逝去的激情。等到叶子燃尽，达到了新的燃点，粗大的干柴已经受到巨大的鼓舞，小心翼翼地开始燃烧起来了。

白栎树执着于简单，它们更多地在享受生活的快乐。无论大地多么赤贫，它们都不曾枯干枝条，或者轻易倒下。在白栎洼，我学会了面对生活的从容。也许，生活没有给我们粗壮的枝干，没有给我们厚重的肤色，没有给我们单独的领地。但生活却给了我们坚守和坐落，让我们在这片安静的谷中享受成长。

我常常光顾白栎洼那片白栎林。白栎树干洁白，显得那么的高贵和淡雅。它们不会像黑栎一样长满了虫子，它们的树干时常保持干燥，树叶高擎在头顶，蜘蛛也不能轻易地结网。白栎树林干净整洁，仿佛是北山的一座天然雅室。这里居住着更多的兰花、天冬以及据说可以延年益寿的木灵芝。兰花与白栎树时常相伴，它们都喜欢这片阴暗的土地，松软的泥土。兰花与兰花之间相距一般超过一丈多远，它们喜欢安静独居，一丛丛藏匿于干枯的树叶下面，一年四季泛着特有的青绿，撩人心房的桀骜和修道成佛般的孤寂，让人心生怜悯。天冬枝叶形似松针，格外的低调，他们平淡地出没于白栎洼各处的石缝、树根处，它们的根部结出了小小的白色纺锤状的颗粒，散发着一种特有的气息。

　　雨后的白栎洼还会有更多的神奇。这里的蘑菇都是白色和红色的无毒蘑菇，虽然个头没有后山黑栎林的大，但却可以放心地采摘和食用。有些蘑菇，带着蓬松的肉香味，头顶着白栎树干枯腐烂的叶子，安静地等待在那里。有的刚刚出生，就被过路的小动物啃啮。我看到过黑栎树下面长出的牛菌，形状仿佛一个巨大的烤麸面包，褶皱里带着可怕的黑褐色，等待着有人来采摘。可惜却大而无用，既不能食用，也不能药用，只好弃置树丛了。我发现白栎洼的灵芝的时候，内心怀着无比的喜悦。白栎洼的灵芝带着晶亮的鲜红和橙黄，体态婀娜无比。它们成群结队地分布在树桩的周围，沿着栎树生前的根系，一路从腐朽的树叶中间生长，大的已经手掌大小，四周散发着仙师般的神气，中间的黄色让我联想到皇帝的龙袍。

　　据说这种东西可以延年益寿，也可防癌。奶奶常常用我从白栎洼采摘回去的灵芝熬药泡酒，每天早起晚睡前各喝一口，老人家居然活到了九十多岁，成为村子上不多的几个长寿老人之一。

　　去年夏天的时候，我回到家乡，顺着后山的道路，来到了白栎洼。但面前的景象让我惊呆了，白栎洼已经不复存在，只剩下半山谷光秃秃的土地，长满了一人多高的灌木丛。山野间已经没有了道路，只剩下几棵孤零零的小树，垂头丧气地站在山脊上。

　　我和孩子坐在一块石头上。我不知道怎样向他描述过去的白栎洼，描述白栎洼曾经如海浪般的林涛。我们静默在那里，一直等待着太阳落山，甚至听不到一声鸟鸣，整个白栎洼仿佛成了一汪巨大的死潭。也许这些艺术品早已经成了经济浪潮的弃儿，它们被砍伐，用于种植香菇和木耳，它们那些冲天的梦想，就此搁置了。

　　我和孩子沿着原路返回，终于在道路边发现了熟悉的灵芝，它们仿佛是白栎洼的灵魂，仍旧在那里坚守。

酸 枣 树

相比于高大的树木来讲，酸枣树如同长不大的孩子，它们低矮葱茏，长在北山阳光最充足的山崖边，一年一度地开花结果，丰收或者颗粒无收，心酸的遭遇和青春的喜悦，少为人知。

我不知道为什么要写酸枣树，它在我的内心也许早已泯去了坚硬的刺。它内心甘甜的果实，仿佛依旧在秋日的山野悬挂，带着红色的光泽，坐落在山岗的半湾里，等待着蒂落。

我是在饥饿的下午看到酸枣树的，那一片酸枣树林，在山坡上安静地坚守。它们的叶子早已经落尽，唯独红色的玛瑙状的果实还挂在那里。我迫不及待地飞奔上去，顾不上被刺的危险，与一棵挂满果实的酸枣树亲昵地搂抱在了一起。

它们的果实没有院中大枣那么十足的甘甜，甜中带着野性的酸涩，带着山野的阳光和月色的味道。我能品尝出来那些果实，所呈递给我的感官中的内涵，它们记录了一座山野的辛酸苦辣，记载着它们的快乐和悲伤。

我把一颗颗浑圆的果实放进了口袋里面，仿佛把酸枣的一颗颗心放在了身边。那是我童年的护身符，意味着我不再因为饥饿而恐惧山路的遥远。我坐在酸枣树丛里面，看到远处裸露的山坡，砂石正泛着白色的光芒，野草已经走向了秋季的湛黄。

我的味觉已经被果实的甜润充满，内心感觉到一种被宠幸的幸福。仿佛是自己的亲姐妹，用自己一生的时间为你准备的礼物，站在与你邂逅的路口等你。我喜欢那些果实表面的深红，它们在贫瘠的土地上，辛勤地吸收养分，酿制了特有的甜蜜。

我从来不知道酸枣树会出现在什么地方。也许是半山腰的树丛中，突然伸出一簇葱茏，也许是在山崖间的石头中，闪烁着几棵身影绰约的玲珑。春天的时候，酸枣树吐出了一簇簇鲜嫩的芽脉，它们的手掌泛着绿色的光芒。它们的树叶慢慢绽放，逐渐向着四周扩展，脉络在手掌间犹如银丝。枣树叶子表面的油亮，照亮我的脸庞。

酸枣树浑身长满了蒺藜，它们用长长的刺针来自卫，一直保持着处女的身体。它们开花时，幼小的花朵，好像并没有太多的香味，也不如映山红那样大红大紫的姿态，而是浅绿色的花朵，点缀在枝叶间，不到跟前细看，根本就不能发现它们茂密的花簇。

酸枣树不喜欢雨天，过多的雨水会让它的枝叶发生变异。如果在雨天，摇晃酸枣树，或者遇到狂风，雨水从酸枣树叶子上快速滚落，酸枣树的叶子很快就会卷曲，叶子上结满了疤痕，甚至不能开花结果。我从来不知道到底是什么原因，让酸枣树在雨季变得脆弱。当雨季到来的时候，山野间的那些酸枣树，枝叶间挂满了雨珠，仿佛带走了酸枣树内心的灵魂。

酸枣树在我的内心一直占据着重要的位置。它们并不神秘，也并不神奇。它们甚至在田埂上、在道路旁随处可见。也许随便停在山间的小路旁，就能发现它们娇小的身影。它们有的独居，有的群居，不管是在哪里，它们的身影都无比的坚挺，永远泛着绿色的光泽，而明亮的心事都挂在枝叶间，像是在另外的一个世界安坐。

我常常与酸枣树相遇。并观察它们的身体，观察它们生长的方式。它们的皮肤都是紫红色的，十分光滑，扁平的刺根部牢牢地生长在身体上，唯有长长的刺尖不容猥亵者靠近；它们的果实从每一片花蒂中形成，从一个微小的青色的小球，慢慢成长为椭圆形的童年果实，然后随着阳光的暴晒，逐渐地长大，浑圆，发白，逐渐地变红，成熟。

酸枣树的根部同样质地坚硬，呈现出苍虬的曲线。不知道酸枣树为何如此仙风鹤骨，它的神奇让我一度不解。据说酸枣的核是一味中药，可以医治神经衰弱或者癫狂。为此，我们的老师还特意放了三天假，让我们到秋日的山坡上采摘酸枣。

酸枣树成为农人院落或者菜园的篱笆，浑身的刺又让它们成为人类家园的守护者。

柿 子 树

每棵柿子树都有故事。

每一片柿子树叶都绝不相同，但都绝对雷同。柿子树，一株一株孤独地站立在山谷之中，那是智慧者的象征。

没有绝对的相对，但我相信柿子树上一定居住着神灵。

柿子树居住在村子周围，它们将金色的花朵深藏在树叶之中，等待着点燃内心的佛灯,结出甜美的果实。

除了上山看柿子树,我没有其他的事情。蹚过河,站在园子门口的柿子树下,抬头望去,它已经很老了,枝干苍虬,仿佛已经越过了百年的岁月。

我看到了绿色的潭水深不见底,映亮柿子树强大的内心。它们在山野间经受风雨,干旱或者涝灾,却依然坚挺,修炼成一尊尊养育这座村庄的佛。

我在树下捡到了金色的柿子花,它们呈现出雅致无比的四方体,在镂空的形体中,仿佛安放着一顶来自天堂的轿子,要抬美丽的少女来到我的面前。

我把柿子花放在嘴里,酸酸涩涩的味道,带着柿子特有的气息,让我怀疑它的果实已经在梦幻中成熟。我把手中的柿子花用狗尾草穿成一串金色的项链,挂在了脖子上。它们在阳光的照射下金光闪闪,绚丽无比。

那是世界上最好的饰物,柿花项链,带着故土的芳香,在我的鼻孔中传递着它心灵的脉动。

花的永生,花的来世,它掉落在母亲的脚下。一颗上帝的灯笼已经开始发育,在青色的树叶下面,它们被呵护,不断地吸收营养,不断地膨胀着身体,用梦想酿蜜。

柿子树叶不断长大,不断厚实,表面的光泽已经能够看到早晨的朝阳和黄昏的夕阳。它们在风中快乐地歌唱,在高高的枝头打着哑语,它们正在酝酿着一生的计划。

柿子树并不择地而居。它们也许在小河边、菜园子里,也许在人家的小院内,也许长在高高的悬崖上。不管长在哪,它们都一样选择开花结果,长成旺盛的一棵翠绿,仿佛是这座村庄的果园。

村庄周围以及北山上,柿子树的位置已经深深地印在了我的脑海里。哪颗石头后面,哪座悬崖上,是什么品种的柿子树,我已经烂熟于胸。除了北山丛林深处的野柿子树,除了一些新生的低矮的小柿子树,每一棵柿子树都有自己的主人。它们被分到了每一家,每年秋季,每一家都挎着篮子,到自己的柿子树下面采摘果实。

一些与队长熟悉和亲近的人,基本上分到了好的品种的柿子树,例如牛信、李奶兔、盖柿,我家大概是属于中等人家的,分到了胡兰头。我家的柿子树在北山尖山山谷的一面,另一棵在北山尖山东面的石堰上,两棵树品种相同,距离相近,分别被高耸的尖山分开。

山谷中的柿子树长得又瘦又高,从根部分出了两个杈,左右分开的枝干仿佛是尖山的两个胳膊，伸出双手擎住尖山的天空。我和父亲、达、哥哥、奶奶、娘都一起到尖山来采过柿子。胡兰头没有成熟时青涩无比，即使叶子落尽，它们的果实发出了红色的光芒，也仍然十分的坚硬。因此，这个品种的柿子一向不讨人喜欢。甚至到了深秋，别人家的柿子早已采摘完毕，我的父亲才想起拿着篮子，带我们到北山上去。

胡兰头一个个像是农家院落的丫头，仍然在高高的枝干上坚守。它们的青涩带着无比的猛烈，甚至不容你拒绝，连同结实的苦涩呛进你的喉咙，占领你的味蕾和感官，让你一句话都说不出来，眼泪也要被刺激出来了。

父亲用一根长长的竹竿采摘柿子，竹竿根部的一头已经削尖，并且被镰刀一分为二。镰刀取出时，竹竿巨大的合力把中间的缝隙牢牢夹住。手举竹竿的一头，就可以用竹竿的缝隙夹住柿子根部的细枝，把枝头高处的柿子轻易地采摘下来。

胡兰头虽然涩味很重，但是一旦放到通体变软，它们红色的色泽突然开始发亮，身体内的涩味早已去除殆尽，仿佛已经成熟的姑娘，不再有自己的烈性了。它们的果瓤甜美无比，带着一种沁人心脾的浓香，带着清凉甘甜的蜜水，久久地在你的胃肠间逗留不去。

奶奶一般会把多余的胡兰头切成柿子干，用顶筐摆放起来晒在屋顶上，留下来一部分放软来吃。等到柿子已经大量地变软，已经多到吃不尽的时候，拿出来摆在顶筐里，放在屋顶晒干，变成了柿饼。到了冬天快来的时候，父亲会找来一个小篮子，装了一些柿子放在院中高高的杨树权上，再用稻草盖上。到了冬天下雪的时候，所有的柿子已经吃完了，父亲把装满柿子的篮子取下来，满篮子又红又软的柿子，吃得我们心里凉凉的、甜甜的，仿佛一不小心又把秋天搬进了冬天。

我吃过隔壁家的牛信，因为采摘柿子有个说法，不能全部摘尽，要留几个在树上，叫做看树老。不知道有没有其他的说法，但我来猜测这个缘由，大概是为树的繁衍生息留下了种子，又为冬天无处觅食的鸟儿提供了食粮。看树老一般都挂在树的最高处，远远在山谷中就能看见，仿佛在冬日，每一座山谷之间，都有红红的灯笼照亮。每一棵柿树旁都有黑色翅膀的乌鸦或者不知名的鸟儿站在那里耐心地等待。

我像嘴馋的鸟儿一样，看到邻居家的那棵牛信，树不高，但长得结实，椭圆形的叶子，看上去好像确实高贵一些。据二哥说，牛信应该是柿子树中含水量最大，最甜的柿子，属于柿中极品。听了二哥的话，我就格外想品尝一番，好比家住农村的男人，想看看皇帝的妃子长得怎么样。

于是我就瞄上了隔壁家的那棵牛信,上面还挂着两三个柿子,其中一个已经发红了,果实长得饱满可人,尖部鼓得高高的,仿佛高耸的乳房,恨不得咬上一口。我把这颗牛信攥在手里,细细地打量着它,它的脸孔上泛着高傲、胭脂的粉红、皮肤的新嫩,还有不容侵犯的庄严。我一下子产生了一种错觉,身份让柿子有着如此大的差距,让我的心灵产生了一种深深的愧疚,柿子到我嘴里面的时候,感觉到了汁液的流淌,顺着我的喉咙,不断地滋润、灌溉,仿佛做了个奇异的梦。我身处牛信家族的王国,做了牛信的国王。

与牛信不同,李奶兔则体型瘦长,像一个体形庞大的鸡蛋,这个形状更像妇人的乳房。因此,我猜测李奶兔的称谓也绝对是因此而来。李奶兔有点肉厚、面瓤,不是水果的感觉,倒像是一个结实的肉团。李奶兔树都分给了村子上的任家,因为李奶兔适宜切柿干,因此他们每人家里面都有吃不完的柿干。

盖柿则被分给了村里的刘家。盖柿四四方方,体盘庞大,在腰根部三分之一处有一浅沟,好似茶杯的盖子,名字大概因此而来。盖柿的味道十分特别,比李奶兔更面一些,水分更少,仿佛已经成了凝固的甜酱,红色的内瓤泛着晶亮的光芒。

柿子树枝十分脆弱,因此,大人采摘柿子的时候,大抵不会爬到树上去的。柿子树树干苍黑,树皮结满了厚厚的鳞片,割痛了我的双脚。我爬上柿子树,感觉被大自然隐藏了起来,像是一只小鸟,从这个世界上消失。我可以看见大地上的一切,透过树叶的缝隙,看到了山坡下的道路、行人,看到了山野上的石头和树木,看到了桥下的小河和远处的白云。但是谁也看不到我,我早已变成了一只蚱蜢,躲在厚实的树叶子下面。

柿子树上常常有蜂巢。有时候也有大的马蜂在树干上潜伏。马蜂和小蜜蜂都喜欢吸食熟透的柿子,用那些蜜汁来酿蜜。因此就会把巢建在柿子树枝上,就好像人们把柿子树种植在自家的院子里面。

我用一只长长的竹竿,捅掉了柿子树上瘦长的马蜂窝。体态修长的马蜂突然找不到自己的巢穴,开始四处飞舞,寻找敌人。我藏在树叶之下,看到马蜂在我的眼前发怒,发出了嗡嗡的吼叫,他们寻找着落在地上的巢穴,在附近不断地寻找,然后放弃。

我从盖柿树上跌落的时候,猝不及防,也就是几秒钟的事情。我发现自己可以从一根枝上迅速跳到另外的枝子上,体态轻盈,像一只刚刚成年的猴子,感觉到了自己新的功力,内心觉察到无比的喜悦。但当我从一根树枝跳出去的时候,却没能抓住更远处的树枝,从三米高的树上摔到了西瓜地里。

失去知觉也许有几秒钟的时间。我睁开眼睛时,这个世界的阳光正温柔地照在大地上,照射在我的身上。我感觉到时光仿佛断裂在某一个黑洞里,我正从黑洞中穿越到了另外的一个世界,然后又迅速被时间的机器推回到人间。我看到眼前的世界如此安详,阳光也温柔了许多,仿佛能够理解我的心跳,可以和我做心灵的沟通。我一时说不出来话,然后很快恢复了说话的能力,嘴巴里面发出了声音,赶快向附近山坡上的父亲求救。

柿子树给我上了一堂生动的风险课,高处有风险。与我有相同经历的是大哥,他从我家北山东面石堰上的那棵柿子树上掉下来,刚好落在一块石头上。幸亏石头较为平滑,仅仅磕坏了腰部的皮肉。回去后休息了十几天,就正常恢复走路了。

野柿子树都藏在北山的密林深处。它们一般很难接收到阳光的直射,因此格外的青涩、瘦小,成熟得很晚。一般到了深秋,栎树林的叶子几乎落尽,野柿子树才将果实举在头顶,泛出了一丝晚来的金黄。还有更小的像柿子一样的植物,我们称之为软枣。它的枝叶和柿子树没有两样,只是果实只有指头肚那样大小,而且只有在冬天即将来临的时候,才逐渐变黑,变甜。我们上山捡橡壳的时候,如果干粮早早吃完,就摘拾这些软枣来吃。软枣的内部发软,外部像是黑莓一样的颜色,泛着一层深紫色的霜。软枣里面几乎已经被核充满,但是味道却格外甘甜。

随着父亲逐渐年迈,我们兄弟分散各地,我家的柿子树已经很多年没有采摘。等我工作多年回乡去那些熟悉的地方寻找柿子树时,发现它们有的已经被砍掉,有的已经年迈被风刮倒,有的树干中空自己断裂在脚下的土地上。我的内心感觉到了莫大的失落,我们再也不能找到看树老,连同树也不能看到了。

海　棠

山上到处都居住着海棠,它们的名字早已家喻户晓。

海棠树长不高,属于灌木的一种。枝条苍虬,弯弯折折地生长在半山腰阳光充足的世界。

海棠花儿繁茂的时节,心灵就随着花儿开放了。我坐在海棠树下,倾听着蜜蜂的低语,它们在盛赞花儿的纯洁和繁茂。它们在花儿旁边狂乱地跳着原始的舞蹈,翅膀震动了海棠的树叶。

海棠树的叶子和苹果树十分相像，心形的叶子，一簇簇地生长在一起。绿色的叶面泛着迷离的光芒，仿佛有一层油亮的水息在那里闪耀。叶子背面则长满了白色的芒，透露出岁月的沧桑。

北山的海棠都藏匿在深树丛中，甚至很难接近。它们将自己的枝头高高举起，从树叶缝隙之间汲取阳光。

海棠的花儿洁白，每一朵花都长成了铃铛的形状，铃铛中间生长着娇小的花蕊，气息淡雅迷人，十分的可人。

我最开始到达北山的时候，是为了解决饥饿来的。海棠树的嫩叶子和花儿都是上好的野菜。采来后用滚水烫熟，就可以生调或者蒸煮，用调料、香油、食盐调拌，成为我童年美好的佳肴。

我围着它，采摘着它的美丽，采摘着它的身体，打量着它温驯的影子，享受与它一起的时光。

秋天的时候，我也上山来，采摘海棠的果实。它的果实和花朵诞生的时候一样，一簇簇地挂满整个枝条，甚至将脆弱的枝条压弯。它的果实含着无尽的红润，带着白色的花点，还留有花蕊的印记，在枝头等候有情人。

棠梨十分的酸涩，等放了一段时间，果实开始松软，涩味才逐渐退去，呈现出甘美的味道。

父亲告诉我，海棠的木头可以用来刻章。海棠木干了之后不会炸口，木质坚硬，是做上等家具和刻制木质印章的最好木料。

于是，我拿着镰刀上山，寻找曾经印刻在视野深处的海棠树。

我在栎树林里徜徉，从一座山梁翻向另一座山梁。我印象中的海棠树，仿佛故意和我捉着迷藏，不见了踪迹。厚厚的栎树叶子把脚下的道路覆盖起来，几乎看不到脚下的道路。秋天的山野已经变得金黄，再也看不到更多的绿色，山林的间隙中，可以看到一片又一片裸露的天空，在黑色的树干之间透出亮光。

我终于在北山白栎洼的斜山坡的道路旁找到一棵歪脖子海棠树。它的树干已经有小腿那么粗，上身弯曲成伞一样的形状，叶子已经落尽，枝干上残留着青春的伤疤。

我用尽了力气向着棠梨的根部砍去，每砍一次都要使出浑身的力气，甚至我的胳膊和上半身的势能也集中到了镰刀上。棠梨的根部开始出现了一个大大的伤口，砰溅出粉红色的纤维，露出了白色的木头。我的双手已经磨得生疼，感觉枝头与手掌之间已经磨出了新的茧子。

北山草木记

　　我甚至想放弃，我想到了她白色的花朵，在山林里发出了俏皮的微笑。我想象一个寂寞的山野，需要这样淳朴的雌性之花来温暖和点缀。我坐在树旁，不安地看着前面的山岗，那里有几只小鸟在枝头拍打着翅膀，忽然又开始振翅飞向远方的天空。

　　我想象着父亲渴望的眼神，他希望我们可以自己制作印模，来制作用于地府的冥币，以使廉价的黄纸升值。这样，可以更快地赚取我们兄弟几个的学费。我又一次鼓足勇气站了起来，重新举起了手中的镰刀，像是山野的一个工匠。

　　最终，我从北山上拖回来一根胳膊粗的海棠树。父亲找来锯子和刨子，把海棠枝干最粗的那一部分变成了长方形的印章材料。我在一个晚上，用钢锯在木头上刻出了五十元的印章面膜，这是只用于阴曹地府的印模，这个印模也许早已经丢失了。但是父亲用它蘸了墨水，盖制了若干张冥币，拿到街上去卖。

　　海棠与我的生命如此产生了交集。它们的花蕊和叶片已经深深地渗透进了我的血液，让我呼吸的每一缕气息都带着海棠的青涩，每一次心跳都带着海棠的温柔。我能听到山野之前，海棠在阳光下的心跳，它们让整个村庄变得轻盈和多情。

　　我永远记得棠梨成熟时站满枝头的丰满。它们的叶子变得绯红，在风中舞动，犹如女人胸前的纱巾。而一串串海棠守望在枝头，用自己的圆润、清甜的汁液回报着母亲曾经的抚育。

　　每当我在山野之间，捡拾橡壳归来，走在弯曲的山道上，看到那些棠梨挂在枝头，内心仿佛得到了抚慰。来不及抹去额头的汗水，一串串依旧带着酸涩的棠梨果实早已经进了口中，咀嚼着酸涩，咀嚼着饥渴，咀嚼着内心的渴望，仿佛体内又升腾起一种力量，又有了前行的勇气。

茅　草

　　茅草是荒芜的代名词。北山的茅草，生长在贫瘠的石头缝里，生长在田间与地头，生长在小溪沟畔，生长在无名氏的坟头，生长在山野的痛楚里。

　　风吹过北山的草木，仿佛已经能够听见茅草的呼喊。

　　我坐在茅草丛里，感觉到内心的惊悸与恐惧。绿色细长的叶脉在风中不断地翻转与摇摆，仿佛一个人灵魂的颤抖。它们修长的一丝绿色，不经意地从地表上伸出，柔软得几乎让人不能看到它的腰肢和身影。

　　它是轻盈的，无时无刻不在以舞蹈的姿势站立在山间。它是悲怆的，白色的茅草花像是寄予了漂泊的元素，在夏日的风中仿佛白了头的母亲，飘向山谷深处。

茅草的叶脉边缘被尖锐的锯齿布满。据说，鲁班就在鲁山师从墨子学习技艺，在山间攀行时被茅草的叶子划伤手指，受启发后发明了锯子。

我也被茅草的叶子划伤无数次手指。我感觉到了一株草的冷酷，它防范着人类的侵入，以它的兵器面向无比强大的人类，毫不退缩和畏惧。

茅草却又有着母亲的悲悯。春天来临的时候，鹅黄色的草色弥漫在北山的沟沟坎坎。茅草发了嫩芽，又开始生长出了花苞。茅草的花苞细长，带着甜嫩的汁液，藏在茅草薄如蝉翼的胞衣里。在物质极其匮乏的年头，茅芽是山村孩子美妙的食粮。

上学的日子，每天早上，我就盼着起早从北山蚕坡上回来吃早饭的父亲，能够带回一攥茅芽。有时候，父亲背着柴捆回来，没有功夫带茅芽的时候，一种莫名的失望从心头涌起，难以消散。茅芽，如同世界上最为珍贵的父爱，令人难以忘怀。

我就在茅草丛中徜徉，忘记了自己的贫穷。茅草也许和我一样，没有任何的乞求，没有富丽堂皇的枝头，没有高贵的花萼，没有甘汁甜美的果实，但它有自己的理想和信念，带着自己顽强的绿色，像是一团绿色的火焰，传递在一座又一座山头。

我仿佛听见了茅草跳舞的声音，即使在没有风的时候，一株茅草也会剧烈地抖动身体，仿佛茅草丛中游动的蛇。一次晚间，隔壁秋红的母亲在山上拾辛夷皮回来，手指头被蛇咬了，手肿得如同馒头一样。来我家找药方，父亲说到门前山坡上，找没有风但却不断抖动的茅草，扎住被咬的手指，即可治愈。

最终，秋红的母亲保住了命，不知道是茅草治好了她的手指，还是治好了她恐惧的内心。

我看到无数的茅草，在任何可以到达的地方，不断地繁衍和生殖，直到山野开始变得荒芜，让我看不清少年时走过的时光。

少年时光就是在北山上度过的，从不惧怕孤独。我带着自己一小片阴影，穿梭在山间。听见茅草相互摩挲，发出沙沙的歌吟。茅草，它们是自己灵魂的舞者，用自己的舞蹈诠释着贫瘠的田园。

我顺着山坡走去，茅草丛中可能藏着无数的蟋蟀，枝头挂着清晨的露水，在阳光下发出了刺目的光芒。茅草，听得见山的耳语吗，看得见山的厚重吗，你可知道一个少年的梦想，走出大山的梦想？

茅草常常成为山野人们捆扎的绳索，几根修长的茅草组合在一起，就会成为坚韧的绳索。捆上一捆柴火，一捆荆条，一捆草药，然后安全地背回山下。甚至当我们的肚子饿扁，裤腰开始往下掉的时候，茅草也会成为裤腰带，结扎在腰间。

到了秋天，茅草开始变得憔悴而鹅黄，它们修长的叶片开始卷曲，叶尖低垂。一年一度的秋天来到了，茅草的收获在根部。每当山野上的山林变得安静，一切植物的生命开始枯竭，大地上已经看不到任何生命的痕迹，茅草干枯的叶子下面，藏着它们肥硕而又甘甜的根茎。

它们的根细白，带着节和触须。洗净了放在嘴里，细细地咀嚼，甘甜的汁液迅速渗透进了味觉，甜蜜迅速充满了整个心房。

每当冬天来临的时候，气候变得异常干燥，我们常常上火咳嗽。父亲带了篮子，到山上刨来茅草根，放在锅里熬成汤，给我们兄弟几个喝。父亲用茅草根治愈了我们的病症。

永远的栎树林

无论走到哪里，北山永远是心中最伟岸的山，令我念念不忘的是那片深沉的栎树林。

再也没有更多的缅怀之物，它们的后代与我一样不断延续，带着无法割舍的亲情。烟霭缭绕之处，远远望见苍翠的山野，深埋在内心的疼痛很快就会减缓几分。

我像多年前一样出发，上山。不带干粮，不带遮阳伞，不带任何食物和水。我相信北山上，这一切都不需要，只需要到它跟前看看它，它会无偿地给予你一切。

儿子从小在城市长大，对山的概念几乎没有，栎树更不知为何物。不像我，熟悉北山的高高低低，每一条山路，每一块石头，每一座山头，每一阵林涛，我都牢记在内心。它们仿佛亲人的音容笑貌，在我的内心珍藏。

山路更加崎岖，常年的雨水已经将道路冲出了更多的沟壑，儿时曾经熟悉的道路几近荒芜。荒草从童年那些常常光顾的地方生长出来，遮挡住了视野，让我几乎难以辨别眼前的景象，体味到了自然轮回的力量。

城市与山野的较量如此激烈，山林的影像仿佛已成为时光的底片，洗出来的是面目全非。山野之上不见了耕作或者砍柴的山野莽夫，只能看见随风起伏的荒草和灌木丛，高一声低一声雉鸡的鸣叫，低沉地激荡在山野之间。

存在与荒芜，当我们不再阅读这片壮丽的山河，当我们远离这座生我养我的家园，我们看到什么？看到了无边的陌生，顺着北山的肌肤向我的内心渗透，让我的嗓音发出了痉挛。

栎树林曾经给我遮雨，给我遮阴，给我阴凉和呼吸的深邃。我常常漫无目的地攀爬在栎树林中，仰望浓厚的叶子缝隙中渗漏进林中的阳光，它们是那样的淳朴与透明，它们弥足珍贵，给予我前行的力量和战胜林野荒芜的勇气。

北山草木记

栎树林有它们自己的语言和歌声。在风的无形之手下,林后的栎树林开始了每天的舞蹈,林梢整齐地向着山下起伏致敬,发出了令人愉悦的雨声。从天而降的清凉,在阳光下,在白茫茫的云海之下翻腾,让你记不清自己是清醒还是沉醉。

我常常在午后忘记了回家,忘记了饥饿和焦渴。我坐在山岗的岩石上,面前是一丛丛黄背草,它们苗条的身影,在石头的缝隙里挥动手中的金穗。一丛格尼麻带着红色的果实在阳光下羞涩地等待成熟。我透过山谷的沟壑,望见了山野中的村庄,望见了云雾缥缈的山后的山,望见了自己的梦境和灵魂。

那时候我在想些什么?我的身影孤独无依,像是与这些山石相依为命。我静候着阳光走过眼前的石头和山林,安静地倾听,倾听着栎树林深情的呼唤。它们有的茂密,有的高大,有的瘦小,有的生长在山腰的栅子垄里,有的生长在悬崖上,有的孤独地守在山谷的阴暗处。但它们在风中相互呼应,在一座又一座山头,传递着内心的心事,传递着对命运的追寻。

我的皮肤变得黑了,像是山石一样的颜色,在风雨中变得那样的粗糙,几乎很难让人觉察到夹杂其中的闪光的坚硬。我更像是一只野兽,在栎树林里寻找出山之日;像是一只雏鹰,等待着从林海中汲取起飞的勇气。

栎树林的气息是清纯的,它们的叶子厚实带着光泽。我喜欢栎树叶子背面的白色,迷茫而又忠实。这些白色,像是心灵上经历的风霜,感觉到了岁月的力量。这些白色,在低沉的午后,白茫茫地呈现在你的眼前,表明一场暴雨即将来临。

暴雨来临时我也毫无所惧。栎树林的厚重,只有在暴雨的季节才能体味深刻。走在林中,你并未觉察到雨滴,只有风吹落的雨,很快从树梢滑落,而树下陈年的积叶,依旧带着干燥和温暖。

我在雨中行走于栎树林,更多地像是倾听一场雨与栎树的交谈。它们交谈到激烈处,洒落一地的雨珠,让我浑身发出了清凉的颤抖。惊醒的那些雨珠,白色带着锋芒,像是悲伤的眼泪。

我怀疑自己再也不是自己,我是一棵行走的栎树。我不再孤独,每一棵栎树都如我的亲人一样,友善地向我招手,为我提供庇护的处所,为我唱起了林涛之歌。

林涛之歌是它们的心灵之音,是它们对生命的呐喊。只有我听得清晰,记得清晰。所有的诗句,所有的诗行,都是自然的杰作,不带丝毫的矫揉,不带丝毫的装饰,清晰地呈现在你的眼前,落在你的内心,让你行走的每一步都无比坚实。

尖山栎树林

北山就是这样成为我眼中的神秘世界。它无限幽深、静谧、深邃无比。我会在任何时候作出向着北山进发的决定。无论天色多晚,无论天空晴朗或者乌云密布;或者我在低山上徜徉在低矮的栎树丛中,还是在山石上晒太阳,听着风在远处的山岭上吹口哨,我的心头突然会萌发出一种上山的强烈愿望。

或许太阳已经不是那么暴烈了,金黄色的阳光早已没有了温度,只有脚下的麻骨石上还散发着灼人的气息。

我的双脚已经沿着离北山最近的山岭攀爬。全然不顾四处惊飞的蝗虫,它们带着丝丝的振翅之声,向着更远处的栎树林飞去,天空中仿佛还留着它们逃散而去的身影。我的步伐像我的意志一样坚决,毫不理会脚下的树叶、碎石、茅草,只有低声鸣唱的蝉声,还在午后的山间漂浮。

最先看到的是村子里的红薯地,它们排列整齐,带着一畦畦绿意,生机盎然地匍匐在山谷。脚下的山谷里面,几棵杨树从低矮的山下抬起头来,观看着山顶的动静。

我很快就到了尖山的脚下。尖山实际上就是一座山峰,早先被茂密的栎树林覆盖着,从来没有露出它真实的面目。那些高高低低的栎树生长在荆棘丛中,覆盖住陡峭的山体。我常常顺着尖山山腰的小路走进山林。这条小路连接着低山与高山的入口。所谓的北山,就是从这里开始。

尖山就是北山的大门。它以一座茂密的栎树林迎接我,给我一个阴凉的、浓郁的怀抱。一踏进这条小路,浑身莫名增添了一种强大的能量,呼吸变得如此轻松自在,高处的栎树林在阳光的映射下,透出翠绿的光芒。那些尖细而清晰可见的叶子,面庞如此和蔼、如此温良、如此谦恭,仿佛母亲的手掌,擎住了天空的浮云。

刚走进尖山的路,时光变得幽深,耳朵里再也听不到世事的繁杂,只有轻柔的树叶摩挲的耳语，轻柔的虫鸣，以及脚底下树叶的轻响。

小路上有几块黑色的巨石，横亘在上山的途中。到了此处，我会格外地小心，上山意味着即将踏上探险之旅。我常常将自己幻想成世间的勇士，这片栎树林的宗主。我觉得自己的身体慢慢飘了起来，心渐渐静了下来，我的眼睛不断地扫视着树丛和山野深处，里面会不会出现一头野兽？

转过山腰，是几块更加高大的石头，堆积成石头崖。常常下山走到此处，总会在此处歇息，放下手中的袋子或者篮子，爬上高高的石头堆，遥望山脚下暮霭里的村庄，心头升起了一种回归的渴望。

山腰处我们从不过去，那里的栎树上生长着咕噜包。咕噜包是一种野蜂的巢穴，形状像是古代士兵的头颅，白褐色的橄榄球一样的形状，高高挂在栎树顶上。咕噜包上面有一个小小的穴口，是野蜂出入的门口，经常有专门的野蜂站在那里放哨。

咕噜包里的野蜂有群体攻击性，如果不小心冒犯了其中的一只野蜂，其他的野蜂就会倾巢而出，攻击人类。轻则浑身肿胀，重则毙命。

咕噜包挂在那里好几年，有一年看山人半夜上山，放火烧掉了咕噜包，从此那个咕噜包便消失了。

我不小心走上山来，走进了栎树林深处。所有的树影在阳光的照射下，落在脚下的土地上，相互交错，在树干与树干之间摇摆不定。我沿着熟悉的小路，向着山野深处走去。一棵桔梗，站在小路旁的沙石上，开着淡紫色的小花。它是孤独的，内心藏着世代相传的苦涩。我不用弯腰，远远嗅到它特殊的气息。它的叶子带着苍白的微芒，边缘带着锯齿一样的形状，坚定地站立在栎树林中。

我习惯看到这些淡雅的花朵，它们或许是一丛丛地出现，在草丛中相互呼应，在特殊的环境中孕育着中药的特殊功能。

桔梗我很少去挖，她的根部带着一种深入心脾的苦味，久留不去。有一次，我意外啃食了一块桔梗根茎，苦涩的滋味几乎让我整个胃部痉挛和呕吐。

父亲曾经用桔梗给我们兄弟几个熬茶，据说喝了败火。小时候不知火为何物，只觉得火藏在身体内部，就会让人生病，咳嗽或者发烧。为了防止我们上火，父亲常常到北山上来，挖些草药回去熬茶喝。在我的记忆中，我喝过父亲熬制的茅草根茶、芦根茶、六月雪茶、竹叶茶，还有桔梗茶。几块芦根、茅草根，几片草叶，浮现在清贫的水中，净化着我的身体、我的记忆。

走过尖山后面的道路，就到了林后了。我和亲人们一起走过这条道路，山腰的开阔地是几棵清瘦颀长的栎树，它们为这片开阔地腾出了众多的阳光。每当我走到这里，我就感觉到了山的温暖，感觉到了栎树的慈爱。

我的记忆中，母亲和我一起走过此处，三哥和我走过此处，大哥、二哥、姐姐和我一起走过此处，所有的亲人都陪我走过此处。他们走过这条小路的姿态和声音，他们的面容、喜怒哀乐，都曾在这片土地上逗留。

我感觉到了北山栎树林的宽阔起伏，犹如命运的追寻和叩问。几乎都是为了生活，为了采摘野菜，采摘野果，拣拾橡壳、橡子，采摘蘑菇而来。有时候是满载而归的喜悦，有时候是一无所获的忧伤，就在这片栎树林里不断地重复和演绎。

母亲已经离我远去，她的坟墓坐落在北山脚下，远远地遥望北山。我感觉到她灵魂的存在，与北山早已经融为了一体。我听到她的话音依旧在栎树林里飘荡，在树梢飘响。我遥望着山野的孤独，那是生命成长的孤独，诀别母亲的孤独。

兄妹各有其家，二十载不曾相约来到北山。父亲年事已高，早已没有了当年的体力。只有我，仰望着栎树林的孤独，你可知我内心的林涛？

如果是秋天，我会在这片山岗上稍作停留。我知道山岗的上面有一棵葡萄树，每到秋天，就会结满黝黑的葡萄。这棵葡萄树已经陪伴我走过了几个春秋，它不会令我失望，让我的内心充满了发现和收获的惊喜。我常常迫不及待地放下手中的重物，飞快地来到她的身旁，仔细地打量着，搜寻着，哪怕是刚刚被人摘取过，仅仅留有稀少的籽粒，也会让我惊喜异常。

直到有一天，我发现她被人连根割去，这让我一度不相信自己的眼睛。山野中自由生长的世界，为什么充满着杀戮和破坏。

后来，更加糟糕的事情发生。尖山半山腰的栎树皆被伐去，用于种植木耳和香菇，我抚摸着他们曾经粗壮的树干，如今只剩下寸草不生的褴褛山体？

我常常在夜半听到鸣叫的斑鸠和猫头鹰在夜色中消失。山野开始变得嘈杂、热闹，几乎成为机械的世界。山腰挖掘出了土路，车辆开进了尖山脚下，那些让我神往的栎树林，突然之间就消失了。

当山野再次无人过问，变得荒芜，我已经难以按捺住身体内的时光之箭，它们刺穿了我的记忆和灵魂。

一切都变得陌生，山林几乎容纳不了一双踉跄的脚。我听着栎树林的呼喊，仿佛呼喊着自己不能赎回的时光。

白桦洼的林涛

再也没有狂放可以形容,北山的林涛足以证明。没有人比我更记得这些林涛的声音,如此深入我的内心。

不管是白桦,还是黑桦,它们的民族早已经融洽地融合,欢快的歌唱根本不需要理由,只要有风,它们就会开始北山桦树洼的专场。

驻足林中,时间不再那么漫长。一切的时空都消遁无影。我早已成为桦树中的一员,我的根深深地扎进了泥土,我的眼睛看到了桦树的眼睛,看到了它们纯洁的心灵。

风翻弄着桦树的叶芒,茫茫的林海深处,我的心灵开始起飞。这是一场惊心动魄的音乐会,只要你有足够的勇气,你可以一直听到夜幕降临,听到半山的雾霭萦绕着山谷低飞,燕雀归巢。

这场音乐会是全员的音乐会,所有的桦树都充当了歌手。它们不需要指挥,合唱浑然天成,嗓音在叶面的摩挲中发出声响,低沉而缠绵,如痴如醉……

我常常陶醉于白桦洼的林涛而忘记了回家。我记得那条柔软而细嫩的小路,落满了桦树的叶子,走起来如此地充满柔情。我迂回在山坡上,看见叶隙中的阳光,正在照亮我前行的路。

有时候,走累的时候,我常常会把手中的橡子袋子放下,头枕着它们的树荫躺下,听着林海深处的涛雨,内心洋溢着对母亲的怀念和感恩。

母亲带着我走过这片土地,带我来到白桦洼走过亲戚。亲戚在北山后面的山窝里。走去的时候,看到母亲的笑,母亲的汗珠。在白桦洼的山坡上,母亲停下来,擦擦汗,"娃儿,走累了吧,歇一歇吧。"母亲也许不懂得青春的浪漫,她走过了忙碌而又艰辛的中年,鬓角闪过了一丝银发。

可是母亲却走了,白桦洼只留下她擦汗的姿势和她的笑容。

林涛愈加狂烈,树梢柔软的部分几乎倾斜地靠在了一起,像是一列列训练有素的士兵，正在接受飓风的检验。

风大的时候，我看到了白栎洼的苍茫。白色的林涛比急雨来得更加猛烈，再也不需要压抑内心的爱，狂风一样扫卷内心的情感。如此直接的表白，大自然最真挚的爱情。

不知道为什么我的心会因为这些树而疼痛。当它们被砍斫，当它们被虫子咬断，当它们在飓风中折断树枝，我想象自己经历过的苦难，走过的命运的艰辛，我理解了白栎树，理解了林涛狂怒的含义。

山野之阳

用一片苍凉来形容山野的背面也许更适合不过。多少年的感觉让我摸透了山野的心情。

它的阳刚朝向村庄,那里生长着繁茂的树木和植物。每次上山我都会把目光安放在南面的山坡,那里一片苍翠。在阳光的照耀下,如此的安详,一种新生的力量透过山野的表面,散发出勃勃生机。

我不知为何会爱上这片山野。就像是命中注定,你也许根本无法泯灭对一种事物特有的感情。

山野上的阳光如此静谧,它的照耀让我的内心充满了力量。我在一个念头的驱使下,萌发了上山的冲动。这里是我的家园和庭院,不需要向任何人请示,只要是有一种愈发亲近的情感火花在内心燃起,我就会毫不犹豫地向着北山那面山坡游移。

山色永远是一种迷离。在迷离中恍惚,在恍惚中弥漫过时光的门槛,越来越厚重,成为时光积累的山河。

我的目光只能散布在脚前的土地上,蚱蜢都四散飞去,带着震动的节奏,落在远处的草丛。只有那些藏在树叶中的小鸟,发出了轻声的歌唱。

歌唱这片大地上的感恩,歌唱日出与日落,甚至那些月光下的阴暗。

北山本来是属于娇小的山脉,与村子南面的大山相比,如同母亲。而我常常去北山,不只因为路途更近,而且因为那里更适宜我长久地逗留而不迷失。

北山的阳面是葱茏的栎树林,那里树叶长得繁茂无比,花朵开得鲜艳。很多人们都在阳面的山林里劳作,他们会在低矮的山坡上开辟蚕场,收获蚕茧。也会在山林里砍柴,放牛。阳面的树木更新换代的速度更快,低处的树枝不断干枯,以更加充足的养分喂养上部的树枝,向着天空挺进。

我有好几个年头经常穿梭在这片阳面的山林中。那是我少年无法泯灭的记忆。面对一片片无法说出热爱的树林，是它在不断地给予这片村庄炊烟，给予人们灶上做饭的干柴，又把树林里的蘑菇和野果无偿地馈赠给物质并无富裕的村民。

我跟随父亲上山的时候，手里常常握着一把笨重的镰刀。上山之前，父亲照例是把镰刀在院中的石头上磨得锋利，直到磨出了白色的锋刃，才交予我。

我轻轻地踩在经年腐烂的树叶上，甚至可以听见自己的心跳。暗色的树荫覆盖在我的脸上，仿佛能够感觉到树叶的摩挲。父亲把树干上的枯枝砍下来，我在树下把它们收在一起，等到慢慢地堆积如山，再找来藤条，捆在一起。

少年的我，感觉那些柴捆无比的粗大。因为山上距离村子较远，一般人们都会把更多的柴捆一次性背回村子。我的柴捆比父亲的柴捆细了一半，但对于我来说，依然是一个庞然大物。

背柴下山的时候，我的身体仿佛被柴捆紧紧地挤成一团。我只能咬着牙，一步步向着山下挪动。对于我来说，只要能把柴捆背回家，就是对自己成长的磨砺，更是对家的一份责任。

父亲知道我身体柔弱，气力太小。因此，每当我远远地落在后面，父亲都会把自己的柴捆放在路边，折返回来，帮我把柴捆往前背上一段。

我的肩膀如此瘦小，用手就可以摸到自己的肩胛骨。干枯的树枝压着我的骨头，感觉到从未有过的疼痛。这种疼痛，却让我无法忘记。因为，我清楚，父亲的肩头也会有同样的疼痛。

除了砍柴，我也会上山漫无目的地游荡。这些日子对我来说，如同天堂的逡巡。任何一片树叶都会在我的眼睛中变得如此美好。树叶的表情是可以看到的，它们的嫩绿在表情中间，有着一种无法表达的慈祥。山的灵魂就书写在这些葱茏的树叶之间，让我阅读到了山的年龄。无数日月之光，通过这些树叶的更迭，埋藏进脚下的土地。

有时候，我会不小心进入山的阴面。

山的阴面常常无法看到阳光，幽暗无比。甚至无法看清更远处的树木。潮湿的地面上生长着不知名的草木，地上覆盖着更多的苔藓。在我的印象中，蛇一般都居住在此。任何树叶的响动，都仿佛潜藏着一些冷血的灵魂。

山 林 夕 照

太阳下山的时候，小鸟归林了。炊烟像是在村庄的上空挂着，忽而又随着远山的苍茫而变得虚无。我走在回家的途中，这是一片安静的山林，四处都有林涛浮起。最后的金光在树叶上逗留，如同母亲的目光，与我在山间的依恋叩触心弦。我的脚底下有风，顺着山坡弥漫上来，吹动了低矮的树丛。阴凉的湿气在草木间过滤，将独有的清香送抵我的鼻孔。

天上的云在勾勒最后的图腾。云马狗鸡，都飘如仙者。彩色朦胧的云朵似乎在以静止的姿态游移，走向未知的黑夜。身上的汗渐渐地消了，似有一层膜收紧了毛孔。我遥望着脚下的山脊盘旋的道路，安静地呼吸着低沉下来的时光，倾听着山风在背后愈加低沉的节奏。

我是山野的使者，来自山野的性灵。如果不是与它的内心息息相通，又怎能与它形影不离？我了解山野的晨曦与黄昏，了解它的暴风与骤雨，它的山光与秋色。我熟悉它身上每一处独特的气息，了解它的痛苦与悲伤。我的内心藏着一座山的历史，那是任何人都无法感知与翻阅到的神秘，粒粒如沙般的文字倾撒在山路上，镌刻在石头上，在每一片树叶的掌纹上。我俯身读它时，发现了闪光的露珠点缀在白头翁的花萼上，细密如乡愁。

我搬开一块石头，轻轻敲出火。敲出一首歌的旋律，在林间飘荡。多少人一辈子眷顾山林，将灵魂留驻在这里。走不出的是对苦难的抗拒，对命运的诅咒或歌颂。我去山林间烧水做饭，煮着北去的云。母亲去了，父亲去了，山野仿佛用荒芜印证苍老？所有的道路都在消遁，那是绿色的遗忘，曾经攀登的印迹终将在风雨中成为伤痕。

我来了，故乡的山林成为我不忍打开的唯美画册。风声像是一条涓涓流淌的小溪，在我的耳畔小声歌唱。我喜欢这样的枝叶摩挲的蓝调，富有活力的生命隐含在不息的波涛里，汹涌的浪尖挂着星光和微笑，在你曾经奔波的山路上传递血脉。

  我曾经陪伴着奶奶、父亲和母亲在山野里养蚕、摘野菜、采草药。我曾经睡在林间的小路上发起高烧。父亲和母亲头顶竹筐，趁着好时节转移蚕儿到三眠场吐丝结茧。我在风的轻抚下睡去了，灵魂却在山间游荡。一团团蛛丝的亮光似乎把我围在中间，抬高到天际的云层，又仿佛是回到树梢。是母亲唤醒了我，我依旧在干燥的枝叶间躺着，看到了母亲，听到了一阵风的呼啸。

  母亲把我背下山，到村头药铺里买来了土霉素，喝下去汗如雨下，烧神奇般地退去了。是爱的力量赶走了自然界中的邪恶，让我重新活泼起来。山上蚕儿结茧，又是我上山看蚕的时节。蚕儿忙碌在枝叶间摇头吐丝，犹如编织走向第四维空间的设计师。它们即将进入封闭的修禅世界，在绝食的黑暗中化为蚕蛹，度过三个月的寒冬，再破茧成蝶，生子死去。

  细密的蚕茧煮熟缫丝，织成绸缎。一床棉被代表着温暖，代表着幸福和安康。我在山间寻找着，怀想着，仿佛自己正在变成一只蛹，等待着在中年沧桑的记忆中孵化成思乡的蝶儿，飞回到山间的野地里，徘徊在父母的坟墓前。

山 野 的 风

　　道路上的月色不见了，黑色的山峦凸起在远处的山坳里。风从山谷低处吹上来，咸涩的汗不那么酸涩和刺挠了。我站在一棵柿子树下，等待着新的劲头攒足了，再背起柴捆向山下走。

　　这已是第三天了。我高中暑假里启动的新商机。县城煤窑来收这些干柴捆，用来垫地下巷道。一捆柴是一块五，父亲和我用整整三天时间，从山上背下三百捆柴，卖了四百多块钱，已经攒够了新学期的学费。这样快速赚钱的机会在那个年代少之又少，父亲攥着一沓钞票，心底的宽慰化为了额头的一丝舒展。难得有这样一身的轻松，不至于一个暑假都要到处转乡走村给人家断磨赚钱。

　　为了我们兄弟几个的学费，父亲和母亲想了若干种办法。全家人全体出动，顶风冒雪远走他乡。最开始时是到河里捞铁沙。奶奶每天吃过早饭，就端着铁盆拿着吸铁石下河去，从下河吸到上河，从西河吸到东河，每一条支流都没有放过。为了能够吸更多的沙，午饭是叔叔端到河里吃的。我曾经跟奶奶一起吸过铁沙。吸铁石在河水里到处伸着，捞起时圆环形的吸铁石上布满了带着沙子的黑色细沙，然后在河水里轻轻晃动，让表面的沙子脱落，剩下细腻的黑色粉末，用手顺着磁环一捋，铁沙就落进铁盆里。奶奶的手动作很快，一会儿铁盆就装满了铁沙，几乎要陷进河水里了。于是喊我赶紧端到河边的草地上，倒成一个沙堆。到了晚上，等叔叔来用箩头挑到村口白杨树下面的大沙堆上去。

　　奶奶出生在清朝末年，十二岁就缠了小脚，四个脚趾头弯向脚底，走路只能亦步亦趋。即使这样，也没能阻挡她在抗日战争期间和闹土匪期间上山跑荒，没能阻挡她带领父亲和姑姑们在农业学大寨年代下地挑粪。在奶奶身上，我丝毫没有发现大家闺秀的柔弱，反倒看到了她在爷爷中年去世后独自担当养活全家重任的豁达与乐观。奶奶的小脚整天泡在河水里，脚底发白，布满了褶皱和枯皮，但她依然稳如泰山。

我家的沙堆是村子里最大的，无人能够比得上。这是奶奶的骄傲。一堆沙两千斤左右，能卖上四十元钱。卖来的钱全部归父亲保管，用来给我们几个交学费。村里的几条小河都留下了奶奶的身影，我跟着奶奶在大沟、杨背锅、小溪沟都吸遍了。小溪沟与村子隔着一座小山丘，谷底的白杨树下面埋着我的爷爷。奶奶中午吸铁沙累了，就躺在爷爷的坟前小憩一会儿。我看到奶奶躺在沙地上，头枕着一块石头睡着了。她的表情异常平静和安详。风吹着头顶的白杨树哗哗地响着，像是故去的亲人讲述着什么。看得出奶奶深爱着爷爷，只是爷爷中年去世，留下来五个年幼的孩子，奶奶如何带他们度过漫漫长夜？

父亲十二岁就辍学到生产队里挣工分，奶奶也下地挑粪争红旗。家里缺粮，大姑年纪很小就嫁出去了，后来因为捡食堂地上的馍皮遭了大队长的耳光又被全村通报而被她男人一顿狠打致死；二姑年纪尚幼，就在野地里摘野豆回来煮食。家里实在缺少个男人，奶奶就收留了后来进我家的爷爷。这个爷爷是名义上的收留，姓刘，村里人都喊他老刘。他到我家后就干些放牛的活，并不常下地，因此并没有太高的地位，当家做主的仍是奶奶。这个爷爷也在我上大学的时候突发高血压摔倒在厨房里死了。等我放暑假回到家，看到的只是埋在门前河畔菜园子里的一座孤坟，隔着一条河与马路对望。

我跟着奶奶，主要是为奶奶端铁沙。我的盆小，吸铁石也小。吸满了，就端着盆倒在草地上的沙堆上去。奶奶一个人坐在河水里的小凳子上，一缕缕白发顺着脸庞垂下来，盖住脸上的一折折皱纹。大沟是一条充满阴暗的河谷，两侧的山丘长满了野草，山沟两边坐落着巨大的石头。石头缝里流出来红色的水流，充满了斑斓的锈迹。现在看来，山下面应该有铁矿的物质，从地下源源不断地渗透出来。小时候听人说是石头下面住着蛇，那些花花绿绿的汁液大概就是蛇吐出来的。因此，我对石头缝里流出来的那些红艳格外恐惧。另一个原因是山背面埋着村子里喝毒药死去的女人或者意外夭折的孩子，我很多时候都是不愿到这里来的。只是在收割稻子的时候，才和叔叔一起来沟里面的稻田里收割稻子。

奶奶一个人在大沟的河道里吸铁沙。吸着吸着，她就小声地唱起来："红嘴唇，柳叶眉，纳鞋底子八对八。"我和奶奶在一起吸铁沙的时候，她就告诉我过去的一些历史。"这些稻田，过去都是咱们家的。"奶奶谈起往事，并没有任何遗憾，而是充满了自豪。我那时候未曾问为什么只剩下木蜡树旁月牙形的一小块儿，下面最肥沃最宽广的那些稻田，怎么都成了别人家的。奶奶也未曾告诉我。直到大哥后来向我透露，奶奶刚嫁过来时，娘家有大产业，购房置地，买下了村子周围的若干亩旱地水地和村子里的多处房子。到了后来，都无偿捐献给国家了。

昔日的辉煌不再，一切从零开始。那些住在我家捐献的房子、种着我家地的人，如今都过得逍遥自在，我家只剩下两间草房三间瓦房。我家成了穷人。奶奶却从未抱怨过，也从未觉得失去什么。她满足于目前的生活，满足于这样辛苦的劳作。

连续三天上山砍柴几乎让我接近虚脱。父亲对我的柔弱有些憎意。反正是他的亲孩子，最多也只是说些牢骚的话。拿我和邻居家的孩子比较，诸如某某某壮如牛等。我听着十分的脸红，对自己弱不禁风的身体有些愧疚。我相信身高体型大部分都是遗传自瘦弱矮小的母亲，而另有一分坚韧和不屈在骨子深处。我还是赌气故意给自己的柴捆多捆了一些，咬着牙一步一步下山。粗糙陡峭的沙坡让我格外的慎重，生怕在山道上翻车失误导致我无法正常上学。

煤矿上来买柴的时间间隔越来越长了。甚至十多天里，孙猴子的汽车也不见踪影。我和父亲背下山的柴已经堆在马路上垛成一座小山，在夏日的暴晒下几乎要燃烧。父亲几次打听孙猴子不来拉柴的事情，据说是汽车拉煤时蹿到沟里，孙猴子摔折了一只胳膊。我和父亲上山的积极性没有那么高了，本来受前期卖柴的鼓舞，期望着多赚些钱攒够全年的伙食费，省些细粮给家里吃，不料这个美好的计划落空了。

那些山林间刮过的风，吹落了身上咸涩的汗水，浇灌出的火花熄灭了。饿着肚子，咬着牙齿，一步步坚挺走过沟沟坎坎，梦想在黄昏的山路上等待收获的渴望荡然无存。父亲抽着烟，把磨好的镰刀搁置起来，准备等待下一次收割。

遥远的山林

此时的山林，黄昏比童年更加深沉。暮色如同水中的墨水般灰暗，一片片浅色的云朵在最后一缕光色中漂浮。

我仔细谛听山林中嘈杂的鸟鸣，似乎在呢喃一天的见闻，又似乎在倾诉思念的焦虑。鸟声那样密集，似乎要在黑暗淹没山野之前托浮起沉眠的孤岛。

经过几个小时的劳累，饥渴已经开始在体内召唤。用矿泉水瓶到山中打来泉水，迫不及待地畅饮，那甘甜之水似又增添了些许沉重。

夜色隆重，已经把山林的轮廓覆盖。这和蔼而又熟悉的道路，经过父辈自力更生地修缮，已经成为山里人进出山谷的必经之路。不时有骑着摩托车的人载着山货向着乡街匆匆急行。也有载着女人载着孩子的，也都似要在黄昏前到达繁华之地。

我辨认出记忆中那些低矮的山坡，如今已经被树林长满。几乎找不到道路和熟悉的山石，也找不到儿时做下的记号。只能感觉到山坡的迂回辗转，仿佛依旧在童年的记忆中重合浮现。

常常从蚕坡上下来，也是此时的暮色。养蚕时节，我白天到山上帮父亲看蚕，雾霭弥漫、暮色四浮时，父亲上山来，我才能起身回家。也是这样的夜晚，一个人在山野的道路上行走，彼时吃叶的蚕正在沙沙地摇响熟悉的旋律。

山坡上见到了熟悉的桐油，落了满地无人采摘。为了换上几块钱，常常和娘带着篮子满山坡地找桐油。人家已经采摘过了，只能找树上被遗漏的，或是落进荆棘丛里的。到了冬天，起早去小学校上自习，又会找出几颗桐油籽，用铁丝穿了燃上做成油灯。

如今，山野几近荒芜，桐油已经瓜熟蒂落，滚落在山道上。黑色的肌肤似乎要在深秋的阳光下腐烂，晚熟的那些正不安地等待在枝头。我走过的山林之处，早已不见了原来的道路或者沟壑，只有荒草和灌木丛，不断地让我进入迷失的境地。

我从山林中返回，阳光再一次落在身后的山林。风正摇起枝头的青茂，又好像年迈老人的叹息。只有更加荒凉，一种现代城市与乡村交错的荒凉，一种人与自然的隔阂，仿佛这脚底下曾经被人踏出的山路，又变得不见了踪影。

我们又一次见到了山野的陌生。找到了西寨，找到了曾经的风声，熟悉的地形，而内心又平添了不知名的沉重。

我们离开后，不知那山野会不会又很快地老去。

山林的花朵

所有的花朵都藏在山间的草丛里，兀自吐露着自己的芬芳。

呈现在我眼前的花朵，因为一座山的磅礴而略显妩媚。她们原本就存在这面山坡上，却因为人迹罕至而独自忍受寂寞萧杀。山中不同种类的花朵，都会群居在固定的地方。例如水仙花，大概会在背阴的谷底，成簇地摇曳雪白的花瓣。还有芍药，这些珍稀的物种，能够在一座山谷中，开出手掌一样大小的花瓣，更显出一座山的雍容华贵。

因为这些不同季节开放的花朵，一座山有了四季分明的颜色。春天来的时候，栎树林还未曾吐露鹅黄的嫩芽，而桃李却竞相吐露花朵的芬芳。粉红色的桃花，雪白的梨花，一丛丛绽放在枯燥了一冬的山林间，让整座山恢复了心跳。

我是这时候上山的，在我生命中某一个年头，仿佛不是为了特有的目的，不是为了特意上山观赏花朵的层叠，更不是为了到山上来散步。每一次攀爬的过程就是一次对生命的体验。我是为了采摘那些海棠花，用来做春天的食粮。经过了一冬的消耗，家里的粮食已经不多，而且窖藏的白菜和萝卜已经吃尽。我带着口袋，到山上来采摘海棠花，经过滚烫的开水烫熟，晒干用作春夏之间的菜肴。

那时候，山上一切的主色调依然是灰色。远处的山峦挂着一层薄薄的云雾，几度苍茫。每一次上山，我都格外充满信心。靠山吃山，靠水吃水。这座大山并没有太多丰饶的矿产，但却可以用漫山遍野的野菜和植物将我养活。我感受到这座山的胸怀和体温，觉察到它的精神高度，时刻给予我生命的热力和希望。

上山的时候我依然是快乐的，面对一座山的生机。在逶迤的山岭之中，我即将发现一片群芳的园林。那是对春天的赞歌，以璀璨的光芒映亮山谷的寂寞，掀开了春光的序幕。

栎树林依然举着光秃秃的枝桠，它们在冬日的漫长中体味到了相守寒风的痛苦。只有在这时，山谷中才发现了野花的秘密。它们竞相怒放，令群山癫狂。像是上帝的水彩，不经意地在山谷中随处涂抹，大大小小的桃树梨树都举起了热烈的花骨朵，对着春风敞开了怀抱。

山野处处都能看到花丛艳丽。我仿佛听见花丛在隔着山与山说话，花瓣飘飞的声音，像是刚刚孵化的蝴蝶，飘出了梦幻的壳体。

我在一个春日的凌晨，趁着月色出门上山，走过村西头的一条小河，沿着田埂小路缓缓上山。南山路途遥远，到达山林深处大概需要花上小半天时间，因此都是早出晚归。走到半山腰的时候，村子渐渐不见了，只能看到萦绕在村子上空的炊烟和依旧发亮的启明星。

低处的山坡上也会有白色的海棠花，但终究是小树，花朵也不是十分茂盛。待到翻越第二座山，越过一座两山相夹的村子，再向山梁上去，便要进入真正的伏牛山系了。莽莽苍苍的伏牛山，高大的栎树林已经覆盖了整个天空，身处其中，你只能听到风摇树枝的声响。

到了半山腰，低处的山谷和山梁便展现在你的视野之中，整个山野的轮廓暴露在春日的阳光下。

山中的花朵绝非只有桃花和梨花，还会有更多无名的花朵，不经意在山间闪现，尽情飘摇。那时候，我的篮子里除了采摘海棠花，还会摘一些野洋葱或者其他的花朵。这些花朵，不仅有令人陶醉的花瓣，水灵灵的姿态，更是我充饥的食物。

映山红的花朵是粉红色的，一簇簇带着长长的花蕊，薄如绵纸一样的柔软，入口又有一种酸甜的味道。我常常去摘映山红，坐在花丛中，贪婪地大口吃下它的花瓣，仿佛吃下了上帝馈赠的佳肴。

粉红的色彩象征着美好，象征着幸福。我在和三哥一起摘食映山红的时候，听他讲述了四年级一个同学的故事。他同学的家就在这座山谷里，周末上山采摘映山红的时候，不小心掉下悬崖，家人找到他的时候，他已经奄奄一息。在生命最后的时刻，这位同学从口袋里掏出一支钢笔，说是自己借同桌的钢笔，叮嘱家人一定要还给自己的同桌。

不知道这个故事真实程度如何，但它却一定程度上，让我对映山红有了新的认知。看到映山红积极向上的精神品格，竟慢慢成了一种可贵的象征和同学的化身。每每看到悬崖边开放的映山红，便想起这个故事，让我感觉到舍弃的重要。生命，你只有学会去珍惜它，才能开出更加美丽灿烂的花朵。

我所采摘的海棠花，一朵朵堆满了月台下的顶筐。母亲把炸好的海棠花，晾晒在柴火堆上。我仿佛看到它们已经成为我身体的一部分，那些温暖的面容，带着阳光的味道，走进了我人生的风雨。

山野深处

我那时是迷了路的。在山野深处,像是一只找不到家的兽。

面对空旷苍茫的山谷,面对无尽的风,吹落了野栗子树上的果实。

我的心是收紧的,像是风吹乱了山谷的林涛。声音的庞大,让你知道山野的风,如何踩着林间的树尖走路,以席卷大地之势,踩出了人间的悲欢。

我们走到更巨大的石头上面,借助山的高度,重新观察我们的位置,山脉的走向。因为山间的层峦叠嶂,眼前的场景、道路以及山石如此的相似,它们高低起伏的走势让你无法辨清哪一座山谷通往山外。如果走错方向,也许会离来时的路越来越远,走到荒无人迹的原始森林中去。

饥饿早已置之度外。林中的树影如此庞杂,声音中透露出无法辩驳的力量。如同对着生活发出的断喝,在山间的草地上、树丛中滚动或停留。

沿着下山的道路机械地向前走去,仿佛抚摸大地的每一寸肌肤,脚下的每一棵花草都曾经相识。路那么遥远。山间的光线渐渐地暗了下去,随着时间的推移,太阳渐渐退到幕后,黑暗从山顶升起,向着山谷快速地弥漫。终于,在一片山崖间找到了上山时的标志,那一刻,内心的恐惧一扫而光,我们找到回家的路了!

这一切,都来自不懈地探寻。一次次面对陌生的山谷,面对一次次犹豫的念头,面对自己的怀疑,面对山谷的戏弄还是对命运的考验?而这一切都在瞬间烟消云散,道路就在无尽苍茫的山野间深藏,你在找寻它的时候,它也在原地焦急地等待着你回归的脚步!

我再一次听到了自己的心跳,听到山谷中传来的歌声。大山的胸怀藏得进山岚与暮霭,藏得进日月与星光,藏得住我的童年和我的饥饿。我看到山下那些猎户的房屋,已经升起了傍晚的炊烟。林间的那些萝卜和红薯地,正在生长着葱茏的身体,让我感觉到了人间烟火的温暖。

山川的走向

山的连绵起伏在我的眼光里发生了变化,仅仅因为时光的扭曲。

多么遥远的年头,在我离开故乡多年后,山的空寂已经弥漫到了记忆的边缘。

多少年的时光被改变,成为一生中无法走出的痛。我仿佛看到了山林的轮廓,依旧在月色中变得无比迷离。那些山野的呼喊,被一阵又一阵风带进中年的梦中。无比庞大的森林之海,在梦境中汹涌着惊涛骇浪,拍打着心灵的小舟。

每年国庆节放假我都会到北山山林中去的,可这一次却突然遭遇了变故。父亲逝去了。

一次意外导致父亲未能等到我的回归。

揪心的疼痛让我一遍遍叩问自己,为什么不能挽留住父亲的生命。

山林如此的孤寂。在苍茫之间,我又一次感觉到了时光深处的孤独。

亲人们都将长眠在北山之下,我也将把北山打点包裹,永远地珍藏。

父亲小名就叫山。至今,耳边仿佛还能听到奶奶呼喊父亲的名字,在低矮的村庄盘旋。

父亲,带着我在山上穿梭。童年的所见所闻,就是山林所赋予我的景观。春天的生机,夏天的茂盛,秋日的绚烂,冬日的枯寂。北山告诉我岁月的变换,就是生命颠沛流离,收获喜悦与悲伤的历史。

坐在一片山林中,打量着身边的草木。它们都如同我的家人,带着善良的面目出现。我寻找可以填饱肚子的野菜和果实,如同自由穿梭在自己的庭院。并无人能够阻止我,也无人告知我山林的凶险。

我会在山林深处迷失,暂时的恐惧如同到达了一个陌生的领地。我寻找方向,寻找熟悉的道路,我在山林中呼喊着父亲,判断着如何走出可能误入的陷阱。

这一切在今天是多么的熟悉,一度让我相信自己能够游刃有余。即使一个人孤军奋战,也可以在山林中自由地存活。

北山草木记

在有月亮的清晨，我紧紧地跟随着父亲的身影上山。月色如同白霜，覆盖住身边的山野。我安静地倾听晨鸟的梦呓，小虫的鸣叫。我听到自己的心跳和呼吸，到达的将是一场可以预料的黎明。

我在阳光四射时到达了北山之脊。仿佛在黎明之前，找到了属于自己的山野。

林　　野

只有林野是存在的，也只有林野是虚无的。

风从遥远的地方吹来，吹来了四季的沧桑。我记得一个人上山的日子，陶醉在一个人孤独的世界里，与山野之中的草木对话，与山野的明亮与阴郁相守。

所有的草木都有自己的位置，不问贫瘠还是富饶。这就是故乡的全部，他们所能给予的，仅仅是一片云，一阵雨，仅仅是我路过时向你投放的一缕目光。

我坐下来，感觉冬日的寒冷。所有的落叶都沉积在脚下，仿佛令人难以忘怀的往事。摇晃的枝头，未曾挂留一物。我看见村庄的炊烟，向你诉说一个家族的历史。

历史已经远去，历史不能重来。我再也回不到过去，因为我已经被故乡遗忘。

沉湎在一片荒凉之中，无法再向前突进。记忆中的道路已经荒芜，或者被历史埋葬。我沉入一片废墟之中，一些熟悉的脸孔再也不见。我的内心仿佛已经被荒草长满，阻挡了现实的视线。面前，再也无法驻足的目光，再也无法行走在汗水与焦灼中的道路上。

父亲发誓要送孩子们逃离山乡，而自己留守在这里。成为一座孤独的坟，像是一团虚无主义的思乡，一团炫目而又蓬勃的火焰。

当时，我看到落在叶面上的阳光，正值十月。而如今几年的沧桑岁月，仿佛人间早已更改。星座的神光，你闪烁的颜色，是不是父亲在另一个世界把我打量？

菜地里只留下曾经耕种的痕迹。这片土地上的作物，都将推倒重来。我远离了故乡，远离了自己，远离了一片为我抵挡风雨的天空，远离了内心的沉痛。

复苏吧！脚下的土地。即便是荒草丛生，也要在生命的进程中勾勒完美的绿。

山 野 之 雾

在阴雨中，山野呈现出神秘、喑哑。湿重的浓雾覆盖住山脊和丛林，只能看到模糊的云色，似无法退去的海浪，紧紧地与逶迤的群山相互拥抱。它们如此缠绵，让你无法看清更远的世界。那里或许隐藏着岁月的真相，季节的枯荣，生活的艰辛。

我的眼光所及的地方，是一座连绵的北山。它们像是一道苍黑的屏障，团团将村庄围坐在中间。无论时光多么漫长，日子多么急促，我都相信北山会给予我甘甜的果实，色彩迷离的花朵，动听的山风吹过林梢的柔情。

我记得那些日子，村庄上的炊烟在潮湿的雨雾中弥漫，与山野的雨雾融合在一起，在山腰弥漫和缠绕。我等待着焦灼的夜色赶紧褪去，迎来新的黎明。然而雨季会在夏季更趋密集，梅雨浸透山村的每一片角落，让人们无法离开村子半步。

我冒雨前往北山，在满是雨水的山林中穿越。那是对自己发起的挑战，弄湿了衣服和鞋子，浑身冰冷，甚至连身体都发出了颤抖。山路被雨水冲刷出沟壑，淋漓的雨水在沙石间匆忙赶路。我走向远山，走进一场湿意而忘我的攀登。所有的栎树叶子低垂，绿得发亮的叶尖淌着新鲜的雨水，滴成时间的沙漏。我在雨中行进，头发被雨雾打湿，紧紧地贴在额头。在离山脚最近的第一道山岗上，几缕轻柔的雾丝轻轻漂移，她们旁若无人地从我的脚下极速流逝，向着另一道山梁翻越。湿冷的雨滴在云雾中拂过脸庞，凉意瞬间进入感官，让一颗孤独的心有了新的生机。眼前的飞舞是粗狂的，没有方向感地穿梭、游移，犹如飘忽不定的情感，不知道该将依恋附着在故乡的哪一片土地，哪一块山石，哪一条河流。

随着海拔的升高，我更加靠近了北山的幕布。那是一团深色的虚无，在云雾的萦绕中扑朔迷离。我相信坚强的栎树林依然安好，林间的道路依然安好，鸟子和蚱蜢都依然安好。它们不会因为雨雾的阻挡而望而却步，它们躲藏在山林的巢穴中，等待着忧愁的雨天尽快过去，太阳出来，照亮山雾，晾干翅膀，重新觅食。

我的脚底不时被道路两旁低矮的树丛绊到，雨水扑打进鞋底，增加了裤脚的重量和脚下的湿滑。

这不是一场沉重的梦，这是一次冒雨上山的真实经历。雨雾中的现实更加接近生活的本质，让我觉察到心头的沉重。面对天空中密集的雨丝，面对失去真相的山峦，心底闪过一丝无法言说的焦灼。如果现实也可以描述为梦，这场北山的雨雾，就是一场真实的梦境。

我在梦境里穿梭，与山化为一体。宁可做草的灵魂，攀附在宽厚的山体上，扎根于脚下的土地，也不愿在他乡流浪。转过山腰，雾气迎面而来。我已经成为山雾中的一叶孤舟，划向山林深处。雾雨愈加沉重，打湿我的眼睫，仿佛眼眸深处凝结的眼泪，在脸颊上深渊。因为熟悉这片土地，因为深爱这片土地，我想在云雾深处寻找到山野的表情，听它温柔的心跳，感知它冷却的体温。我听到了风吹落树梢雨滴的声音，砸落在低处的叶脉上，落在泛绿的苔藓上。它们在反抗着雨季的压抑，企图以笔直的身姿重新挺立在我的视野。

我听到了山谷中瀑布的歌唱，带着激荡回旋的余音。多少山雨被树叶和泥土重新过滤，汇聚成一汪深蓝的泉水，洗净山谷中裸露的石头，越过无数沟壑和荆棘，到达断崖的一跃，成就了山谷最勇敢的情节。我曾经在这里汲水，燃火做饭。无数山林静默的夜晚，与栎树林的山鸟一起栖息在山谷。作为看山人的孙子，我有最充分的理由留在山中过夜。我嗅到了月色的味道，透过野百合的花瓣传进我的鼻孔。我听到了刺猬从山谷中滚落，与落叶相互摩擦的声音。我享受着山野的静谧，坐在山顶观望北山的剪影，愈加厚重朴实慈祥。

即使在雨雾中，我也不感到任何不适或者焦灼。我已经与北山达成了某种默契，它们的身姿在雨色中更显得健康清新。雨线如同母亲手中缝衣的针，往来穿梭于它的肌肤，为它们缝补上裸露的赤贫。我坐在树下读山，读出内心深处的爱，读出对故乡的感恩，读出诗意朦胧的童年往事。

什么时候，才能迎来雨后的阳光？什么时候，才能拂去心头的潮湿？太多的未知，太多的疑问，成为心头的渴望。我在雨中的山林漫无目地穿梭，仿佛雨水永远停留在梦中的记忆，仿佛山林中的阴暗就是我内心的风景。我被绿色的水滴照亮，看到自己朦胧的影子，在山间的草木中闪烁。那不是生命中固有的苦痛，而是融入自然一体的一份自在和惬意。温暖从山林中弥漫过眼前的草地，在心头重新燃起朦胧的篝火。我将成为群山中最富有的孩子，一手触摸天际的雾缕，一手接过树梢扫落的雨水，倾听雨倾洒在落叶上的寂寞。

北山草木记

　　这是最美妙的音乐圣殿。鲜花点缀在丛林间，带着露水的微笑。我弯下腰来，轻轻地抚摸美丽的花瓣。花儿早已适应了这里的土地，安于岁月的片隅。有的带着颗粒状的花粉，等待着乡间的蛾子前来采蜜。多少人曾经怀着和我一样的感情，世世代代生存在这里？多少人离开这片土地，却又在梦中眷恋山林？像陶渊明，辞官归隐，采菊东篱下，悠然见南山。又或荷锄耕作，种豆耕吟。这是怎样强大的内心世界，看清了世态真相，才能做出这样的打算？

　　我从未停止在北山的脚步，只要我还属于这片土地。我行走的脚步声，仿佛只有这片山林可以听到，自己安静的心可以听到。从少年到中年，一直走到遥远的未来。

烟 雨 山 林

一场烟雨弥漫过山林，弥漫进岁月。

我走在山林小道上，独自穿行过被浓雾层层包裹的林野。

一切都如此湿重，仿佛世间的万物都已经在山雨中浸泡多日。水滴在栎树叶子上悬垂，小鸟在附近悄悄低语，它们已经发现了我的身影，或者是感觉到了我的气息。

我在山林中安静地穿梭，仿佛要穿透人生的迷雾。方向需要自己凭着感觉去把握，高高低低的灌木阻挡住前行的视线，包括自己身后那些远去的山岭，依旧匍匐着千年的身姿。

我像是做了一场有关自己的梦。栎树伸出葱茏的枝条，用慈祥的目光打量着我。在浓雾中仿佛要远离或躲避这个寒冷的世界，到达了朦胧的幻境。我想用手拂去眼前的雾缕，它们如此飘忽，如此厚重，如此迷幻。搅浑了天地的分界，让我对身边的草木产生了怀疑，天地接吻的刹那，我也与天地融合在了一起。

山野苍茫。我不为任何目的，只是沐浴在山野的雾沼中。呼吸着湿重的气息，心境却是无比的自由。你可以与山野之中的任何事物捉迷藏，你相信它们在你熟知的地方等待着你。你相信它们不会远离这片土地，永远守护着这片土地。

已经没有任何一棵树可以依偎。它们都已经浑身挂满雨滴，仿佛枝条都要被浓雾扯断。栎树安静地沉思，这是生长中必须经受的岁月。迷茫中停顿，回忆，反省，找到冲破内心迷茫的行径。

一切已无可观察。我抬头观望一棵栎树，想要洞穿它的内心。它黝黑的树干仿佛没有任何的动摇，反而在雨雾中更加醒目和苍劲。坚守在山野的士兵，用满腔热爱活着，用自己不屈的身影活着。活着即是敬重，活着即是深爱，活着即是奉献。我感受着它的心跳和气息，它的生命之绿早已经融入我的血脉。

我无法谈及热爱，因我还没有可以描摹自己曾经与这片山林的交集。我最终逃脱了它的慈爱，逃脱了它的守护，任由它去荒芜，任由它去萧条，任由它去生或灭。当我再次踏入这片山野，多少陌生的目光，多少枝叶的腼腆，多少记忆的繁杂和心灵的焦灼，瞬间占领了我的心田。

我打量着它们，像是打量着已经消失在这片土地的亲人。我向着眼前这片山林再次进发，像是一场被遗忘很久的重生仪式，像是记忆中星星点点的火炬，重新燎原，重新复苏，重新回到了自由的灵魂。

我也不会远去，我有我的故乡。这片山林永远是我留恋的后花园，它们坎坷的背影是我攀附的脖颈。我愿意来山中，翻越沟谷，如履平地。因为这片山地敬重我的意念和自由，让我的心境如此安详。我在大山里面不断地迷失，迷失在一场与山雾有关的梦幻里，与自己有关的记忆里。

峥嵘草事

每一棵草都有自己的年华。自它们从枯色连天的荒芜中吐出鹅黄的芽脉,我就注意上了它们,朴实而简单的成长之路,一路跌跌撞撞,走进了春天的殿堂。无论曾经多少寒风雨雪,无论遭受过多少践踏和蹂躏,青草的根深埋在土地深处,在一条小路边,或是田埂上,都能找到属于自己的一片天地。幼小的枝片,伸展着柔弱的腰肢,坚强无比地挺立在阳光的喜悦里。面对一望无际的绿,我的心也飞出了胸膛,在草丛间自由地穿梭。

绿意盎然的春色铺展在山野之中,让你觉察到多样的生命所勃发出的旺盛生机。我深入到一片草丛中,身体低矮成一棵草的形状。目光也随着视野的变换,停留在草的葱茏之中。我嗅到了每一棵草特有的味道,有的带着清凉,有的带着苦涩,有的带着芳香。每一种味道都带着阳光的暖意,刺激着我的鼻孔。而它们叶子的形状,根茎的颜色和身体的构造也各不相同。有的叶子浑厚,叶面带着沟壑和褶皱;有的窄仄细长,叶子的边缘带着白色的毛刺;有的则娇嫩细腻,枝茎牢牢地匍匐在地面上;有的则站立在稻田地的沼泽中,繁茂地簇拥在一起。

早先家里养过兔子、驴子和牛。这些家畜,都以草为生。驴子除了拉磨,基本上就拴在驴房里,等待着吃草。在我印象里,驴子并不必吃太多的草,因而每天放学后拔大概一篮子草就够它一天吃的了。牛因为吃得较多,暑假的每天下午,都要赶着它们到田野里去放牧。一直到太阳落山,等到牛的肚子吃得浑圆,才慢慢地赶下山来。到了河边,饮了水,重新赶进家门。

在我印象里,兔子吃的草样数最多。除了气味熏鼻的青蒿和那些质地坚硬的草类,其余的野草都是兔子的佳肴。每当我把自己割回来的草放在兔子的嘴边,看到兔子轻轻地把草举起来,快速地蠕动小小的嘴唇,不禁发出了咯咯的笑声。一片片草叶子,很快就被几只兔子吃下肚子。它们轻轻地在院子中间跳动着,寻找着地上残剩的叶柄。

有时候，放学回来得晚，来不及到田野里割草，我便从院子里高高的杨树上打下带着枝条的叶子，作为兔子一天的晚餐。奶奶称这些兔子为"安古拉"。至于这些兔子是怎么来的，为什么会在我家养大，并且在屋内的地上打洞生出更多的小兔子，我几乎难以从记忆中挖掘出更加详细的枝节来。但这些兔子，在院中啃食杨树叶子的情景却记忆犹新，仿佛就在昨日，一枚枚孩童手掌大小的叶子，很快就被几只雪白的"安古拉"消灭殆尽。

我曾经以为这些杨树叶子，应该会有很好的味道。直到有一天我亲自品尝了一枚杨树叶子，才发现叶子的苦涩，几乎要赶得上黄连的味道。但兔子却吃得格外香甜。这些带着绿色的苦涩，竟可以养活世界上的生命。实际上，我也和所有那个时代农村的孩子一样，几乎是吃着野菜长大的。

在田野翠绿的草丛中，只要仔细地找寻，就可以发现不同品种的野菜。冬天的麦地里长满了面条菜，也长满了荠菜。每天薅野菜也曾经一度成为我放学后的必修课。面条菜青嫩，带着淡淡的甜意和滑腻，漂浮在面条汤碗中，仿佛让一碗稀疏的面条充满了诗意。

有时候我敬重大地，是因为它确实像母亲一样，用青草一样的生命将我养育。

我走在草丛里，感觉到了自己的呼吸，早已和大地上的草融在一起。我像草一样，行走在无边的阳光下，行走在风雨无常的世界里。

草 的 深 情

一片草已经永远留在我的记忆里。它们带着深情，在风中飘拂。绿色青嫩纤细的叶脉，整齐地向着天空伸展，接受着天地的滋养。

我与草有着深厚的感情。少年时光，多半是徜徉在村外的草野间。放学归来，或者是周末的时光，到河边和田埂上割草，成为我每日必修的功课。

实际上，我每天都生活在青草的梦乡里。那些根本不用种植和打理的荒草，听任时光的飞逝。它们如此的快乐，没有任何理由能够阻挡。在风的吹拂下，欢乐地舞蹈。看到它们的时候，我忧郁的心情立即烟消云散，像是一朵小花瞬间开放。

我坐在一片草丛间，抚摸着它们的脸庞。如此深情的目光，深入大地深处。或者是几只忙碌的蚂蚁，正在草丛间搬运食物。它们所带来的季节的草木版，像烙印一样深深地刻印在我的脑海里。

夏天的时候，我照例去给驴子或者牛割草。一枚二寸大小的镰刀，在田埂上潜伏行进。一堆堆新鲜的草，带着特有的鲜嫩气息躺在我的身后。它们即将被我送到驴槽里，去养活乡间最勤勉的动物。

也许会遇到乌云骤集，黑压压的天空覆盖了黑色的云朵。风忽然从村外的山头吹来，把草吹得东倒西伏。而我所观察到的草丛，在与风的抗争中愈加苍劲。它们即将经受一场暴雨的考验，洗净干燥的尘土，向着更加繁茂的荒芜繁衍。

很快，我的篮子已经装满了草，我感觉到了收获的快乐。我仿佛收获的是草的灵魂，它们即将完成养育村庄的使命。而整齐的草岔，在雨水的浸润下，又将快速恢复生命本来的面目。

一切都如此的美好！在草丛里，你根本找不到高贵者的鄙视。我们都是大地上的一棵草，沿着自己人生的轨迹，开花结果。

我的身边漫布着草的气息。仿佛整个世界因为浓密的草的记忆而恢复宁静。

北山草木记

阳光挂在草叶间，兀自闪耀着生命的光辉。一个村庄的记忆，全部浓缩进这些草的颜色、草的兴衰。

我听到一阵急促的风，带着雨点从后面赶来。草已经匍匐在田埂上，剧烈地颤抖着，发出一阵阵身体的痉挛。我的内心也缩成了一团，红色的闪电从乌黑的云朵后开放，迅疾照亮了远处的山河。

我将割来的草匆匆收进篮子，站在一片风雨即将覆盖的田野，像是面对自己的未来。一株草，体味着四季的炎凉，早已和泥土融在了一起。

草 的 姿 势

很容易看见一棵草，站在路边，一副风尘仆仆的面容。也许是出生于农村的缘故，我对草格外的钟情。在春天，草小心翼翼地欠起身子，吐出了自己鹅黄的嫩芽。这是复苏的生命，世间任何阻力都无法阻拦，就像人的诞生与消亡，草也在它的年轮里交替更衰，不变的只是它永恒的根。

我要说的仅仅是荒草。没有名字，没有被耕作或修剪过，杂乱无章地蔓延在你的视野里，透露着几丝凄凉。它们紧紧地依偎在一起，彼此无语。在清风朝露里匍匐或缠绕，攀援或挣扎，抑或被践踏。没有人会在意它是什么草，它是什么科什么种，结什么果开什么花。没有人为它们施肥浇水，更没有人前来赏识。它们生长在你的视野之外，在你的思考之外。

荒草，只是一个称谓，连同意识一起被置于另一个悲剧里。我们活着期望被关注，我们企图打造一个风调雨顺的疆域，在那里构建一个秩序井然的巢穴。而草不需要，草只在它的生命里延续，朝着天空任何一个方向，甚至是一个致命的危险，一把镰刀或者一张食草兽的嘴。草安静地活着，把水从根部打捞上来，又从叶脉里挥发到天空。草或许只是一个过程，一丝青色，维系在季节里。

草，很敷衍，很简单，很落魄。我们不允许它存在于我们的田中，那是多么不祥的预兆：落草，草菅人命。当草越过我们的田垄，覆盖我们的庄稼，我们怀疑地的主人也许有了什么不幸。我们只是难以区分时间的敌人，会让草很容易爬上一个男人的脸庞，这也是岁月的不幸。我们用草扎成草人，诅咒着凶神恶煞。它们超越了我们的想象，超越了思维的过程，它们变成替身，或者成为复仇的道路。

我却深爱着野地里的荒草。它们深到我的膝盖，散发着特有的苦辛。我是孤独的，至少我的思想陷入了前所未有的孤独，在这里我却与它们达成了一致。我不知道荒草是否学会了面对风雨，面对沼泽的陷落和熊熊的烈火。而我很容易藏身于此，成为世间一棵真正有思想的草。在这里我找到了片刻的安全，我的呼吸与草的呼吸融成一块，我的手臂在风中伸展开来，我的血脉已与大地连通。

草活着或者死去，只在点亮一盏春天的灯火，这些亮光遥远如天际的星星，你看到它时它已死亡。我们难以猜想它们复活的期限，如同寻找宇宙里我们百年后的灵魂。时光很容易错过，草易枯易衰，而我的脑海里却一直存留着行动的草，繁衍的草，逃往异乡的草。

这些概念含混不清，草从来都没有能被风理顺，也许从来都是无果而终。草没有被命名，没有被驯服，没有被植入风景。草有了自己的味，自己的香，自己的色，也有自己的毒。草有自己的痉挛，自己的颤抖，自己的芒刺。草被威胁，被恐吓，被啃啮，草就在那个不被知晓的地方，忍受着苦难。

而我看到的那些草是快乐的，在故乡的田埂上，它们翠绿地站在一起，手举着自己青色的小小果实。我常常趁着黄昏的天色蹲下来，观察它们的萼片，四棱的，扁形的，舌状的，锯齿的，它们有自己的身世，如同人类该有自己的母亲。有时候，天色晚下来，露水无声地弥漫着薄雾，笼罩着丰润而绮丽的草丛，我忍住自己的呼吸，把自己的脸贴在草的上面，柔柔的抚摸仿佛托住了我的那颗心。

雷声大作时，我常常是手足无措的，红光罩在小草的阴影上，乌云缝住了远处的山峦。我看见小草在剧烈地痉挛，它们难以站直身体，甚至将整个身体伏在泥土上。来临的都如同一个噩梦，转身间灾难就会在你的门口敲门。我的头发乱了，心也很乱，倾盆大雨瞬时间会把荒草地充满，我想象小草会在此时紧紧地抓住根，根的母亲，赋予了它们搏击风雨的勇气。

有时候，草是脆弱的，多日的雨水沼泽会将它们浸死，长久的烈日酷暑会将它们晒焦。荒草本没有名字，死了便没有墓碑，小草是小草的墓碑。弱小的死亡我们会认为理所当然，自然不会赋予怜悯的眼泪。实际上，我们错了，强大的背后常常隐藏着致命的虚弱，我们最后却把眼泪抛给了自己。当小草爬上小小的坟丘，我们看见了什么？情感是无力而弱小的，它让我们的回忆成为一片茂密的荒草地。

我们有时候会找不到自己的位置，自己存在于世的姿势。我们误入野地，那里只是虚无，或者贫瘠的泥土难以将你的容颜保持青春。我们把城市比作了堡垒，阳光难以进入我们的内心。我常常悼念青春的草地，故乡的田埂，我甚至把自己比作一棵稀疏的树。我扎根在田野的时候，幻想着不久就会有人把我移植入豪华的庄园，但是我错了；我长成一棵小树时，幻想着会有人把我迁入清新可人的小区，但是我错了；我长成一棵壮树的时候，幻想着有人会把我当成珍稀植被加以保护，但是我错了；然后我老了，我幻想着有人会把我砍伐，但是我还是错了；我像一棵走不出自己的草，等待着能够有最后的一把烈火，把我的生命灼烧。

春天还是要来的，而小草依然发芽。躺在日光里，在草地上打着不安的滚儿，害怕小草会突然扎进我的身体。从衣服上抠落的却是那些顽强的草果，它们还是没有发芽，因为没有人带它们去一片适宜的荒野，过那些简朴的生活。但是，它们从来没有自卑，没有失落于不被认同，像小草一样活着，面对的是更大的荒野，它们很容易适应了这样诡谲的天气，接纳一切，甚至是天地间一个玩笑。

就这样小草获得了自由，那是思想的自由。我们难以学会它们落拓不羁的姿势，我们因为一个梦而耿耿于怀，我们一直有一个秘密的打算，活在那些标签里，如同实验室摆放的标本，或者研究所里培育的新植被，我们渴望着被关注。小草拥有一个完整的春天，一个独立的春天，在那里孤独开花，开成一片属于自己的姿色。我们常常羡慕着而又偏离着，尘土飞扬时我们怨恨马车，雨雾繁盛时我们怨恨节气，我们不相信身外的一切，因而失去了小草的自由。

我依然在梦里挂念着它，荒野便不再是荒野。行走于草地时我仍然手执一束十几年前的阳光，照亮了它们可爱的面庞。它们感化着大地上世俗的生灵，感恩于上天所赐的朝露。它们还是没有一个像样的名字，草，仅仅是一般的称谓，如同提到难以具体的一个"人"。于是我想象着如草一样鲜亮的呈现于枯寂的晨曦里，惊喜于眼前的景象，忘记了失足的苦楚，消除了人生的种种误会。

野草复苏了，春天也会还原她本来的面目，泥弯路上面的山脊上，层层地开始厚积起藤藤蔓蔓。它们也许还都认识那个在沙砾上做记号的孩子，企图在若干年后仍会惦记着他的那些心爱的野草。草已经越过了山梁，埋葬了许多往事，如同宇宙中生死更替的过程，诸多的攀援与纠葛已不再重提。只是一味地迁徙，重逢，嫁娶，让我回避着这些难以承载的人生。

我已经难以把心交给寂寥的季节，草的荒芜让故乡面目全非，而心灵的荒芜却让我难辞其咎。我不能想象，一棵草存在于另一棵草的记忆里，野草牵连的不只是若干年前的故土，还有它的抚养的苦痛！记住一棵野草，它曾经那样操持着风雨的身姿，它的灵魂融入了一个人的血脉与性格。

我曾经因为忘形于草丛而忘记了功课，那也许是天性使然，我开始在山谷里建造我的房子、水渠、田地，挖井灌溉。日落西山时亲人找到了我，以为有恶人把我捆在了山上。我现在始悟，原来担心的终极必是大爱，这种担心，总是潜藏在我的父母心里,他们害怕自己的孩子小草般的弱小,因此担惊受怕。

那时草丛是很难藏住一个人的,我总是难以逃脱他们的眼睛。我想象着自由地穿行于草丛,编织着美丽的草结,应该是自由无邪的事情,反倒让他们担心。他们总是提醒我:草里有蛇,草里有黑老妖。以至于我以为无风而动的草总是一种魔力使然。

其实是爱了,恐吓也是偏袒,偏袒也是一种爱。现在我找不到那种爱了,甚至偶回故乡,看到荒草一度长满了公路,那时我的心是痛的。因为没有人走,没有人回来,没有人料理,荒草便长到心里去,感情的田垄啊,风雨怎会这样肆无忌惮地侵蚀岁月的故土?

草,一岁即枯,沾染在鬓角边的霜凌,颤颤巍巍地在荒芜处抖动,我真的害怕它们在这个苍白的秋季,忽然倒伏在我的视野深处,那个曾经顽强的姿势,在岁月的磨砺中零散碎裂。

我的惊惧与日俱增,假若真的荒草蔓延了一座土丘,那是多么痛苦的想象!野草没有它的名字,转瞬间从我的生命里消失。如果存在只是产生了长久的担忧和思念,那么离去将变成永久的悔恨与难解。我不去想象,仿佛回避就能带来另一个春天的绿意,草丛里重新充满了慈爱的阳光,映射出它们蹒跚的步幅。

我等待着一把烈火,那时我将呼唤那片记忆中的野草地。我将把自己变成真正普通的一棵野草,没有功利没有欲望地活在阳春的风里。我将寻找所有爱我的、疼我的人,他们的影像曾如小草的身姿,怀抱着清风冷雨,把自己的爱传递给了那个漂泊远方的我。

荒草的灵魂

我被淹没在草的荒凉里。

像一块早已经失去了心跳的石头。那些早已经被我遗忘了名字的草，站满了整个河滩。

荒草从未停止生长，在一往无前的浪花的映照下，荒草的影子如此的模糊，几乎难以辨别它们的个体。只能看到连片的绿色，在河滩上无声地绵延、堆积。荒草不再有自己的定义，或许除了曾经有一个名叫李时珍的药物学家，在他发黄的纸页上涂抹过它们的影子。

若干年前，我记忆中的荒草原本没有如此的沉默。它们只是一棵棵分布在河水清澈的河滩上。我可以很清晰地喊出它们的名字。例如，青蒿，水红花；例如，鱼腥草，水芹菜，还有水马石菜。如今，这些茂盛的荒草已经拥挤不堪，根本看不清形体和表情，它们像是一团汹涌燃烧的绿色火苗，吞噬着村庄的寂寞，摇晃着迷茫的细雨。

我是在一个深秋的下午来到了这片荒草里。雨水时断时续，在村子的周围飘忽无常。原本以为是可以轻松到达河流的下游，不料想那一条沿河的小路，却已经被结实而坚硬的白草长满。我被阻隔在那里，荒草恣意地伸展四肢，覆盖着泥沙的路面。这条小路曾经如此的清晰，游弋在我的脑海之中。我曾经踩着这条小路翻越山河，到外村的一个学校去上学。曾经赶着牛，到下河去放牧。

一条小路退到了幕后，一个小学应该也不复存在，牛应该也不复存在。荒草就像是在回乡的路上等你很久，就在你的记忆里繁衍、生殖，挤满了你眼中的疼痛。我尽量避开这些高大的荒草，它们的身体湿滑，每一片草叶上都带着灰暗的果实，沾满了硕大的雨珠。可是我的裤脚终究是被打湿了，刺骨的寒冷通过脚踝传递到我的感官里来。我的身体也跟着发出了颤抖，那是一种被记忆疏远的恐惧，被一座村庄遗忘的恐惧。

河流几乎已经深陷在草丛里，像是一条匍匐在低处的蛇。我看不到浪花，感觉不到它们的心跳。这条曾经被我蹚过无数次的河流，变得如此的陌生。我跳到靠近河边的草丛里，那里长满了薄荷。这些泛着紫黑色光泽的植物，一簇簇地绵延在河岸边，散发出刺鼻的气味，曾经在我的舌尖上逗留凉意，曾经被我贴在自己的眼睑上，防止眼皮跳动。

它们与深秋的寒雨一起，摇摆着河流的浪花，渐渐地收紧远去的乡愁。

我想在河岸上寻找到散发着苦辛的水芹菜，不料想记错了季节。这个只有春天萌发的植物，早已经不见了踪影，只有一团失意的黑色，依旧氤氲在下游的雨雾中。

抬头时，我看到了那片山谷。那是一片湿润的山谷。我曾经走过那个地方，穿过高高的石堰，爬过山岭去学校。小路下面是一个断崖，长满了酸枣树。在我童年的时候，这些遥远的地方，我大抵是不去的。但是有两个地方我是必去的。一个是西竹园上面的山岭，一个是小溪沟后面的山谷。西竹园上面的山岭长满了粘皂。那是一种形似大蒜的植物，叶子柔软微厚，根部的泥土下面藏着圆形的白色的根茎。我常常去那里挖粘皂，它的根茎像是小蒜，放在玉米粥里煮熟，吃着滑嫩柔软，也曾经是我为全家人带来的食粮。我挖粘皂的根本原因是用来织网。最初我并未得知有如此的妙用，直到在乡里上中学的三哥发现了极其有趣的玩法。找来一个树杈，两块瓦茬儿。取来一个粘皂的块茎，放在瓦茬儿上轻轻地砸碎，粘皂那些细密的丝线就十分的密集了。于是一个人撑树杈，一个人用瓦茬儿边砸边绕，一会儿工夫，一张粘皂的密网就织成了。

这真是一种神奇的植物，几乎可以超越屋檐下的蜘蛛。粘皂的叶脉，粘皂的气息，粘皂所在的黄土生长环境也被我熟知。

另一个我必去的地方，就是小溪沟后面的山谷。那里不仅有大片的蝴蝶兰，还有一棵年年结满梨子的梨树。所有的荒草都被我定义为生命中的朋友，蝴蝶兰在水边的蓝色小花，像是琉璃球中那枚诱人的彩仁。我常常在小溪沟活动，因为我家的几块沙地就在小溪沟。沙地的中间有一条小溪，曾经在地头的石堰下面，是汪汪的一潭清水，里面清晰地可见鱼虾和螃蟹。

奶奶带我在沙地里栽红薯苗，到了中午，就到沙地上面的山坡上，拔来几棵津津草。这是山野之中比较常见的草，草叶上从断口处不断地流出白色黏稠的汁液。我跟着奶奶学会了生吃这种津津草，带着一种苦涩的味道，带着一种咀嚼的厚重，走进了我的身体。我饥饿的感觉果然减去了很多。

西面的山坡上长满了类似苔藓的植物，这种攀附在大地表面的植物，仿佛是将绿色固化在自己的体内，再干旱或者燥热，都异常坚强地匍匐在地上，一旦遇到雨水，立刻重新恢复了浓绿的颜色。

再没有比荒草更为神奇的东西。我们所知道的，荒草生长在不为人知的地方，它们都有自己的风雨、悲欢。抑或被大火烧过，被牛羊啃食过，被人践踏过，甚至开荒中连根铲去。但野草从没有选择哭泣。

奶奶最终也葬在不远的道路下面。如果站在小溪沟的山梁上，就可以看见奶奶的坟丘，母亲的坟丘，还有爷爷的坟丘，大姑的坟丘，他们都在村子的周围，安静地守候着时光，就像是遍布山野的荒草，守护着自己清澈的灵魂。

草木的味道

听说李时珍所到之处,皆品尝百草之味。李时珍所著《本草纲目》,我是从小翻过若干遍的。医书并未标注草木所治之病,也大概从未标注其气味和味道。而我认真品阅书中的草叶样本,也大概喜欢它们的本性罢。

其实,田野就在门外。抬脚出门,就可见野草遍地。别说村外,村子旮旮旯旯,都布满了数不清的野草。

我对草木有一种特殊的感情。因小时候粮食并不宽裕,山谷贫瘠,人多地少。饿肚子是村子上穷人家孩子常有的事。我小时候,饥饿难耐,就常常往山野里跑。徜徉在山野荒草间,自然对山间各色草木的味道了若指掌。

走在河边或者山路上,单凭那些光线的明暗和草间传来的气息,就能辨别出此处生长着何等的植物。传说何首乌是一种神奇的植物,吃了是能成仙的。何首乌虽是北山上一种常见的植物,据说却能在不经意间发生游移。这种现象我并未亲身经历,却常常听奶奶提及。一些事情本无定论,传说与现实交杂呼应,只是成为一种介于现实与理想之间的映照和参考。

何首乌为何生成为人的形状,而且又分雌雄,没有人研究,也没有人发现其中的奥秘。而何首乌特有的气味,那种微苦而又恒毅的味觉,却深深地刻印在我的嗅觉器官里。倘若走过山间小道,抬头看一看山间的光线和明暗,大概就会猜得出必定有一株何首乌藏在那里。

再者,还有河道里的水芹。水芹的味道十分特别,清淡的香味带着特有的辛腥,群居在水边。水芹在水边繁衍,我就在水边采摘。一篮子一篮子地采回家里,母亲用热水烫了,便成了可口的菜肴。水芹从来不会因为河道的狭窄和河水的减少而消失,相反,它们在春天到来的时刻,从河岸上蜂拥而出,在杂草间繁茂成长。只是,它们已经被定义为荒草,再也没有人去邀请它们坐客村人的饭桌。去年回家处理三哥的后事,路过故乡东河,姐姐看到水芹菜就挪不动脚了。她跟大嫂两个人蹲在河边，采了一大把上来，非要我返京时带上。看她俩浸湿了鞋面和满是汗水的脸孔，虽然心动但还是于心不忍。再说夺人所爱也不是我的性格，于是坚持不带。可等我登上高铁，翻看背包时，却发现水芹早已淘洗干净捆码齐整，安静地躺在我的背包里面。

记忆中的白头翁是故乡山上常见的植物。因其花朵酷似瓷碗碎片的形状，村里人都称之为打碗花。有一次，我去山上看到淡蓝色的打碗花绽放花朵，喜欢得不行。于是采了一束，拿回家放在厨房的窗户沿上，被奶奶发现后扔出来了。去问理由时，才知道村里人都传说打碗花放在厨房，会引起碎碗。当时惊惧得很，再也没敢去采打碗花。现在想想，大概是那时生活贫穷，碗都极其珍贵，有的碗可能会用几代人，所以大家才有这样的忌讳。至于白头翁为何冠以此名，我当时大概猜测是它开花之后，满是白须，酷似老者的白发而得名。

白头翁真正的传说与诗人杜甫有关。传说杜甫困守京华之际，生活异常艰辛，因吃了剩饭而呕吐腹泻，无钱医治。恰逢一白发老翁路过，采来一把满是白色柔毛的野草，让其煎汤服下，得以痊愈。因此就将此草起名为"白头翁"，并写下了"自怜白头无人问，怜人乃为白头翁"的诗句，以表达对那位白发老翁的感激之情。当时白头翁确实作为村头药铺每年必收的药材。每年寒假，父亲总要带着我去刨白头翁根，完成学校勤工俭学任务之外，多余的晒干卖到药铺里去。

除了白头翁，血参根是那个年代最受欢迎的野生药草。这种植物一般生长在贫瘠的山腰，或者夹生在石头缝里。因药铺购价昂贵，一度从两毛钱一斤涨价到五毛钱一斤，父亲于是常常备了干粮带我去南山采摘，运气好的话，一天能采上二十来斤。在我印象中，血参叶片类似薄荷的叶子，味道刺鼻，开蓝色如槐花状的花朵。血参根系庞大粗壮，根表血红，直觉应该是与补血有关。实际上，它的学名是丹参，有活血祛瘀、凉血消痈、除烦安神疗效。父亲后来还运用经济头脑，把刨来的新鲜血参根栽种在河边菜园子里，但印象中收成并不太好，后来大概放弃了。

还有北山的兰花。兰花在农村并无人关注。只是姐姐喜欢兰花，她喜欢唱《兰花草》。"你从山中来，带着兰花草。种在小园中，希望花开早。"歌声清纯淡雅，带着些许感伤，深深地刻印在我的脑海中。记得有一次，兄弟姐妹们一起到北山上游玩，回来采了一株兰花栽进脱了底的洗脸盆里。兰花一直波澜不惊，安然若素地生长在屋檐下，有几次还被家中的老公鸡啄断了枝叶。这株兰草在寂寞的院落里陪伴我走过了小学的五个年头，最后竟然开出了淡黄的花朵。而我也从此喜欢上了兰花的从容与高洁，时常在院子里的枣树下，一边读书，一边品赏几线兰花丛叶的疏条，内心竟也有了几分诗意。

　　兰花却也有仙意的，至少在我的内心，它的性格里面仿佛藏着无尽的姻缘与神秘。每当我踏上北山，走在山间的某个地方，就能觉察到兰草的存在，不用寻找，一株株兰草就会在某个时刻准时出现在我的眼前。多年后，我带着孩子回家，到村外去感受山野的风情。不料在我童年时曾经发现兰草的地方，蓦然发现依然有几株兰草等待在那里。多年的情感在瞬间从内心发酵，让我五味杂陈。

云头雨梦

有云从风的背面掠过，它不神奇，却缥缈。它不停滞，却无依。

我常常在故乡的山头看云，白云四起时，仿佛是天空穿上了盔甲，透过蓝天的缝隙，云路过，成群结队，不知何方。

傍晚时，我看到那些镶着金边的云朵，仿佛是秋天即将成熟的果实，仿佛是少女的脸颊，仿佛是柿子苹果还是曾经羞红的一片绯云？

我在村庄通往乡街的道路上匆匆行进，玉米地在暮色的云朵下变得肃穆。我手捧着一本书，仿佛捧着自己那颗渴望成熟的心，我渴望云头上落下那个纵横世界的我，带我走出泥泞的村庄，走向灵魂的驰马场。

乌云来临时，天边黑色的云头从四处赶来，瞬间变成了凝固的搪瓷。它们那么密实，像是围起了一堵不透风的墙，像是天堂的一次悲痛的失事。它们把胸膛压低，俯冲向不安的大地。

那时候我常常充满了恐惧，无措的内心让我环顾四周，渴望大地上有地方可以将我呵护。渴望那一片歪斜的院墙，渴望接近人间的屋檐。

有时候我赶着一头不听话的牛犊，莽撞地在树丛中奔跑。牛犊子穿行在山路上，两只眼睛泛着不安分的光芒。它会突然站立在山头或者河道上，驻足不前，凝视着远方黑暗的不能辨别的山色，忽然发出了低沉的哞叫。

最开始时，豆大的雨点稀疏地砸在地上，撩起了一丛丛烟尘。接着节奏不断地加快，似乎要与我的脚步赛跑。雨点擦着我的额头，从我的鼻尖滑落；或者砸在我的头顶，仿佛上帝的手指在叩响命门。

乌云变得均匀，笼盖了整个天空。这时候，天空与大地深深地交合，看不到天地的边界。只是密集的雨线挂在天地间，穿梭过一片片起伏的山头，让树木沉重，河流汹涌。

一阵急雨后，乌云会突然消逝。瞬时，乌云的衣袂间，露出了一片刺眼的光

北山草木记

芒,太阳的一束手电射向大地,似要查看土地的墒情。这时候,土地早已下透了。整个栎树林白茫茫的叶背缀满了晶莹的雨珠。几只因雨中脱困而惊喜的雀鸟,轻声地鸣叫在山谷。

我的脚深深地陷进泥土,雨后的青草与泥土的气味渗进了我的嗅觉。我感觉到了村庄遥远的呼唤,从一片避雨的破窑中走出,走向我深爱的土地。

妖气沟的雨

妖气沟究竟有没有妖气，尚待考证，但我始终惦念那里的雨。

一望无际的竹园弥漫着无限的生机。妖气沟的竹园，幽静而深沉，在雨芒的笼罩下暗自沉思。

我常常在妖气沟徘徊。这是远离村庄的一座山沟，山沟里的竹子高大挺拔。每当踏进竹园，我的内心就有一种无言的喜悦。不上学的日子，只要有了些许的余闲，我就绝不会错过与它相伴的机会。

常常是四月的林间，四处都萌发出无穷的生机。石上的青苔已经复活，覆盖在被风雨侵蚀过的石表，绵延着一张泛着绿意的网。

雨滴顺着竹园里的竹叶子滚动下来，浑圆的雨珠还在叶尖上挂着，乳白色的雾从她的怀里升腾出来，无比清晰地绕在她的腰间。

雨迈着轻盈的步伐，走过陈年的竹叶，让脚底变得更加的松软。到处可见湿润的脉络，打湿了鞋面和裤腿。

我想藏在更加浓密的竹子深处，那些蓬松的竹叶相互交杂，把整个天空殷实地埋住。此刻现实的生活都十分沉重，忍受着饥饿和寒冷，让我学会了与面前的这座山共度平淡的岁月。

雨就是一片迷茫的蛛网，向左斜，还是向右斜，都听任风的调遣。那些平行的白色痕迹，十分均匀地在天空悬垂。我听见一片山谷的回音，仿佛在浅吟，又仿佛在低唱。若隐若无，忽隐忽现，就在山谷的安静里，一场雨那么真实地存在。仿佛这座山谷就是它前世的故乡，在岁月中面临新生，让它泰然在这个地方飘洒。

我看见栎树叶子更加地内敛，它们都把脸部朝向山北。还有一些叶背上的虫子，凝固成一座呆滞的雕像，有的把触角放在叶脉上，有的把口器伸向天空。

没有人此时经过妖气沟，没有风声，也没有鸟声。只能听见那些轻如梦幻的烟雨，在朴实的日子里穿梭。

苎麻叶子，白色的叶背裹卷着，犹如一副听雨的耳朵。一些残缺的果实，或者陈年的枯枝，正在雨雾中变得严肃。褐色的枝痕带着来年的眷恋、青春、夏季的烈火，偃旗息鼓，消失在季节的变迁中。

我喜欢这样平凡的季节，在这个陌生遥远的野外，带着冷峻的体温，与山谷一起遐想。

我喜欢躲在竹林的浮想里，被描摹成一首青翠的诗。或者，连同那座高高的山岭一起，在我的生命之外，在我的意境之外，在我的思考之外，我真正成为一场雨的听者。

妖气沟带着嶙峋的兽石，带着马骨，带着豌豆花，带着孔雀杆、徒步柴，甚至那些树干上的木耳，都一起来听这场最为平淡无奇的雨。甚至，连同油桐的叶子，也要张开它轻薄的手掌，掬住降落。连同我的目光，同妖气沟的生命一起，留在了一座沟壑的起伏之中。

那雨的吟唱，随着万物的沉浮突显在一座山前。雨滴已经无所不在，深入内心。我觉察到一座山林的湿重，在一场生活里随着命运变迁。我不想念那座小路的曲折，却想念曾经在雨声里的呐喊。我不想念嘴唇的乌紫，却想念那些被我惦念的灵魂。

学伯去世时，埋在了妖气沟。学伯是二爷唯一的孩子，在乡村走完了他平凡的晚年。对于学伯，我并没有太多的印象。只记得他常常来我家借东西，临走时总要带着训斥告诫的口吻对我说话，因此，心理上对学伯也就格外地排斥。后来听说学伯年轻时被抓了壮丁，在国民党部队当了兵，后来被俘虏后归了乡。学伯一辈子没有孩子，从刘姓的邻居那里过继了一个，被二母捧成了宝贝。

学伯去世时，正值我从县城高中放暑假归家，于是有些不情愿地跟着奶奶到后院二母家去扎花。午饭时分，送葬的队伍启程，我和奶奶、父亲一起跟着送葬的队伍到了妖气沟。学伯的坟就在妖气沟竹园斜对面的山坡上，一片荒芜的红薯地里。等埋了学伯，回来时，天气也就阴沉下来了，很快就下起了毛毛细雨。

或许，没有人会知道，很多亲人都埋在了那里。而雨雾中，我想起了那段山野的无望，亲人的无争，就像是这雨，万物悲戚时，你与他们一同荣辱，万物茂盛时，你与他们一同成长。

妖气沟到底有没有妖气，我不知道。但我记得妖气沟的那些多雨的岁月。

第二辑　行走山野

我曾经无数次经过林后，那里的山野是清冷而又幽深的。那是另外一片生命的海洋，在风中卷过大海的波浪。无论是大海还是林涛，都是生命的讴歌，都是内心渴望的律动。我在困倦的午后，几乎要枕着林涛睡去了。没有更多的美梦，没有席梦思，就坐在山头的一块石头上，面对着壮丽山河，面对着林后的群山。

行 走 北 山

我丝毫没有犹豫我的抉择。

在北山的林野中自由地穿梭，这是一片自由的天地，飞鸟与山蜂各得其所。蝴蝶，蠕动的爬虫，飞速的游蛇，我能感知它们的存在，我能听到草木的呼吸，因我已经是北山的一部分，犹如一棵行动的草木。

孤寂的童年，眼前这座巍峨蜿蜒的北山，就是我儿时最大的玩伴。虽然，它像我一样不善言辞，彼此间沉默的坐落，即可体味到一座山的灵魂。

那些深藏在林间的道路，是可以用肉眼分辨出来的。若干年前，人们与山野的关系密切，时常回到山上来寻找帮助。或者是采摘果实，或者是放牧牛羊，或者是砍柴烧荒。山是人们的依靠、人们的家庭成员，山是人们心灵的依托。

我在北山的怀抱里长大了，可以独立行事。例如，面对一座层峦叠嶂的山谷，如何穿越如许多的阴翳、孤独和黑暗？

我像是一只刚刚学会捕猎的兽，穿越层层的荆棘，攀爬高大的石头，蹚过泛着蓝光的河流。我聆听每一片树叶的声音，望断云烟和兀自流过的风。

那时，我的心是揪着的，我害怕遇到狼或者熊。早些时候，听大人说，山上有凶猛的动物。因为村子里的牲畜总是在夜里或者凌晨被狼扒子背走。我没见过狼扒子，但我看到过沿着村头出村的血印，带着梅花瓣一样的蹄印。听哥哥说，狼扒子其实就是金钱豹，早些年头经常在山林里面活动。因为山里面的野猪绝迹，不得不到村子里来寻找猎物。

野猪也是经常有的。三哥小时候说他的同学在山里面住，经常看到野猪。野猪每年秋天就在漆树上蹭，身上裹了一层厚厚的油漆，刀枪不入。同学的父亲是个好猎手，每年总要在山里面捕获野猪。打野猪时，枪法要稳准狠，对准野猪的肛门，一枪毙命。

北山草木记

穿越山谷阴暗的地方时，我的内心是揪着的。虽然并没有看到野猪，也没有看到狼扒子，但是林中的动静常常会让你在一只从未见过的动物面前惊慌失措。我最害怕听到脚下树叶簌簌的响动，如果是蜥蜴，就是虚惊一场；如果是长蛇，内心就心跳加速，一心想逃离。

小时候，蛇是一种常见的动物。因为它无脚而飞，让你感觉到一种超越人的力量。我看到蛇的眼睛是淡漠的，玩世不恭的，它的舌蕊左右摆动，让你有一种眩晕的感觉。每次上山，几乎都要遇到蛇。各种颜色的，青色的，黑色的，蓝色的，灰色的，红色的，黄色的。听说被蛇咬的人，必须在第一时间，吸出毒液。父亲说，如果蛇咬了你的指头，必须迅速用无风而自动的茅草绑住指根，才能防止毒液弥漫。

我终究是幸运的，没有遇到攻击我的毒蛇。一般在山中，与大蛇相遇，我都是静立不动，等待大蛇走远。人间大概都是这样子，相安无事即是对彼此生命的尊重。

北山渐渐被我熟悉，它的每一处树木的茂盛或者贫瘠，在我的心里都留下了深深的影子。我知道哪一条路口盛开着海棠，哪一条路口生长着葡萄，哪一片山洼生长着灵芝，哪一片山洼兰草遍地。仿佛知悉我房间的物品摆设一样，我感知它们的存在，因我已与它们融到一起。

白桦洼听雨

我一直怀疑白桦洼就是上帝的音乐大厅。

因为少年的贫穷,我与北山的白桦洼发生了十分紧密的关联。在十几年的时光中,我把自己的脚印深深印刻在了白桦洼每一片山林松软的土地上。

白桦洼是白桦的世界,它们以标准的站姿,无比忠实地守护着这片苍茫。风在这里盘旋、停留和居住。在一片叶子上,都仿佛站立着鸟翅一样的风,它们翻动着树叶的羽毛,轻轻地摇响,仿佛是温柔的掌声,一阵一阵回旋在山谷。到了夜晚,月光会把朦胧的月色均匀地倾洒在山林之上,安静地抚摸着山坡上的每一寸土地,陪伴它们进入梦乡。

雨季毫无征兆地来临了。先是剧烈的狂风,卷来了大片的乌云,迅速笼罩在山谷。白桦洼的天空暗了下来,每一棵桦树都肃立,静候一场风暴的到来。而后它们猛然地爆发出疯狂的抖动,扭动着身体上的枝条,树梢与树梢紧密地贴在了一起,白色的叶背被翻卷到上面,露出了一片片绿海中的巨大浪花。

一些树叶被风吹向了山谷,它们像是先祖的灵魂,经历了多年的陈腐,又获得了新的生命,在山谷中逡巡和游荡。红色的闪电从云层中击穿,带着锯齿的尖利与锋锐,响起一片巨石坍塌般的轰鸣。

我看到白桦洼,不再是安静的白桦洼。它们仿佛有了更多与人相同的脾性。它们在这片土地上颤抖、怒吼、叹息或者狂舞,不再满怀柔情,开始爆发出了内心狂烈的热爱、亲吻、拥抱,表达它们满怀激情的内心。

一些白桦的枝条早已被风吹断,悬垂或者跌落在林中。一些生长在空旷地带的白桦被风吹弯了腰肢,依然努力迎风站立。所有的狂暴,演变成了波荡起伏的林涛,在白桦洼的上空翻滚,卷积,从一个山头到另一个山头,从山腰到山顶,再到山谷,乐此不疲地滚动,翻折,像是冲锋陷阵的娘子军,带着无比的朝气和勇气,向着敌人冲杀。

我的身体在不断地失去温度，风吹得我发出寒噤，身体打着冷战。一些陈年的橡壳被风吹落，不断跳跃在眼前灰色的天空。松鼠早已从枝头上溜到了低处的树丛或者石头下面，惊恐地打量着眼前的世界。我企图站在一片高地上，透过眼前的空旷探望整个白桦洼。巨大的山石更加黑暗，酸枣树丛带着自己青涩的枣子，也在不断上下摇动。

山下的村庄早已湮没在一片黑色的云层里，河流在山谷中发出了巨大的声响。除了树叶的摩挲，新生般的呼喊，再也听不到任何鸟类的鸣叫，听不到任何雉鸡孤独的呼唤。我只有安静地躲在树丛中，静候一场急雨的到来。

雨滴是粗犷的，在山风的挟裹下，带着苍凉和匆忙的步伐，重重地砸落在树叶上，砸落在山路的砂石上，砸落在我的衣领和头顶上。我感觉到了苍天的抚摸，他应该是一位严父，用如此巨大的雨珠，马蹄一般行军的步幅，粗粝地拍打我的头和肩膀，让我感觉到了山野之雨的滋味。

我甚至感觉到了脑后勺上的响声，在我的脑海里回旋着一滴雨落下的回音。那种声音带着沉闷，带着温良，带着无法预料的惊惧，在身体上传递。

迅疾是更大的雨阵，以迅雷不及掩耳之势扑上山来。白桦洼已经进入了一场狂雨的视野和怀抱。风逐渐消退，只剩下了粗大的雨柱，仿佛珠帘挂在了山前。我蹲在了树丛下面，树叶的茂密阻挡住了雨的灌溉，我在树下面享受着白桦树的守护，它们用自己的身体组成了山林的雨伞，听任雨水浸湿了身体，掠走温度，开始了雨季的沉思。

再也没有比在白桦洼的雨中更清闲的时候了。坐在树下，窥探着树叶上狼狈的蚱蜢或者天牛，在惊慌地寻找落脚的地方。山蜘蛛则不知逃往何处，只剩下被急雨打破的蛛网，兀自还在风中飘摇。每一根蛛丝上都因为挂满了雨珠而变得苍白，八卦图一样的蛛丝，犹如老人的白发，在树丛中闪闪发亮。

仰头看那白桦树，在黑暗中更加的安静。更多的雨珠顺着叶脉，渗透到枝干上。林中更加黑暗了，我的视力只能看到百米开外，林中陈年的树桩，仿佛是动物的身体，静候在阴暗的世界。

暴雨持续了几个小时，很快烟消云散了。山中弥漫过带着湿气的白雾，丝丝缕缕纠缠在林梢。乌云向着远处的山头飘去，阳光从云层后面照射出来，点亮山谷。阳光透过叶子的缝隙落在林中的空地上，苍黄的阳光仿佛已经离开我们太久，带着和蔼的面色，带着温暖的力量，让我们的心头重新晴朗起来。

这时候我走出白桦洼，白桦树的树梢开始发亮，每一片叶子经过洗濯，更加娇嫩无比。

北山的等待

岁月如此安静，整座山上已经找不到往日的人迹。

太阳暖暖地晒着，一棵梨树开满雪白的花朵，站立在路口。

与我童年的记忆有所不同，山野荒凉，杂乱。找不到熟悉的山路，只有顺着荒草丛往前迂回。

山顶大概是到了。高山的林地，依旧从容安详。风吹过林野，带来了栎树特有的气息。我曾经在这山林里度过无数个年头，从未失去过对它的狂热。

从远山的尽头望过去，就可以看到白云正缓缓地飘移过山顶。代石垛，坐落在遥远的垭口，守护着古老的团城。

时光变得如此落寞，亲人们都长眠在这片土地下。而我的记忆也逐渐地模糊，难以辨清生命中的那些风雨，在故乡的土地上肆虐扫荡。

眼前的光影落在一片沙地上。除了荆棘，还是荆棘。高处的树木，正在露出峥嵘的神情。我们都曾经在这里相依为命，我们都曾经与它们不离不弃，如今故乡却永久地留在记忆深处，模糊了季节的界限，永久地泛着绿海的青涩。

我寻找着自己的记忆，生命中无法分割的血脉。回乡的渴望，是因为魂牵梦萦的北山。它永远以等待的姿势，守候在我童年的记忆。青涩的灵魂，巍峨的身姿，总是如此坚定而从容地守候在你的归宿地。

我的双手已经被荆棘划伤。葳蕤的秀色仿佛早已腌渍我的心灵。我的快乐是内心生发的快乐，仿佛找到了属于自己心跳的节奏，属于自己自由的心境。无论是盘旋的山路，还是遮挡了天空的树林，都那样熟记于脑海，犹如出生时印刻在我身体上的胎记。

已经是下午的后半段，太阳消减去了一半的热力，温暖而不燥热。我坐在一片沙地上，打量着已经走过的道路。山路虽然历经无数的崎岖，却仍怀抱着无数繁衍不息的生命，等待着你去穿越和发现。曾经屡次在山路上攀爬，曾经怀着不同的心事。如今，我已经逃离了大山，而它却从未远离我的视野。

　　鸟鸣清脆而悠远，含着深沉的露水。我听见了森林的呼唤，它们在风中摇摆着枝条，树叶拥挤在一起，仿佛泛起了一层白色的波浪。那是人类无法理解的语言，追逐着阳光，追逐着蓝天上的云朵，追逐着一代又一代人的悲欢。

　　我曾在这片山林里收割荆条，用来编制挑粪的箩筐，或者盛放野菜的篮子。荆条一丛丛掩藏在山林之中，不因我镰刀的迟钝而嘲笑。我们风雨里与它同呼吸，同命运，它的生命也因为成为农人的工具而密切了人类的关联，而我因为它们的存在而时刻保持惊喜。

　　山野里的荆条变得粗壮，人类不再收割它们。它们开始漫无目的地生长，枝杈上结出了许多的意外，它们或许等待得太久，把每一年枯竭的心事挂在枝节上，又重新发出嫩芽，向着更多的方向蔓延、生长。

　　灌木丛变得黑暗，林中的道路变得更加模糊，只能透过栎树的间隙去探寻天空。阳光顺着树叶的缝隙，落下清凉的斑点。我时常在这里遥望山谷的对面，那里坐落着几户人家。他们，经历了如许多的时光，却依旧保持着朴素的容颜，依旧像是树叶摩挲一般的话语，时而响起在林野的庭院。

　　山下的石头上，应该还生长着猕猴桃。多少年的风雨，还在坚守自己的果园。那是野生的果实，甜蜜在秋季的山野自生自灭。我们很少再关注它们，当人们选择在城市群居，是否遗忘了山野那一片泛着红润的果实，等待着你的路过？

　　山林的野地上，到处是野生动物寻食留下的挖痕。果实的根茎，不断地繁衍，甜蜜或者苦涩，都是这片山林应有的记忆。我看到一只野蜂，攀附在自己的巢上。它们的家园如此静谧，仿佛从未被人类惊扰过，悠闲地吐露它们毕生的见闻。

　　回到山下时，天色已晚。听到小溪兀自在山谷中独吟。我采摘了几片桐油树的叶子，掬成漏斗的形状，到小溪里面采水。清凉的水流，带着山野的芬芳，注入了我的内心，那份居住在城市的燥热，也被一扫而光了。

林　　后

　　林后是北山北面的区域。那里的林海茂密，树木参天。林中空气潮湿，天色格外昏暗。

　　我常常怀着恐惧走在林野之间，视野开始变得狭窄。只能看到脚下的道路，山谷之中交错的黑色巨石，粗壮而又挺拔的树干，夹杂着林间山鸟的拍翅之声，让我的内心揪成了一团。

　　父亲常常向我提起过林后，据说我有一个表叔居住在那里，只是我从未见过他。童年时期过年的时候，一个表姐来我家，来看我的奶奶，长大以后再也没有见到过她。

　　我的亲戚与我就这样失去了联系，唯一深藏内心的，就是林后这片栎树林，这片与我童年相濡以沫的栎树林。

　　我从未走出过林后，也没有到达过那个深藏和潜伏在密林中的村庄。有时候，站在林后高地上，隐约可以窥到人家黑色的屋檐和房角，甚至可以听到一两声鸡叫。

　　林后充满着神奇的宝藏。有一次，我无意上山，走过尖山，到达林后，发现了山谷中攀爬的藤架上结满了葫芦一般大小的白色果实。有的已经裂开了果瓣，露出了黑色的籽粒。我爬上栎树，从高高的藤架上摘下了那些形状丑陋的果实，剥开僵硬的果皮，把白色果瓣放进嘴里时，一种浓郁的甜蜜带着汁液滋润进了我的心田，几乎让我的味觉充满了难以名状的幸福。我开始寻找更多的果实，它们高高地挂在栎树的顶端，让我望而却步。

　　父亲告诉我，那种果实称为八月炸。必须到了农历八月才会成熟裂口，露出甜蜜的果瓣。没有炸开的果瓣充满了苦胆一样的苦涩。

　　我想起自己的童年，犹如尚未成熟的八月炸，充满了生命的苦涩。没有糖果和粮食，只有内心对未来生活的向往，对北山这些野果的向往，对走出山林，寻找幸福的向往。

我在一个八月历经考试，走进县城，开始了读书的生涯。十年寒窗，让我走出了大山，走进了城市，走出了乡村务农的命运。又一个八月，我告别了求学生涯，走进了社会，开始了酿制自己生命的果实。

但我却忘不了林后这片地方，忘不了栎树林的昏暗，忘不了在山林中徜徉的日子。

整个山林就是我的世界，面前山林的一草一木，逐渐走进我的视野，逐渐成为我命运中的一部分。

我仔细打量脚下的这片土地，它们是一个融洽的家庭，成员们各自自由独立地生长，接纳雨水和阳光。它们或者清瘦，或者肥硕，或者矮小，或者高大，不一而足，它们都有着莫名的快乐，在风中摇摆着枝叶，迎接天空的雨水，没有任何的矫揉和造作，没有任何的欺诈和忧愁。

它们的快乐是与生俱来的，深深地铭刻在骨子中的快乐。阳光明媚地照耀在林地上，清晨的水汽从土地上向着空中弥漫，这些草儿睁开眼睛，抖落露珠，开始了面向阳光的歌唱。天空阴暗时，它们沐浴在浓厚的雾泽中，轻轻地发出了动人的呓语。暴雨与狂风来临时，它们疯狂地抖动着身体，一会儿左右摇摆，一会儿又把肢体贴在了地上。它们在狂风中舞蹈，在林后这片寂寞的土地上，展示着内心的狂烈，对这片土地最深沉的热爱。

暴雨来临时，我大多数时间是无助的。山野之间，来不及躲避，只能得到这些高大栎树的庇护。密集的栎树枝叶，将暴雨抵挡在天空之外，顺着枝叶吸吮到叶脉之中，沿着树干渐渐地渗透进树木的肌肤。

小草、无名的草药、野菜都在暴雨中洗去了灰尘，枝叶翠绿发亮，在雨后的林地上重新焕发出青春的生机。当阳光从林中的空地上重新照射在叶面上，温暖地爱抚着这些草木。仿佛短暂消失的母亲，正在安慰着刚刚与风雨搏击过的孩子。

我曾经无数次经过林后，那里的山野是清冷而又幽深的。那是另外一片生命的海洋，在风中卷过大海的波浪。无论是大海还是林涛，都是生命的讴歌，都是内心渴望的律动。我在困倦的午后，几乎要枕着林涛睡去了。没有更多的美梦，没有席梦思，就坐在山头的一块石头上，面对着壮丽山河，面对着林后的群山。我更像是一只孤独的苍鹰，打量着脚下的一草一木，它们都如同自己的兄弟姐妹，如同自己的亲人和孩子。远处的山壑初见斑斓，一些叶子开始发出了微黄或红润，一些山谷的栎树依然壮年，深绿盎然；更多的灌木，正在酝酿一年一度的果实和籽粒。我眼前有一丛格尼麻，一簇簇豆子一般密实而又紧凑的果实，正在等待着秋风的洗礼，变成红豆一般的相思。我常常在格尼麻变红的时候，采摘品尝它的果实。它的名字带着更多的泥土气味，没有洋文的文雅，没有红豆的精致，没有南国的情韵，就在石头堆上面接纳雨水，在泥土缝里面寻找营养。村子里面也有一个麻妮，这个果实的名称，让我想起她，满脸的麻子，说话不利索，她嫁给了黑狗子，生了四个孩子，两个闺女两个儿子。大闺女考上了县城重点中学，没钱不能去上。父亲给她找了个婆家，她一气之下在一个午后喝了农药自杀；二闺女随着麻妮上山采野菜，不小心跌进山谷而死。黑狗子在一个工地上干活，摔伤腰肢，成为瘫痪病人，整天躺在床上训斥伺候他的麻妮。两个成家后和父母分了家，再也不管麻妮的生活。麻妮没有任何怨言，自己上山拾柴，自己耕作，种地打粮，从来没有听到她嚎哭过。

  山村人的喜怒哀乐早已经烟消云散。如今山河依在，而物是人非。我仿佛依旧坐在林后的山顶上，依旧听到了浓郁狂烈的林涛，依旧感觉到山林那颗从不放弃追求光明的心。

  每当我走出林后，看到山间的开阔地，便会感觉到征服的快乐，陪伴的快乐，行走的快乐。也许我从未远离北山，从未走出林后，它永远在我的内心存在，永远存在于我的视野之中。

西　　寨

我几乎已经找不到进山的道路。在我的记忆中，只要到了李沟，上山就会变得容易了，因为李沟的沟口就是上山的开始。但是李沟已经完全改变了模样，如同荒芜的村庄变得憔悴，李沟也荒芜无比。记忆中的小溪和石板路早已没有了踪影。李沟的刘姓人家早已搬离山林多年，甚至连断壁残垣都没有找到。茂密的草丛已经覆盖了记忆的石堰，小路被羊胡子草侵占了地方。我看到满眼腐烂的树叶堆积成无边的灵魂。

我几乎把头埋进了树丛，低头寻找内心的道路，希望在它们的起伏中发现与记忆吻合的旧日足迹。但是，令我失望的是一切都变了。在过去的时光里，小溪潺潺，流过青石板。竹林青青，在微风中摇曳。核桃树高大，结满了枝头。而我曾经幻想着捡起脚下的石头，抛到树枝上去，渴望能够砸掉一枚青涩的核桃。这时，李家的狗便会叫得格外疯狂。虽然它被绳子拴着，并不具备攻击的危险，但它的叫声唤出了屋子里的女主人。女主人圆圆的脸庞，穿着黑色的衣服，蓬松着未曾打理过的头发，从屋内走出来，探望外面发生的事情。

那些渴望最终在内心偃旗息鼓，只能怏怏地怀着不甘离开李沟。如今李沟的两棵大核桃树早已不见踪影，只有那些高大的栎树，从没有被修剪和整理过，苍虬的枝头带着浓郁的黑暗耸立在山谷。我沿着一条新挖的道路攀上了两块早已荒芜的山地，而这条崭新的小路却终止于一座新坟前。此后，依然是巍巍莽莽的群山和茂密的丛林，再也看不到能够行走的道路。

我在丛林里披荆斩棘，手心和脚踝已经被陈年的栎树枝刺破，隐隐地流出了鲜血。每前进一步，几乎就要滑倒和后退。这座山已经很久没有人光顾了，没有任何人类来过的踪迹，没有任何可以发现的符号或者标记。我完全被栎树林的阴影覆盖，眼前几乎看不到外面的阳光，内心藏满了巨大的恐慌。

已经是半个下午了，我还没有找到进山的道路。这样的场景，与我童年时快速上山的情景完全不同。那时，我的脚步是轻盈的，路旁的每一块石头，每一棵树，都在我的视野之中。而今，我又一次对故乡的山水进行重新认识和审视，企图找到可以接近它的捷径，重新唤醒对这块土地的热爱。幸运的是我迅速找到了山脊，这片高地视野足够开阔，可以让我打量周边的地形，重新找到上山的路途。透过山岭的开阔地带，我看到金黄色的阳光，正安静地播洒在每一片树叶之上，它们究竟在沉思什么？

我要到达的地方叫做西寨，是北山最高的地方。有一块白色的巨石映照在阳光下，据说是西寨的城门。童年时，我曾经听奶奶说，有一个放羊老头，有一天捡到了一把奇怪的金斧子，走到西寨巨石城门前，猛劈了一斧头，城门打开。老头走进去，发现了一盘金光闪闪的石磨。他用力推金石磨，只听轰隆一声响，石门关闭，眼前仍旧是一面巨大的石墙。我坚信这个传说是真的，企图在石门下发现可以开启宝藏的痕迹。但是除了草丛、石头和腐朽的木头，却是再也发现不了任何进入城门的途径。

如今，西寨下面的丛林已经砍伐了一大部分，露出了很多白色的山体，白色城门与周边更多的白色石头相互映照，更加显露出无边的贫瘠。我和大哥及自己的妻儿在险峻的道路上攀缘，树林之中早已没有了方向可以辨别。到处都是荆棘，到处都是塌陷的树枝散落一地，到处都是高低不平的坑洼，难以在某一个地方站立或者歇息。我的双脚已经崴得生疼，鞋子的外壳已经沾满了泥土。孩子却被横扫而来的栎树枝条打到了脸孔，疼得落下了眼泪。

我们攀爬到了巨石的脚下，看到了山林高处的牧羊者。羊群像是不惧悬崖峭壁的勇者，攀爬到高高的石头上面，探头啃啮那些青嫩的树叶。它们笨重的身体站立在陡峭的山石之上，前面就是几丈高的悬崖，而脖子里的铃铛却依然摇得悠然。那个牧羊者是我童年经常见到的邻村农民，只是他的容颜已经苍老，白色胡须几乎和领头的公羊相媲美。我们问他总共养殖了多少头羊，他谦逊地回答道，没有几只。话语间，我才发现，草木之间，羊头攒动，几乎达到了二十只之多。

我看到羊群自由地啃食着臭娘叶。这种树叶，是我小时候最喜欢吃的野菜。母亲或者父亲从山上采来这些树叶，摊在了院子里或者门前山坡的石头上，等晒到半干，就可以放进稀饭中熬成菜粥。菜粥带着淡淡的香味，带着嫩嫩的滑感，从我的喉管中滑进了身体，将我苦涩的童年养育。如今，这些生长旺盛的臭娘叶，成了羊群的美食。它们经历了雨水的浇灌，经历了荒野的抚育，蔓延过山谷的后梁，在阳光下闪闪发亮。

北山草木记

告别牧羊者，我们爬到了西寨的山门之上。这块巨石，曾经是我童年来北山歇息的场所。当时的寨石，深藏在茂密的林海之中，透过岩石之顶，远远地观望雾霭中的山村，让我的内心不再感到孤单。我们走到西寨与白栎洼的交界处，我看到了一处不愿意看到的景象。白栎洼数百公里的白栎树林，如今被挖成了一大片空地，大的树木早已被砍伐殆尽，只剩下恣意生长的檬子笼（一种带刺的植物）。

我渴望在这片砍伐过的树林之中找到道路，但尝试了几次后，最终不得不无功而返。荒草和藤条十分密集，缠绕在倒伏的小树之上，让你无法穿越自然的囚笼。我们不得不向着西寨的密林攀爬。走过了山坡的羊肠小道，已经来到了脊岭之上。听见了林后无边的风声，开始像雨阵一样响彻山谷。

阳光已经不见了温度，只剩下浅色的金黄，在山坡的林梢无声地漂浮。我向着寨顶前进，脚下是厚厚的腐烂的树叶，还有被林中野物啃食的树根，处处可见被刨出的土坑。树叶都在疯狂地摇响命运的旋律。我听见了自己内心的河流，它的浪涛几乎和树叶的歌唱同拍。这种温和的摇篮曲含着母爱般的柔情，让我忘记了攀爬的苦痛和劳累，让我的呼吸变得顺畅而自由。

阳光很快地暗了下去，树林里面浮出了黄昏的苍茫。在这仓促的探望中，我不能长久地坐立山头，与它长久地谈心，久久地打量它岁月沧桑的面庞，我只能选择快步下山。下山的道路几乎让我无法控制自己的身体，一路踉跄，一路躲避着迎面而来的树木，躲避着突然飞来的蚊虫。我听到自己的脚步，被树叶的声响跟踪着，追逐着。我的内心再一次恐慌无比，墨迹一样的黑暗，让我的视野更加狭窄，只剩下眼前的一片山地，黄昏在用一种光色的暗示，送我走出故乡的山野。

走下谷底，阳光再一次照亮山梁，金色的梦幻在身后的天空浮起。眼前的山谷，树木，道路，交杂着十几年分别的情感，苍老与陌生的相逢，脐带相连的深情，一并汇合成群鸟唱鸣的黄昏，深深地铭刻在回乡的路途。

采 摘 之 旅

一

忘了自己在哪里，这片山野，也是二十多年前的山野。

我的梦不再是昨日之梦，坐在山岭上，望着繁茂的山林，内心的林涛已经翻滚不已。

攀越，攀越的亦是自己的记忆。

母亲啊，你在哪里。这片山野上，是你曾经带着我来捡桐油疙瘩的地方，是你和我一起度过那贫穷岁月的地方。可你却早早地从我的视野里消失，从这片山野里消失。我的那颗心，因为找不到你的身影而痛苦。

桐油花依旧是那么璀璨，那么玲珑。母亲的眼中，我是一个好孩子，我是一个孝顺孩子。可是现在只剩下一个野孩子，在这山野里找寻自我，找寻二十多年前的足迹。

我感到阳光的沉重，山石的沉重，山岭的形状已经变换，草木变得生疏，我和这片山野，就是梦和我醒来的眼泪？

我躲在栎树林的阴影里，仔细观察着栎树下面的沙石，它们都是岁月留下的痕迹。风吹过山野，如此的轻缓，再也没有思念，再也没有故乡，只有曾经一抔土来埋葬内心的纯净。

我静静地坐着，安静犹如岁月的刀锋，轻轻切割我的心跳。我端望着山河尽处，云在山顶上俯视着茫茫山野，俯视着时光的更迭。公路上，走过了一代又一代的人，走过了一年又一年的风，时光改变了容颜，改变了我那颗满怀激情的心。

我是来采摘猕猴桃的，顺着山路，走过眼前这片陌生的山路。原来的山路早已经荒芜，只有这一条，也是山岭之上离村庄最远的一条山路，离山野最近的山走进山林之中，弱视的我，一下子感到身体陷入了阴暗之中。脚踏着栎树陈年的腐叶，一脚深一脚浅地向前走，折转迂回，带着我八岁的孩子。这片山林对他来说完全的陌生，走上这么高的山林，对他来说已经十分的不易，他的脖子里挂满了汗珠，头发已经被汗水浸透；我的膝盖隐隐作痛，时光已经让我觉察到自己身体的苍老。

村子里已经少有年轻人，一些孩子都是陌生的脸孔。和我同时代的孩子，或是远走他乡，打工多年；或是嫁到城市，再也不回。父亲早已年迈，在家忍受着苍老的孤独。

我和孩子先是看到了森林深处的酸枣树。因为栎树高大，阻挡了阳光的照耀，酸枣树虽然已经挂满了成熟的果实，但却是那么的青涩，那么的瘦小。我摘了几颗，递到孩子的手中，放在嘴中，酸涩的，青涩的，黏黏的，还有一些森林的幽暗，山野的风雨，岁月的苦楚，难以言表……

我是这样走到山上的，如果不是孩子的陪伴，如果不是为他做个榜样，如果不是从小就喜欢这片山林，爱着这片山林，谁会忍受着岁月沧桑的记忆绞杀，踯躅在记忆的痛楚里。

我们惊喜地看到了树上缀满了猕猴桃，藤上猕猴桃有大有小，也都是从没有人采摘过。这里虽然离公路如此的近，如此平缓的山林，却没有人来过。

我和孩子摘了一个上午，袋子已经装了不少的果实，决定要下山了。

已经是中午，阳光变得炽烈。

再也不会常常地陪伴它，陪伴我的山林，北山，变得如此的遥远和荒凉。

二

再也不需要多么纯净的灵魂，我已经和大自然融为了一体。我的生命是这片土地给予的，我的性格是这片土地塑造的，当我再次回到这片土地，就像是看到了母亲的面容。如此荒凉的土地，已经无法安放我这颗幼小的心，面对着绿色恣意生长的繁茂，它们用身体蔓延、匍匐、缠绕……

我不知道自己的未来在何方，回到梦魂牵绕的土地，突然又觉察到了陌生。在这个世界上，当你幼年的足迹被这些荒草掩盖，你的内心会感到异样的无助。

感受着风是那样的温柔，也许是多年前母亲的耳语。感受着温煦的阳光，也许是母亲曾经的注视。当我的翅膀开始变得坚硬，面对着异乡的风雨，我的梦如此的简约，再也没有了感情的起伏。

我走在上山的路上，记忆中的道路早已不复存在。你不会知道，山野的面貌变得如此陌生，一条道路的消失，一条河流的消失，一片丛林的消失，开始让我的心变得无措。我带着自己的孩子，探索着新的上山道路，向着内心的栎树林行进。记忆中的栎树林，应该是温暖的，夹杂着林涛的起伏和奏鸣，在山谷中敞开着它的怀抱……

我没有找到记忆中的栎树林，曾经低矮的山坡。那些树丛已经成长为漫无边际的新的树林，围绕着尖山，围绕着高坡，围绕着山寨，无人的树林折断了时光的箭雨，摇痛了我内心起伏的心跳。

我倾听着树叶的响雨，壮烈而又宏大的呼唤。蒂落的一代又一代树叶，化作了送行的烈酒，催促着新的生命前行。低头时，树荫正在沙石上起舞，我的目光开始变得模糊，它们是否看出了我眼角滚烫的眼泪？

没有城市的嘈杂，只有脚下的蚂蚁，正在寻找归途。我不认识它们，它们也未曾认出我。我的内心已经被生命中奔波的硝烟弥漫，未来的战争就在荒凉中为敌，内心的荒凉正在人群中生长，我看到了每个人内心的荒凉。

山野已经呈现在我的眼前，有一人多高的辛夷树，树叶已经有手掌般的大小，带着无穷的香息等待着秋天的果实。它们的果实已经无人问津，大多数随着气温的下降，干枯在枝头，或者等待着早春绽放满树的花朵。我相信它们的绚丽，一定会让整座山谷变得异常生动，而我却不能欣赏到早春的三月，只能凭着想象描摹我曾经看到过的北山。

我们原本是来采摘猕猴桃的，找来找去，却没找到记忆中的猕猴桃架。更多的山林在午后的阳光中高歌，沿着愈加清凉的山风，剧烈地摇摆着树叶，在山谷中一遍又一遍地欢呼。

阳光即将远离近处的山谷，金色的阳光擦过树梢，黑色正在山林中弥漫，我的内心掠过一丝孤独。当傍晚决然来临，就如同送行的脚步临近，家的呼唤在山下随风响起。

北山草木记

北 山 温 情

再没有任何故事值得去回忆,犹如坐在这苍凉的山野,一片阳光灿烂地开放。

黄昏的霞光,正将白昼的余温反哺给黑夜将至的天空。我坐在山野的开阔处,打量着一片密集的栎树林,它们安静地站立,等待着星光从东方最先升起。

起风的时候,栎树开始摇荡起脆亮的歌谣。沙沙的旋律仿佛来自天际的雨阵,从山下滚到山上。这种雨阵如此的慈祥入耳,让我的心格外放松。就像坐在自家的门槛上,倾听着亲人的唠叨;就好像回到童年的雨季,再一次坐在了梦幻的屋檐下,整日呆呆地望雨,望穿一个村庄的天空,看到麻雀焦灼地在屋檐下跳跃着,轻轻地鸣唱。雨丝笼罩着一片四方形的院落,一片迷茫的时节,即将在无所事事中陪伴着大自然最淋漓尽致的表达。

每一个季节,北山都准时开放它的花园世界。春天来临的时候,枯萎了一个季节的树林突然绽放出一丛丛粉色、红色或者白色的花朵。路边的蒲公英、紫地丁、代黄花、打碗花,都群情振奋,举起自己的花萼,表白一个季节的热情。

开花的都是善良者。它们内心的善良与温情蜕变成最鲜美的植物语言,向着一颗绝望的心发出了召唤。我贪婪地采摘着蒲公英,这个被农村的孩子称为黄黄苗的植物,每一个花朵都是一枚温暖的太阳。小竹篮子里渐渐装满了蒲公英的花苗,连同黑色的泥土,根茎的白色汁液,绿色的苗圃,都装进了篮子里面。回家之后,母亲或者奶奶会将这些带着泥土的蒲公英,在河水里淘净,然后裹上面粉,在鏊子上烙熟。蒲公英的面饼,带着苦涩,带着阳光的味道,带着星光与露水的味道,带着母亲的慈爱,填补了饥肠辘辘的胃,春天就格外温暖了。

无数的花朵都成为我口中的食物。最好吃的莫过于满山的杜鹃。杜鹃花瓣红润,入口有种酸涩的味道,酸到了心里,忽然就觉得春天是有味道的了。春天的山坡处处都隐藏着新生的力量,泥土里面不断有芽脉长出来,或者是血参,或者是毛草,或者是荆条,抑或是栎树苗,蕴藏了一冬的力量,突然将生命的勇气爆发在这片土地上。

不用多久,山上到处都是葱绿的一片了。绿色的阴凉已经覆盖整座北山,北山的生活不再单调,冬天已经被迫走下历史舞台。

这时的北山,又开始经历新一轮的壮年。所有季节的轮回,都在无情催促着岁月走向断崖,而又在断崖处留下新的种子。我目睹着北山的栎树,又在枯叶之中重新披上浓绿,闪烁着青春的锋芒。

我曾经漫步这里的每一道山梁,就像一阵阵越过山梁的风,吹醒了树木的额头,如此葱茏,安静。深林中的阴暗仿佛一颗诗人的内心,饱含着对大地的深爱。难以言传的时光,只能用洒落在山梁处的阳光来丈量,用时光来丈量。一座山的距离,就是一颗心与故乡的距离。

上山的脚步是轻快的,因为我的心里早有一个目的地。我快速穿过了林荫小道,来到了山丹丹花开的地方。山丹丹花开放在固定的地方。在记忆中的那片山脊上,有几块高高的石头。石头缝隙里,几朵妖娆的山丹丹花举起了自己的艳美,让整座山显得格外妩媚。

我和二哥都欢快地唱了起来,唱起了周华健的《花心》。我们的歌声在整面山梁上环绕,阳光照亮了高处的树叶,山野的低矮树木都仿佛在认真倾听。在黄昏的山梁,我爱上了一株山丹丹花。

这株山丹丹橙红色的花朵仿佛水仙的形状,花萼的外壳格外的厚重。花芯里深藏着几颗黑色的花蕊,仿佛点亮了黑色的星光。我坐在它的面前,仔细打量着它,想要在它的花朵里读到什么,读到它贫瘠的家园,如何养育出如此貌美的面容?

整座山的安静都藏在我的背后,让我如此专注。我想把她连根刨起,拿回家里养着。可是又害怕它的根失水死去。我就坐在这里静静地与一座山为伍,幻想自己变成了一颗石头,守着一株山丹丹花,与山一起入夜,沐浴山野的水雾,成为这个家庭的一员。

整座山野都已经老去。那些高处的沙地仍旧遗留着奶奶曾居住的木棚,沙地上被火灼烧过的痕迹还在。我曾经陪着奶奶在这座山上过夜,银色的月光从天空照射下来,照进了木棚里。我和奶奶坐在月光下吃完了米饭,刷了碗,坐在石头上看月亮。月亮的光亮犹如女子眼中的光一样清澈,可以看清桂花树,看清月亮上面的山谷和荒野。

我们就钻进木棚子里睡了。床也是由木头搭设的,葛条藤缠得格外结实,上面铺满了栎树叶子。奶奶睡得很踏实,手电就放在床的里边,一旦外面有什么响动,奶奶会随时惊醒。

我听到外面斑鸠的鸣叫,能够感觉到母亲的慈爱,它们仿佛在打理窝中的孩子。外面的白色雾气弥漫过山谷,能够感觉到山谷的厚重,它的心跳沉缓,包容万物。

也许再也没有人能在黑夜感觉到命运的存在。就在这座山梁上,我看到山腰的柿子树下,有一座孤坟。我问过父亲,曾经是外庄一个人的亲戚,大概是灾年饿死,埋葬在这里。这里距离村子遥远,荒无人烟,不知为何会选择这里埋葬,让我对这座山产生了一丝疑问。

所有的山泉都来自山野低洼处。涓细的水流从石头缝里流出来,在低处汇聚成了一股清泉。清泉里有鱼和黑色的虾,还有幼小的螃蟹。这么高的山野,居然有鱼有虾,使我对生物的产生有了很多种猜测。哥哥用地理学解释,大概很早以前这里一定是海洋,造山运动时变成了山脉。

我就在这股泉眼里打水,用塑料小瓢一瓢一瓢把水桶盛满,然后从半山腰拎回木棚里去。木棚外由三块石头支起锅灶,石头上放着小铝锅。铝锅里放上水,再用塑料瓢把米淘了,就开始烧水。等到水烧开,就可以把米放进去。

野外的生活是简陋的,野菜就是最佳的菜肴。到山梁上采了刚发芽的合欢,用开水烫了,撒上盐,感觉是最好的美味。或者到小溪边荒草葱茏处,就可以采到水芹菜。水芹菜和水相伴而生,而且异常的美味。

北山的生活很快就要结束了。在返回的路上,我感觉到北山的山谷,越来越深沉,慢慢消失在云雾之中。

山 野 之 谜

有一片山野被定义为故乡，它所有的细节都被我熟知。它每一条道路的弯曲，每一棵树的位置，每一条河流的声音，都被我烂熟于胸。每当夜深人静，我的呼吸便会融进那片遥远的土地。它从未从我的视野中游离和偏移，它的脾性和形貌，都在我的脑海中一一复活。

这是一个典型的山谷盆地，连绵不断的高山四面围坐，故称团城。团城无城，只有山川日月河流荒地，其中四处弥散着稀疏的村庄。我出生的村子位于团城中央，两条河流绕村而过，在下游自然汇合。村子南北各有一座高山，赋予村子静谧的时光。我在这里出生成长，在山野中无忧无虑地放养身心，形成与这片山河类似的性格。

山，永远执着于高大巍峨，雨天被神秘的雨雾笼罩，天晴时又显现出清晰的轮廓。我喜欢在这片山河之间徜徉徘徊，内心藏着对世界的好奇。我有着无数次游历这片山水的经历，甚至在生命中的前十几年的岁月里，都与这片土地上的草草木木山山石石打着交道。更多的时候，这片土地上的精灵都始终保持着沉默。它们纵容我在它们中间任意撒野，呈现内心的兴奋痛苦忧郁惆怅，在不同季节不同的天气显现出独特的个性。

我像风一样自由穿梭于土地的任何缝隙，像一个无人管的野孩子。在任何时候，我都会按照自己的想法作出决定，去山野中任何一个地方。山野塑造了我独立行走的性格，浪荡无羁的个性。我像一只充满野性的小兽，在山野里找寻自己的领地。那里到处都有无尽的草木和芳香，它们随时都会给予我惊喜，给予我发现的快乐，给予我抵御风雨的勇气，也给予我危险的告诫。

通常情况下，我都是赤手空拳，游走在田野山石之间。有时候会被山野的陡峻擦伤皮肤，被蜜蜂蜇痛脸庞，或者被突如其来的大雨淋成落汤鸡，被误食的野果绞痛肠胃。但我知道，这片田野是慈善的，它无偿地给予我一片捕猎食物的田园和试验场，让我懂得了故乡兼具母爱和自然的属性。

回头去想，故乡也许并没有童年记忆中那么完美。它偏僻而交通不便，偏离城市，藏匿于无名。但却始终是我梦中的牵挂，被我定义为神圣的乡愁经典。当我被打上深深的城市烙印之后，故乡开始与记忆相互交叠，甚至出现了记忆的模糊和断层。以至于我再找寻故乡的踪迹，发现它又夹杂着陈年的陌生和心理上的不适。

少年的我完全主宰着自己的行踪。像带着双脚的云朵，随时在一朵思想火花的催生下，漫步山野寻找温暖的港湾。我常常去山野之中寻找解决温饱的果实，寻找着自己的那颗心。那颗心也只有在野地里变得洒脱超然，开始具备万物的灵性。

假若在山林之中，我想象自己化为了一阵清风或者是树木的一员，在自己喜欢的野地呼吸花香，聆听阳光和雨露。或者在断崖之上久久地凝望，凝望大海一样澄净的天空，感觉自己也是天地间的一棵无知的小草，等待着生命的枯荣。

那时候风雨是无定的，天空的云朵随时聚集，化为山间的一阵急雨。雨脚的线条粗糙而硕大，行走在山涧和石崖间。它们带着潮湿和寒冷，洗涤着发白的岁月。晶亮的雨滴在草叶上悬挂，又不断地滚落，滋润着贫瘠的土地。我行走在明暗交错的山林中，仿佛触摸到了雨的心跳。山林茂密厚实，将粗大的雨线遮挡在树叶间，化为无序的零落。

这是一片栎树林，锯齿状的树叶切割着天空，只留下细小的缝隙，可以窥探到头顶的微风。我会在大雨到来时，躲到巨大的树丛中避雨。坐在一片沙地上，遥望水流沿着脚下的小路匍匐蜿蜒，向着山脚的谷地行走。天牛或者屎壳郎则放下手中的食物，在树叶下面做短暂的停留。天牛有着两只长长的触角，八字形触须伸展向头顶；有着两只坚硬的翅膀，居住在栎树之间，以树叶和树干为食。我对天牛怀着一种发自内心的尊敬，多半因为它的名字和天有着神秘的联系。天牛幼虫从栎树的树干内部生出来，用自己刚刚变硬的齿颚掏空树干，飞向自由。屎壳郎一度是我厌恶的动物，它们成群结队寻找牛类的粪便，很快就能把一堆牛粪分解为无数药丸大小的粪球。我看到过山路上运送粪球的屎壳郎团队，队伍纵贯道路，整齐划一。一个粪球被两只屎壳郎抬着，一前一后，一推一拉，颇有滚石上山的勇气。我惊叹屎壳郎的智慧，它们被造物主赋予创造的能力，成为自食其力的艺术设计师。我没有发现屎壳郎的家到底在哪里，每次看到屎壳郎，它们总是行走在忙碌的路上，为生态的净化和生物的分解尽力工作。

天地间的一切生灵都在找寻自己的位置。有时候，我会在山间的开阔地望见头顶盘旋的苍鹰。它们在高高的天空幻化成一个模糊的黑点，在山野消失重现，在云朵的衬托下，格外的苍茫。那时候苍鹰在山中很是常见，村里的人们还时常抓些刚出窝的鹰来喂食。我从村人的手上近距离观察羽毛未丰的小鹰，眼睛中已经透露出尘世的沧桑，桀骜不驯的眼神透过乌黑的瞳孔散发出逼人的寒光。山间也会有猫头鹰、刺猬和兔子，还有一些长相奇特怪异的鸟类，悄无声息地在山林里繁衍生息，度过平凡的时光。

万物皆有使命。就像我骨子里透露出对这片山野的热爱。许多像我一样大小的孩童，都在自己的父母身边依偎，在村庄的炊烟里行走，在乡街的橱窗边徘徊。而我总是出没于山林之中，将自己幼小的身影隐藏于神秘的丛林。有时候会与低枝上的一只鸟对视，彼此不再有任何敌意或者惊慌，相互打量并若无其事地走开。有时候会与一条蛇在小路上相遇，也都是相互一瞥，各自隐没消失。

我在山野里沐浴了时空变化的明灭，经受现实时光与记忆阴影的相互抗拒与冲突。一些新的事物正在诞生，而另外一些正在日渐衰老。石头上攀附的苔藓，一度因为缺雨而干枯，又在雨季到来时保持着蓬松和鲜绿。它们攫取石头上的粉尘，吸收落叶的养分，以叶为足，在古老的岩石上攀缘行走。所有曾经的小径，都走向历史的荒芜。这是一种安静的必然，当生命远离，果实自然蒂落，荒草从虚无中暴发，进入曾经无法到达的视野。

我在栎树林里等待着一阵雨走过，它们临时的倾诉让林间充满了低沉的悲伤。鸟类躲在枝头，停止了鸣叫。游蛇蜷曲在石洞里沉入睡眠，松鼠也停止了搬运橡果的想法。唯有树叶举着雨滴，在风的轻抚下微微颤动。我以静默的姿态感知山野的无常，感知天地间的遭遇或者更多未知的天象，想从中发现内心超脱于万物的永恒。

更多时候山野间的急雨很快就会散去，化为苍茫的云雾，贴着山脊低飞。云雾潮湿而又轻盈，一缕缕在山脊上飞散，卷入山谷，化为一团凝固的谜。我感觉天空与山顶接壤，自己已经来到了圣境。高大茂密的茅草，在浓雾间轻轻晃动，经受云雾的孵化启示，聆听天空的经语，成长草叶的坚韧。

雨雾散去的时候，视野更加清晰。树干变得深黑，树皮间的褶皱里浸满雨水，带着湿滑。我看到了一缕阳光穿透树叶，落在林中。那是笔直行走的光线，像是来自上帝之手。山林正是阳光最好的梦乡，成就生命的理想舞台。光线形成的河流里，卷动着烟雾和紫霭，在树叶上形成椭圆的光斑，映亮了山间的幽暗。

我在午后又一次站立在山顶，灼热的阳光驱散了山间的潮湿，又升起了山野的庄严。我望着山谷深处小小的村落，像有一阵风，穿过我的胸膛。

山 之 子

  只有大地知道，我是他的孩子。我坐在一面山坡上，望着周围的草木，它们的生机感染着整个世界。

  很多鸟像我一样孤独。一旦破壳，就选择独立生活，无论前途有多么凶险，抑或是被野兽或者苍鹰抓走。

  我听见树叶在悄声低语，一片树叶与另一片树叶相互握手，相互微笑，相互颔首。它们陶醉在风的旋律中，发出了轻柔的歌唱。

  唱着什么？一缕清爽的风，点燃了夏的引线。一切都不可阻挡，鲜花从草丛中蜂拥而出，树叶向着边缘不断拓展，黑色的枝脉中夹藏着生命的渴望。

  我犹如一棵忘记了年轮的树，生长在一望无际的阳光里。我的青春和善良，就在这片熟稔的山脊之间徘徊。我抚摸着颔首飘摇的无名之花，飘摇着季节的阵痛，飘摇着内心的热度和感知。

  没有人生如此无常。在一面山坡上，每一刻都有新的生长，每天的枝叶都不会重复昨天，每一天的朦胧都如此厚重。我徜徉在无尽的绿色海洋中，几乎迷失了自我，迷失了自己那颗无言的内心。

  我打量着每一棵翠绿的树木，沿着它们的树荫向着山脊挺进。树叶的气息散发出一阵阵清凉，沁入我的心扉。我感觉自己的心轻轻打开，向着天地间伸开怀抱。我感觉那些低飞的云朵，徘徊在山谷的蝴蝶，仿佛就是风雨不定的人生。

  所有的树影如此迷离。风吹着额头的汗水，那是对生命的犒赏。一切山脉的形状，都延续着无尽的曲折。我的身体也在山间的道路上迂回，阳光闪耀着空气的波纹。

  未来的期待，也可能深藏在某一片山谷。或许它坐落在某一个不为人知的角落，等待着与我的相聚。

  那些小巧玲珑的动物，带着自己青绿的翅膀，把自己埋藏在绿色的枝叶下面。

当宁静的田野里藏着自己的天敌，山野的安静已经被未知的凶险打破。

我也会在山野的某处遭遇一条蛇或者蜥蜴。蛇皮的皱纹和它独特的形状，无脚的穿行和梭状的头部，让我的内心感到了无边的恐惧。游蛇灵魂一般的影子，飘荡在山谷的阴暗处，带着冷意和不容侵犯的战斗姿态，不经意地打量你，像是审视你的灵魂。

童年的回忆里，蛇总是在某一个路口守候。当我面对一条独自走过的青蛇，一阵阵惊惧像是无边的林涛汹涌。我站在那里尖叫着，一个孩子的呼喊回荡在山谷。面对一条蛇，一个举足无措的孩子，蛇迅速地逃走。亲人们闻声赶来，只剩下一片荒草覆没的沙地。

有时候，我经常到山坡上去捡蛇皮。蛇皮挂在灌木丛的枝条上，或者依附在沙地上。有的蛇皮已经风干了，有的还带着湿润。据说，蛇皮是一味中药，大队药铺里回收蛇皮，价格不菲。

只是蛇皮轻如宣纸，捡来的蛇皮，满满的一篮子也没有几两的重量。捡蛇皮的过程，大概就是观察一条蛇奇异的习惯，想象一条蛇的再生，带着痛苦，从自己的身体里面走出，重新走进世界。有时候，看到一条长长的蛇皮，我猜测着蛇的年龄，蛇的大小。恍惚间仿佛自己变成了一条蛇，蜕变了空虚的壳，行走在北山的森林中。

山野中的小路隐藏在山崖上。在山谷的阴阳之间，我像是一只孤独的兽，在山间的树林与灌木丛中隐现。

蜥蜴和我一样穿梭在满是落叶的林间。每当我走到一面山坡的幽静处，一阵阵持续的穿梭声音在身边响起。这些落叶的响声，暴露了动物的行踪。凡是有脚行走的动物，踩在落叶上的声音是点状的。据说，在我出生之前的几十年前，村子里的人们曾经遇到过棕熊和野豹，还有刺猬和野獾。这些动物，童年时曾经亲眼看到过，不过都已经是被捉住的状态。小时候，在家里院子中的枣树下，曾经埋着一盒獾油。对獾的想象和理解，大概就是从一盒獾油开始，延伸到深夜的北山。一只肥硕的獾从穴内爬出，缓缓地走向茫茫月色。

现在的我，只剩下内心的空旷。山野更多的是漫无边际的风，往复在栎树林的上空，摇着栎树的林涛，翻滚着墨绿色的海浪。面对北山，我再也找不到从前的我，找不到那缕北山的云，找不到曾经与我偶遇的蛇。

上 山 之 路

我上山的地方，其实有几个常用的方案。山越高，起步上山的地方就越远，前期上山的准备工作就要做更多。最低的山就是尖山，没有更多的山脊可以丈量，我所看到的山梁都埋没在无边的树林里，那里有着无数青翠的林海可以穿越，无数的涛声可以旁听。

尖山上山的路其实是有好几处的，一处在大沟的入口，一处在羊背锅。这两处都是山湾，与村口的大路相邻。

或者最开始我是没有上山的兴致的，只是在大路上漫无目的地逡巡。走到阳光开始弥漫的时候，内心突然升腾起来上山的渴望，那种渴望来自自然，来自一朵野花的引诱，或者是一片白云的启迪。我开始拖着自己的影子，快速向高处的山野攀爬。

每到山湾的一处高峰，我都可以停下来细细打量身后的影像。一切都开始变得遥远，遥远得仿佛要离开内心的记忆。连同村庄那缕温暖的炊烟，都变得模糊而潮湿。低处公路上的人影，更是渺小得如同画面上的蚂蚁，轻轻地在每一处可以辨别的地方蠕动。

我的内心藏着一座山，因而就不断地有着前进的力量。

山野开始异常清晰地进入我的视线，一切人与人之间的话语，都开始用一种树叶的摩挲来交流。叶子在风中齐刷刷地欢呼着，顶着阳光，绿色的茎脉在叶背上清晰可见。

有时候，我会坐在一片树荫下，让那些树叶的影子覆盖我的全身。仿佛进入了最为安全的巢穴，那座巢穴如此隐蔽，万物都不可见我，连同蜇人的阳光。

在树荫的苍翠里，我什么都不去想。我变成了一只如此热爱的蚂蚁，停留在成长的大地上。我想把满心的欢喜吐露给伟大的土地，我想在这片土地上成长为覆盖天空的栎树。

几乎每一片土地都被栎树覆盖。在这里虽然没有更多的观瞻者,但却有着无尽的田野,田野如此静谧,适宜栎树放声高歌。

对着自己高歌。栎树的自由就是生长,甚至野火都不能打消它对生长的渴望和执着。

高山上的栎树都已经到了岁数,更加高大和挺拔。它们手擎白云而歌,它们头枕浮曦而歌,它们也为自己的理想而歌。我在栎树林里找到了自己,自由的一头野兽。

我深深地陶醉在北山的栎树林,遥远的时光早已经离我而去。我没有了自己的身体和心跳,我随着这些栎树呼吸,随着它们舞蹈,沿着它们铺好的小道不断地打着趔趄行走,甚至在栎树林里发现了桀骜的兰花一瓣。

坐在山岭上的时候,风正从南面吹起,翻起了一面山坡的青翠与斑斓。那些山石众多的山脊上,更多的还有红色叶子的孔雀杆和梧桐叶,还会有野栗子和毛桃,更多的是猕猴桃和萝卜药的藤阵。

我像是坐在那里翻阅一本关于山川河流的书,每一篇文字都是自然所写。写到尽处,都可见万千的朝霞与月光,沐浴过人的灵性与山野的孤独。它的孤独无人能够理解,无人能够感受,只有坚韧的山石和众多的栎树野果,承受了时光的洗礼,变得如此雄浑与壮阔。

我感到风正从身后翻动我的衣领,而众多的树木都一阵阵掀起波涛。如同大海般诡谲,甚至看不到波浪从何处起潮,就已经越过你的头顶,撼动山涧,果实跌落,叶背聚集起苍茫的白色,滚滚沿着山野逶迤而去。

西寨的孤独

西寨有西寨的孤独，父亲有父亲的孤独。

我坐在山梁上，望着山下，那些村庄仿佛要被绿色的荒芜淹没。

海棠果带着酸涩，缀满枝头。山间无人，只有风声吹过树丛。该黄的叶子，该红的叶子，都在山间随风飘舞。

我仔细地聆听，仿佛再也听不到大山的心跳，只感觉到我那颗老去的心，因为山岭逶迤而剧烈地搏动。

桐油籽从衣胞中裸露出来，苍黑，暗淡，等候山野泥土地上腐朽的命运。那盏曾经燃烧的灯火，因为时代的变迁而发生改变。

西寨的风，依然是二十年前的风吗？它还是那样的柔情翻滚，在林海的波涛上轻轻地抚弄。山崖之下，是那些苍茫的雾霭，随着暮色逐渐的深沉，只能听到它们雷雨般的歌唱。

山间，灵芝布满。那些大大小小的灵芝，因为一座山而获得生命。它们在腐朽的木头根上，延伸进命运的永恒。还有土蜂，在山间的土地上筑巢，在苦涩的山菊花上酿成自得其乐的甜蜜。它们团结，以自己的生命来维护自己的家族；它们在时刻坚守着自己的门口，防止丢失掉任何的财产。

大哥大概没注意，不小心碰触到了蜂巢，被一只小土蜂蜇到手腕，随即开始出现红肿。那些小土蜂，将蜂针刺入异类的身体，自己也就要献出小小的生命。

地上到处都是野猪触碰的印迹，甚至已经难以找到完整的土地的肌肤，坑坑洼洼，草根、树皮都已经被翻出地表，还有野猪的蹄印，打滚盘出的土窝，布满了整个西寨。

我曾经是经常来这里的。童年时光，伴随着寂寞的成长，唯有这片西寨的山林，陪伴我走过沉默的童年。

我在这里寻找山杏、葡萄、毛桃等一切可以充饥的食物。满架的猕猴桃，满地的蘑菇，黑暗山谷中发红的柿子，都曾令我的心发狂。

我深知山野的脾性，我可以嗅出柴胡、山药、灵芝、天冬的味道。我知道兰草喜欢在哪生长，我知道哪些地方适宜于生长猕猴桃、山栗，我知道哪些树木内心是红色的，哪些树木会在藤状的攀爬中濒临死亡。

孩子的母亲远远落在后面，几乎被暮色遮掩。甚至我的眼睛看不清眼前的山谷和树林，仿佛陷入了一阵恐慌。我不停地催促着她，难道你不害怕野猪吗？

我害怕夜晚的山林，风声格外地凄厉。山斑鸠鸣叫在山腰，月色在山风的吹拂中，闪烁着明亮的色彩。我能听到蛇攀爬的声音，山溪急走的声音，还有刺猬滚下山坡的声音，也有果子落地的声音。有些声音仿佛雨声那样的迷茫，有些声音仿佛是人的叹息，有的声音仿佛是动物在咀嚼食物，有些声音仿佛是大海深处突然泛起了浪涛。

我曾经听着这些声音入睡，在西寨山腰的茅棚里，度过了一个个难忘的夜晚。奶奶告诫我要把茅棚的门用树枝别好，防止一些大的动物来袭。

茅棚里除了蚂蚁，很少有客人来。茅棚里有个铁锅，有个水壶，还有一个树枝搭建的床。

我躺在月色中睡去，整个山林仿佛已经深深地嵌入我的身体。

茅棚外有几块石头搭建的灶台，灶台已经熏黑。每当做饭的时刻，奶奶把铁锅架上，点上柴火，下入米，就等着山中一场朴素的美餐了。山中的烟火是人的话语，袅袅的炊烟爬向山间，仿佛是对大山的感恩和祭奠，仿佛是给行路人注入前行的勇气。

我就在山野间生活。蚱蜢、桑蚕，还有猫头鹰、游蛇，都成了我的伙伴。我清楚地知道哪块山头有石头，有树木，还有柿树，那些曾经养育父辈的山林，如今成为我童年的养母。

我就是在山野间长大的，如今那些蚕坡被砍伐殆尽，只剩下密集的灌木丛，荆棘遍布。甚至再也找不到曾经的道路，石头、柿树、小溪也统统消失，只剩下这难走的山野。这是时代变迁带来的伤痛吗？

孩子被树枝扫到眼睛，开始哭泣。我安慰着、鼓励着，继续向着山尖爬行。终于走进了山林，而暮色却突然深重，太阳下班了。

如此的准时，如此的无法阻挡，金色的阳光从山腰迅速地削减，只剩下林梢那些漂浮的金黄，仿佛很快就要消失。我感觉到阳光离去的恐惧，只要阳光消失，这片林子就要彻底陷入黑暗，寻找不到出山的道路，那么就会迷失在故乡的西寨。

　　终于找到下山的道路，一路走来，暮色就追赶在后面。忽然，那些林间，变得如此清晰和寒凉了。

　　再见了，我的西寨！感谢你让我体味了山野内心的孤独，你的孤独就是我父亲的孤独。

山 野 流 云

母亲的坟丘在远处望着我。我感觉到了背后的慈祥。这一切山川与河流的本色都是最原始的，没有任何牵制，没有任何掩饰，没有任何不适。一切都如此自然，稻田的叶子上还沉甸甸地挂着闪光的露珠，湿重的灵魂泛着山野的锋芒。

我想一个人上山去，但又觉察到内心的痛苦。记忆，都变成了蠕动的精灵，在你的心头带着脚，到处不安地爬行，让心灵在时光的错乱中感受物是人非的折磨。

山路的崎岖，山野的起伏，都依然在眼前存放。一晃四十个年头，有的道路上长满了荒草，不曾有人光临。荒芜的地方曾经是你昨夜的思念吗？多少路口的树木都已倒去，多少河流早已喑哑。我面前的一个小孩子，带着惊恐的目光打量我。从哪来的陌生人，带着哪的乡音？我依然是我，曾经在这条河流和山脚下摸爬滚打的孩子，曾经无忧无虑地穿行林海苍茫的孩子，曾经在孤独的山野上高唱我热恋故乡的孩子，那是你内心最为痛苦的记忆。

多少人已经走出了大山，他们正在远离故乡的土地。他们正在淡忘这一切，埋葬这一切，改变这一切。

我站立在山野的阳光里，聆听风吹树叶的苍茫。一阵越过山谷的脚步，像是暴风阵雨般的，从山谷的低处盘旋而起，蜂拥着树叶的苍翠，翻动着绿色的羽毛，在耳边浮响。

我是这条河流中一块行走的石头，内心长满了历史的苔藓。眼前浮现着曾经的面孔，如今大部分都已埋葬在这片土地上。我观察着树下面的枯叶，它们年年沉积在脚下，散发出泥土的气息。兰草异常青绿，昂着高贵的头颅站立在树丛间。

我的记忆继续向着山野飞奔而去。那里许多曾经低矮的树木，已经出脱成了连片茂密的森林。曾经的过客，都停留在路上，唯独走出去的人们，却在他乡漂泊。

故乡的土地上飞起一片乌黑的鸟儿，它们正在啄食一片忘记了收割的庄稼。

土地失去了被尊崇的地位，被荒弃，被弃耕，成为历史的过客。我打量那些一人多深的荒草，也许已经多年无人打理。曾经从上游修制的水渠，早已塌陷。我们疏远了土地，到了拥挤的城市，在那里辨别来自故乡的大豆或者小麦，而记忆都将被琐碎的时光埋葬。

许多耄耋老人，我都已叫不上名字。曾经一代代的恩怨，都已被时光化解，记忆中一些熟悉的人，还能看到的极其鲜少。

曾经的水井边，邻居的女人，咳嗽的身影仿佛还在，但坟垛上的荒草已经过膝。她们的孩子很多都已离世，是得了不治之症。那些曾经豪气冲天的理想，在乡村的记忆中被埋葬，被忘却。

我们兄弟几个约好上山采摘猕猴桃的，这次各自带着孩子们高兴地上山。只是山野的道路早已面目全非，只有起伏的山垭口可以见证那条常走的道路，其他的地方都已经被荒草埋没。只在山脚下发现了零星的猕猴桃，看到更多的则是满山遍野更加密实的山林，更加原始的森林，更加苍老的树木，更加难以辨认的山梁和谷道。

回到家时，看到了老李。他曾经的母亲，是我的表母。老李坐在山坡上掐辛夷，依旧穿着记忆中的灰色上衣，坐在一棵树下，仿佛一块多年未曾移动的石头。

北山夜色

我是曾经与北山共同度过无边的黑夜的。这其中的味道仿佛世界上任何人都无法品尝,只有当事人自己知晓。有月的晚上,山林安逸而又静谧。仿佛一切都回到了原始的状态。我当时就躺在了北山低矮的栎树林中,夜色迷离,我的梦境与眼前的现实也混为了一体。我听得到一些微小的动静,都不曾影响到整个山林的气色。它不需要装扮,神态如此的安详,让你无法逃脱黑暗的笼罩和腌渍。这一切都形同你命中的洗礼,把所有的记忆和往事全盘抖出,仍旧不能动摇对生命的怀疑。

月亮顺着草棚的缝隙射出白色的锋芒。月光柔静,经过了多少千锤百炼的狂潮,方得来的一丝超脱,在我的面前微斜。我的呼吸更加微弱,又觉察到身后山野的力量。有些植物还在夜色中绽放花朵,将独有的清纯野香弥漫进你的鼻孔。还有阵阵的林涛,会在任何时刻忽然变得高亢,卷过遥远的苍茫。

如果不是因这蚕儿的柔弱,我怎会与这座山发生如此密切的关联。

我原本是来蚕场看蚕的,这一次住在了山上。而北山的夜色竟然会在一夜间,驻扎进了我几十年的记忆。

风来临的时刻,云层的脚步走得更快了。月色渐渐地模糊,云层的边缘被照亮,仿佛在云朵间发生了什么变故。黑色的云朵代表着夜色中的心情,并不是一味明快地享受皎洁和宁静,也会突然地在毫无遮拦的月色中停顿下来,安抚自己心头的一小片不快。

而山坡上却异常地朦胧。小鸟呢哝,却又不影响初夜的静。山谷传来栎树的呼喊,一阵阵地收紧放开,形同海浪一样起伏、追赶。直到把你的梦追得生疼,直到每一寸呼吸紧促,直到眼睛在梦中发生游离。恍惚闻到了林涛的气味,感受到它的深沉,觉察到它的形状。狭长的叶子都睁着不眠的眼睛,在岁月的黑暗中感受着年轮的蹉跎。一代又一代地生长代谢,一代又一代地衰老、死亡,一代又一代地相互接力与埋葬。我陪伴着北山的栎树，从林间感受生命的意义，每一缕气息都让你的呼吸更加深邃。它们相互审视，相互摩挲，向着山野，展现出自己平凡的生命。

我长时间地在林间逗留，仿佛已经深深地融入栎树的生命。它们的耳语简单而又明快，也许，它们只是在欢呼，只是在歌唱，只是在相互打气或是鼓励。我听懂了它们的欢乐，感受到它们的忧愁，它们的勇敢，在山谷中等待着岁月的改变，不变的是守护北山的心灵。

就当是这一山谷的夜色，只有我才能品赏得到。夜色浮动的是生命的坚强，更是生命的温暖和传递。山谷中的夜色更加深沉，一些老去的坟垒，早已被岁月忘记。我躺在用栎树搭成的茅棚里，仔细地谛听夜色的浑浊与深沉，浅白与安静，这些世间所有的品性，都能在这夜色中找到答案。

我想到了自己，想到了一座村庄的未来，想到了自己的亲人。我像是一条流淌的河，载着世间的记忆，载着两岸的花木，向着深沉的夜色中流去。

不知何时，我仿佛已经做完了一生的梦。梦境里，黑色的事物悄然地行进，在北山的树丛中不断地闪现。我感知山间的一切，已经成为我血脉的一部分，还有什么难以从命运中剥离？布满栎树的山野，养大的蚕儿，有朝一日也像我一样振翅飞去？

我难以入睡，悄悄地起身。床头，那一缕如水的月色，像是奇异的花朵，映亮茅棚内的沙地。茅棚是父亲新搭建的，沙地上还留存着未干的雨水，黑夜里执着于找寻食物的蚂蚁，依旧在辛勤地忙碌。它们抬起细弱的触角，仿佛嗅到了人类的气息，正在寻找突围的道路。

走出茅棚，明亮的月色正浓。山谷下面，是我们赖以生存的家园。在那里，我们可以与北山相敬如宾。世世代代的人们，在北山的怀抱中繁衍生息，回味着历史的沉重，也将不断地开拓幸福的未来。

是啊，我也是被月色照映的一个平凡的生命，执着于生活中不懈地探寻。山野的辽阔让我学会了坦然面对生活中的风雨。眼前所有的草木，所有的安详，所有的梦境，都惊人地相似。在黑夜中演变，在黑夜中生长，在黑夜中回味。我默默地观察着身后的林涛，它们年年如此往复地变换生命的色彩，从干枯的枝头生发出新鲜的枝叶，又将自己的生命歌唱。

我能感受到北山吹来的风，嗅到了青涩的生机。乳白的雾和湿重的露水混合，弥漫出北山的流年。它们是快乐的，还是悲伤的？它们从容地听从岁月的召唤，掩埋了多少农人的目光？就像我，一个山里人的儿子，在自家的庭院中自由地游弋，自由地徜徉，自由地安睡，早已忘记了深夜的恐惧。

爱是一团温暖的火。我感受着父亲对大山的热爱，对我的爱。这种爱，发自于血脉的传承，发自于对生灵的敬重，对大山的感恩。至少现在，我是从容的，面对无数风雨，面对内心的旷野，我听从山野的安排，沉睡与沉思，都是我生命中不可多得的况味。

月色山河

月色顺着山坡流淌下来，雾气在山峦上铺起一层乳白。

我听见各处的鸟鸣渐渐低沉，遥远如梦中的啁啾。

许多年未曾回到故乡的山野，而这夜色却如同一幅深沉的画卷，镌刻在我的脑海。

大山是我此生的依偎，走进风雨的都市，却依旧忘却不了月色的朦胧，每当夜色降临，就会在心头照常升起。

儿时多半的时间是在北山上度过的。每一片山林，都曾留下我的脚印。白色的沙粒在栎树的脚下，粗犷地展示着健壮的肌肤。树根在雨水的冲刷下，露出一段段怪异的形状。山路在林野之间深藏，那是我必经的道路，每一处弯曲，每一处陡峻，每一处山石的堆积，都如此自然而又从容。

坐在晚春的夜色中，我仿佛早已经忘记了自己。我也是自然的一处特写，在不安的深夜游移。脑海中闪现着森林中的夜相，无论是植物还是动物，它们此生都必须在此处安家。它们的家和我的家一样的简陋，在树枝上或者在树丛中搭建的一个巢穴，在石缝里挖掘着自己梦中的理想家园，在山林中寻找着可以充饥的食物。

我的茅棚搭建在半山腰。这是一块天然的平地，细沙长期冲积，在一块褐色的石头前停歇。石头上布满了苍老的苔藓，为这块古老的石头包装上美丽的外衣。茅棚是人字形的，栎树的树枝厚厚地覆盖住屋顶，遮挡住炽烈的阳光和密集的风雨，让我不至于无处安歇。

茅棚内是由栎树干搭设的简易木床，地上堆放着父亲的衣物和拾蚕的顶筐。顶筐是圆形的，用一根粗壮的杨桃杆做直径，大概有一米多长的样子。

在夜色升起时分，父亲要到山脚的小溪边打水，我则在茅棚旁的火堆边看火。柴火是最不缺的，到处都是干枯的枝条。父亲用几块石头，搭起了简易的锅灶。

锅灶经过多日的熏烤，已经变得漆黑。火苗闪烁着温暖的光芒，舔舐着黑色的锅底。山上是没有菜的，只有用铝锅来熬粥。

不到半个小时的光景，白米粥已经熬熟。父亲用碗盛了，随手在树枝上折下两根细枝来，作为筷子，就可以进餐了。我端碗坐在山腰的石头上，在晚风的轻抚下，将半碗月色喝了下去，身体渐渐地暖和起来，感觉到身上的露水更加的湿重了，周围的湿气围拢上来，夜色像是一团迷离的雾，紧紧地包裹我的身体。

我身边没有可以依偎的温暖。我是北山上一只独立行走的兽。父亲像大山一样沉默，他在蚕场里到处查看。留下我坐在高处的石头上，不安地打量着山上黑雾弥漫的森林。每一棵树仿佛在夜色中，都沉淀进了梦乡。它们的枝叶，在风的摇动中轻轻地歌吟。

远处的山路上，偶尔闪过一道汽车行进的光柱。那是多么渺小的人类，在北山的荒野中寻找家园。我知道，背后的山林是寂寞的，它们在忍受岁月的磨砺，逐渐地丰盛，枝头更加粗壮，笼罩住北山的赤贫。山林深处，还会有高高低低的灌木丛，栖息着另外的生物，它们也会在午夜时分，紧紧地相互拥抱在一起，等待着清晨的到来。

父亲巡检回来，坐在茅棚外的沙地上抽烟。我看见父亲，披了一身的月光，面对着蚕场安详地沉思。这座蚕场是我来年上学的学费。等到蚕儿转完场，就会在栎树上结出雪白的茧子，就可以卖到乡里的供销社，换回票子。

蚕儿是恐惧雨儿的，特别是正当蚕儿生长的季节，遇上绵绵细雨，就难以在体内生成蚕丝。蚕儿也是害怕鸟儿的，贪嘴的鸟儿上山来，专挑肥壮的蚕儿掠食。我白天的任务，照常是手持一米长的竹吧嗒，不停地摇动，恐吓鸟儿散去。

我也学会像父亲一样，面对半山的雾色发怔。后山腰的凉风，吹着我的后脑勺，有了一种奇异的感觉。在父亲的感觉里，山野里有阳有阴。大凡缺少阳光照耀的地方，就会有各种不可见的灵魂，夺取儿童的魂儿。

我却不惧这夜色的黑，在山林中自由地穿梭。甚至在荆棘丛中，与那些孤独的坟丘相遇。柿子树下的坟丘，也有它的来历。那是一个饿死的灵魂，被埋在了深山。山野曾经是富有的，而人类的精神视野却不能在时代的局限中实现突破。我知道有个年代，所有的亲人们都渴望在山野之中，寻找到果腹的食物。父亲在一片杂草丛生的野地上，撅下一棵麻根，告诉我食用的方法。麻根黏黏的，带着一丝苦涩，一丝微甜，一丝麻味。我仔细地咀嚼，仿佛在咀嚼父亲的记忆，咀嚼一个时代的辛酸，咀嚼父亲温暖的目光。

我也曾在夜色中学会用石头取火。发着光芒的白色石头，在认真地敲击中闪烁着火星。它们是山野的馈赠，在一片腐朽的栎树枝叶中渐渐地燃起希望，燃起炊烟，燃起对生命的渴望。

就像是昨夜，我依旧在山上逗留。多少黑夜的体验，都在记忆中沉淀成一笔宝贵的财富。我在山上到处行走，仿佛忘记了自己身在何处。在山路的崎岖处，在风卷林涛之中，在山野的善良中，寻找到了精神的寄托。

北山之路

北山的路是漫长的，对于时光的荏苒，这条路仿佛已经陈列在古老的记忆中，但在我的脑海里，它依然清晰无比。

走在北山的路上，那是一段无比曲折的道路，充满了早已预料的坎坷。风吹着山坡两边的树木，阳光从各处山头上反射出迷茫，草丛挂留着清晨的露珠。

我从山下起步，翻越从脚下开始。内心有一个清晰的目标，从不会动摇。沙石自然的铺陈，石头隐藏在山腰，道路上泛起刺眼的光芒。躬身前行，耳边仿佛不再有任何的声响，只有自己脚下与道路的摩擦与裤脚的摩挲。

有时候父亲会在前面停下来，认真地端详着周围的山谷，等待着落在后面的我。我则两手并用，在陡峭处试图抓住一丛羊胡子草或者栎树的枝条，借力向前攀爬。这不是一场梦，却胜似一场梦。梦中的光亮就在前头，闪烁着额头的汗水，闪烁着草叶的清香。

我紧跟着父亲的脚步，每有停留，就会离父亲更远。山势越来越高，树木也越来越高，道路在山体上攀附盘旋，渐渐的人越来越渺小了，山脚下的事物更加的遥远，几乎要消失在云雾中。我真正走进了一片栎树林，虽然这片栎树林依然稀疏，但它们的姿态和表情却十分坚定，苍翠的叶子上泛着健康的光泽。树林中的道路开始变得平坦，可以看到树木根部泛着绒绿的苔藓，可以听见小鸟在树枝上发出的呢哝，可以听见山风吹过林梢的波涛，可以听见自己幽深的心跳。

有时候我是一个人上山的，在深入山林的沟岔间穿梭，仿佛世间再也没有了嘈杂，没有了饥饿与痛苦，没有了人与人之间的纠葛。只是面对这片山野，能做到的，只是顺应山野间的阴暗与明亮的交错，顺应它的潮湿与清寒，顺应它的安静与辽阔。

我面对群山后面的群山，看到河流在山谷中安静地奔流。更远处的山野早已苍茫如昨。我无法翻越，也无从得知它们还会与哪些人命运相连，但我知道，此时我已经是这片山林中的一员,我是草木中一个移动的生命。我在寻找山野中的属于自己的心境,属于自己的家园。

我的脚步在树林中变得如此飘忽,或者因为一棵树的阻挡,或者必须绕过一块山石,如此的徘徊不定,如此的反复无常。我觉察到身边的景色,每一处都有所不同,每一处都有自己的草木和藤蔓,有自己弱小的花朵,年久的枯木,或者是带着酸涩的果实,在原始的时光中蔓延着生命的自然,谁也不曾改变它的进化。

有时候,或许会遇到一阵狂风,在山岭处吹响树梢,白色的叶背相互摩挲,翻滚成山野的海洋。那是最好的听涛方式,只用闭上眼睛,坐在树林中感受紧一阵松一阵的波浪,从头顶滚过,渐渐远去,又迅疾从远方赶来。你的内心,也会在这时,触摸到山野的心事,它们呼喊着,跳跃着,舞动着自己的身姿。

你会在此时找到属于自己的命运吗?你如此的淡然,或许面对丛林中陌生的植物和动物,允许它们从你的面前出现或者消失。你等待着更多的云雾从山腰升起,盖住了遥远的孤独。

荒野的呼唤

荒野是有情的，荒野也是无情的。

无情的荒野会让你迷失在雨中，狼狈地找不到出路。在树林中左冲右突，甚至滑倒或者跌入阴暗的草丛。荒野又是那么的清静，让你不安的心变得空旷，不再因为生活的苦痛而变得失落。走在荒野中，一切都变得开阔起来，一些年长的树木依旧茂盛，充满了无限的活力。我是爱着这片荒野的呵，从不曾因为远离它而陌生，从不曾因为世事无常而丢掉内心。因为荒野给了你依附的理由，它们在自然风雨中从容的身姿让你步伐坚定。

我来到了这片荒野，这是梦中的荒野，一片片山林擎住阳光，欢快地翻飞翠绿的手掌。它们模拟着满世界的掌声，在风中欢呼我的到来。我坐在一棵栎树下，望着山谷中高大的树木，已经成长为无法逾越的山林。

无法描述内心的感动。它们也许等了我许久，等过了一个又一个春秋。春天的时候，抱着幼嫩的芽片等我；夏天的时候，簇拥着枝头的苍翠等我；秋天的时候，满含着澄黄的秋叶等我；冬天的时候，头顶着白皑皑的雪片等我。等我等得久了，手拉手，呐喊着枝条的繁茂等我，划伤了天空的空旷。它们如此改变着世界，却又不曾在世界中得到你的眼光。

山林哟，一片山林就是我曾经心灵的家园。我曾在它们的呵护下成长，等待着一阵难挨的风雨尽快过去，等待着一阵饥饿的痉挛尽快过去，等待着改变世界的理想尽快实现。可是四十年过去的时候，山林早已经荒芜，小路长满了荒草，我改变了什么？

我不曾改变什么，我等到的是亲人的苍老离世，等到的是自己白发满头，等到的是面对世界的焦灼。

我想呼喊，喊一喊山的名字，草的名字，喊一喊自己的名字。它们相互呼应，静默无声，唯有满山的雾，唯有即将从枝头跌落的阳光。我坐在一丛羊胡子草上，柔软的羊胡子草，长如女人的发缕。眼前的沙地遍布沟壑，被山雨冲刷出了历史的伤痕。这小路上曾经遍布我的脚印，至今却了无痕迹。我发现葛条藤攀爬着，从草丛中生长出来，圆形的叶子上长满了绒色的白芒。那是一条弯曲的藤，从根部分出几条叉，仿佛要探究我内心的疑问。

走近栎树林，踏上厚积的树叶，望着林间的阴暗，我想在这里找到什么？找到那个野孩子漫山遍野寻找果实的童年吗？

再也找不到，再也无法在这里停留。那是我的一片心灵的荒野啊，随着岁月的变迁，树木密集，山草茂盛，企图要挤出我的内心。

上 坟 路 线

沿着北山脚下那些凸凹不平的山岗，崎岖的山路，一望无际的树林，还会有更多的灌木丛和田埂、河流，跨度在方圆八九平方公里内的田野，坐落着已逝亲人的坟垛。

每年固定的时节，父亲会带我去给亲人们上坟烧纸。

上坟有一条固定的路线，从村庄出发，在羊圈沟上山，翻过一面三山并立的山坡，远远望见群山环抱中，有一面山谷正与我和父亲所站立的山岗对应。脚下的山谷是我们到达的第一站，几株高大的毛白杨并肩站立在那里，在风中挥舞着白色的叶片，回声响彻山谷。

山谷的一片沙地上，坐落着二爷的坟。坟上长满了荒草，在沙丘上带着苦难安卧。二爷的坟边还有两座坟，据说靠左边的一座是长工的坟。二爷死时交代要把长工当亲人供养，死后葬在二爷身边，以免他过于孤寂。在父亲的话语中，我能感觉到二爷的慈悯，把一个孤儿收留在身边，早已模糊了长工的界限，仿佛已把一个无法存活的孩子当作自己的义子。

我跪在草丛中，周围的杨树叶子落满了沙地。除了风声的清冽，仿佛这世间已无他物，清贫的世间，只有亲人的身影和话语。父亲从竹篮中拿出油卷馍，放在盘子里，供在坟前一块斑驳的石阶上。又点上三炷香，插在坟前。几缕黄纸带，扎在坟前的荒枝上，随风飘动着。我和父亲一同磕了头，站起身子。父亲从篮中拿出三个炮仗，用香烟点燃，几声清脆的炮鸣，在山谷炸响，仿佛在告知亲人，我们来过亲人的门前。

起身的时候，父亲用手掐掉几块馍屑，弃在坟前，回身离去。我们继续沿着山谷下行，走过一个石堰，来到了半山坡一座黄土坟前。这是我的大姑，奶奶当年相依为命的女儿，曾靠她在烈日下的田野里摘野扁豆养活家人。

我跪在大姑的坟前，磕了头。这座坟丘，我大概是有印象的。那一年我应该是八九岁左右，跟着奶奶到小溪沟来。问奶奶去那里干什么，奶奶说要给大姑搬家。到了小溪沟那片黄土地上，奶奶开始弓身挖土。我看到奶奶的身体渐渐陷进一个三尺见方的坑里，吃力地一锨一锨地向外举出带着湿气的沙土。

我坐在黄沙地上，看到整个山谷的安静，仿佛已经根本没有人存在。我有点着急，悄悄地问奶奶，奶奶，我大姑在哪呢，她怎么还不来。

奶奶笑了，她停下手中的铁锨，对我说，你大姑快来了，你叔去大沟请了，一会就带着她来。

你大姑可能只剩下一些身子骨了。奶奶平静地说。

我突然有些明白了，大姑埋在大沟，奶奶想给她搬家，搬到自己在田地里劳作能看到的地方。奶奶，我想回家。我害怕看到大姑那些骨头，于是想找个借口离开。

奶奶说，你不看你大姑了。我说，嗯。

我一个人翻过小溪沟的山岭，回去了。只有无边的下午，奶奶一个人坐在一个新打开的墓穴前，等候着自己亲爱的女儿。

从此，这个地方有了一座新坟。坟前，奶奶埋下的迎春花长得葱茏，一年一年的花开花落，犹如一个人历尽的悲欢。

我和父亲给大姑上完坟，沿着小溪沟下游的稻田，穿过西竹园的村落，来到了一片公路前的麦地里。父亲走到公路边，忽然仿佛想起一件事，西竹园的大春叔出去卖棉，走时交代给她娘上坟。

我们来到一间房子背后，那是一座矮小的坟，仿佛有一个小脚女人在那静坐着。父亲掏出供品，烧了纸，点了炮仗，作了揖，掐了馍屑撒在坟头，吃吧！婶。父亲说。

下到公路另一片麦地里，父亲站立在那里，放下手中的篮子，开始在麦地里用脚步丈量。那是一片平平的麦地，视野中看不到任何的突起物。就在这，父亲说。

在一片麦地里，父亲插上香，摆上供品，带我磕头，依旧是两个炮仗，格外的清冽，在草色已经泛黄的河边，能听到河水小声地歌唱。

这是你四爷的坟，早些年已被开荒种地平掉了。但我记得这些距离，这个地方就是你四爷的坟，当年就是对着公路的这棵桐树，往西数八步。这是你的亲爷爷，四十多岁死去的……

父亲一路走，一路给我讲述每一座坟的历史，在每一条固定的站点，都埋葬着无尽的历史烟云和风雨。

蹚过一条清冽的河，沿着乡中学后面的操场，走过一条长长的田埂，我们又来到了山腰与田地的接壤处，那里也立着一座不起眼的坟丘。这是你表奶，你表叔云游四方，走时交代每年给她上坟。

等磕头作揖礼毕，站点都已经走完。风晃动着黑色的树枝，土地上只有薄薄的烟雾，在山川之间无声地缭绕。父亲把篮中的油卷馍拿出来递给我，我攥在手里，一路吃着，仿佛感觉到了亲人们的疼爱和善良。

走过乱坟岗

我的眼前只剩下一片月光。

也许我是睡去了,但仍感觉到了光线的游移。山林在四周吸纳去了月色的苍白,留下风的低沉。

我坐在父亲的肩上,拖着睡梦在山野间行走。仿佛这深夜的行进,就是深醉去的灵魂,在黑暗的大海上飘移。每一步,都包含着对慈爱的无比信任。

夜色里,一切都仿佛进入了生命之外的世界。麦子或许在河边悄悄地养穗开花,山雀在低矮的灌木丛中低声地梦呓。起伏的感觉愈加清晰,那是重复了无数次的奔波,丈量着父亲中年的沧桑,对自己爱子的依偎。

父亲爱戏,到山外的村子里看戏,常常带上我。奔波了七八里的山路,看完了戏台子上长袖的花旦,扎旗的武生,呜呜呀呀的黑脸,听完了悲壮的戏中故事,体味了命运的悲欢离合,直到黑色大幕罩上戏场,父亲才驮起我,匆匆往家赶。

在我幼稚的眸子里,却从未看懂戏中的情节,只是察觉父亲的眼角,慢慢地溢出了泪滴。父亲年轻时做过戏场的梆子手、二胡手、锣手。有时候,戏台子上的配器手来迟了,父亲也会临时客串一把。父亲在四十之后,有了我。几个兄弟都在遥远的县城及省会上学,自然是我陪伴父亲中年的沧桑时光,因此,父亲对孩子们的疼爱,也都叠加在我的身上。

就如同这夜色之下,我这个幼小的生命,为父亲山野之途驱赶孤寂。虽然我早已沉入梦乡,但幼小的鼻息在父亲的脖子上安详地呼吸,这也许就是对父亲的安慰罢。我并没有沉睡得一无所知,睡梦中,感觉到了夜色的迷离与恍惚,甚至是脚步的深浅,露水的湿重,月色的朦胧,都通过四周的气息渗透进我的知觉。

走过乱坟岗时,父亲时不时地喊一声,娃儿,别睡着。我知道,这片乱坟岗葬过服毒的寡妇,葬过患病早逝的婴儿,葬过被严打枪毙的恶棍,也葬过因剿匪和战争而牺牲的公社干部。这片乱坟岗坐落在一片山坳里,是乡政府通往村子里必须穿越的一条黝黑的土路。土路上长满了荒草，山坡上稠密的栎树林，阻挡住了头顶的月色，道路更显幽深。村子里的人传说，晚上过了十点，走过乱坟岗，就能听到后面被跟随的脚步声，这时候千万不能回头看。村子上刘二黑的娘就是晚上从乡里走亲戚回来，听到后面脚步声回头，结果不到半年就得病去世了。如果是孩子，不能在这里睡着，睡着灵魂就会迷失在这里，再也找不到家门。

我听到了父亲的喊声，鼻孔里轻轻地哼着，表示我没有睡着。父亲加快了脚步，我感觉到他背上的热力，觉察到了生命的力量。父亲轻轻地哼起了戏词："考得状元要归乡，我的儿来我的郎……"父亲的嗓音浑厚沙哑，旋即被山坡上刮下来的风淹没。

绕过乱坟岗，村子里的灯光可见了。一片明亮升起在山峦低处，听得到东河的流水，在前方悄悄地低吟。父亲唤醒我，娃儿，要到家了，醒醒啊！我睁开了自己的眼睛。那是一片广袤的宇宙，星空里万盏灯光，发出了刺目的光芒。仿佛听到了村子里的人声，谁家的庭院里发出了明亮的火光。

月色也在背后的土地上，像是刚刚被打开过一个缺口，忽然又把神奇的门关上。土地庙依然坐落在土岗上，月色中的菜园散发出草叶的清香。

走进家门时，父亲把我放下来。我彻底地醒过来了，多么温暖的屋檐，还有熟悉的石阶，映射出院中枣枝的遒劲，仿佛是谁写下的毛笔草书，曲曲折折伸展到草房的土墙上。

我的灵魂，却像刚刚在北山的月色中濯洗过。

走 向 荒 野

一

荒野是孤寂无情的，愈加落寞的雨阵密集如丝，缠绕着一片片厚实的栎树叶，缠绕着模糊的山岭，缠绕着我的心情。我不曾走出它的声音，带着纯粹的旋律，在耳畔跟随着。

忧愁也会更加的密集些，炊烟升起的步伐愈加苍老。

假若我不去回忆荒野的孤寂，就不会拥有自由的青春。我在荒野中成长，挣扎，思考，深陷其中，欲罢不能。它给你人生的想象早已超出了自由的高度，像是一枚青涩的果实等待你去品尝，人生的滋味早已给过你无数的昭示，让你去觉察攀登的苦难，踟蹰的味觉，忘却了目的地，只是在时光中被搁置在中途，忘记了遥远的高度。

多少个春天令你心潮澎湃，只身赶赴苍茫的山林。或许只是出发的尝试，意外收获了山林的见闻。原野早已为你奉献了无数的篇章，供你阅读。它的花草向你点头微笑，它的鸟雀为你鸣赞，它的雾沼令你迷茫，它的朝露启迪空蒙。山路起起伏伏，弯弯曲曲，都不曾让你的劳累感到徒然，在收获中品尝喜悦，品尝泪水的甘甜。

栎树覆盖住贫瘠的土地，勃发旺盛的生命。谁能阻挡命运的复苏，谁能遏制住春光的明媚，谁能让我的内心陷入沉沦。我愈加接近它的田园，愈加接近它的心灵，没有任何的痛苦可以倾诉，没有任何的怨恨等待终结，它在干枯的枝头重新藏起岁月的伤疤，让未来的风景娇翠欲滴。

风吹向我，也吹向你，吹响树叶，吹醒汗滴。我是一株行动的草木，接受太阳的曝晒，接受雨水的浇灌，接受蚊虫的啃咬，接受狂风的肆虐，接受自然的一切，就是接受命运的坦然。活在现实的生活里，就是品尝未知来临的喜悦，在你阴雨不定的季节啜饮林中的黑暗，打开一场雨的淋漓，目光在你的叶尖驻足。

命运的跌宕在这里得到启示，蜿蜒的道路在草丛中探出身体。我沿着熟悉的道路前进，倾听着草丛内传出的虫鸣。一切都是那么安然，阴影下的河谷，嶙峋的怪石，泛着浪花的河流，逐渐藏匿在视野。我踏上公路，仰望着一条满是石子的山路，在山坡上安静等待。等待我的探寻，等待我的涉足，等待我躬身钻进山野的怀抱。

山路越来越高，顺着山脊匍匐向远处的山林。那里摇曳着高大的树木，满是野草的芳香，山涧滚落的果实，沉沉的暮霭。我的目光擦燃远方的蓝雾，企图在密实的缭绕之中寻找到自己的内心。阴云下的世界，人们更加趋近自己的真实，触摸到真实的山林，感觉到自己的呼吸，与大地的潮湿紧紧地联系在一起。我看到栎树的影子，在风中轻轻地呼唤，呼喊一场淋漓的雨，将山野拥抱。呼喊着那沉落了一个世纪的荒野，在风雨的摇曳中动听的语言。

我还是朝着山林义无反顾地攀登，仿佛此刻的心情正是人生中必须经历的时辰，如此亲近，如此的迷恋与痴情。这片土地，是养育我又赋予我苦难的土地，是给予我自由与希望的土地，是启迪我心灵，滋润我性情的土地，是让我既爱又恨的土地。我在这里放牧成长的心灵，感受山川的逶迤与河流的澎湃，感受远方的等待和理想的壮美。

脚下是我曾经穿梭无数次的沙土道路，长满了野草，布满了沙砾和沟壑。它们恒久的崎岖如同父亲苍老的皱纹。我每一步行走，都能感触到脚底的疼痛与热力，感触到沙子相互摩挲与碰撞的细语。我倾听树叶子被风吹起的声音，一场雨或许即将在不久到达。

那是什么样的雨？山雨瞬间路过山顶，抵达山腰，悬挂在谷底。细碎的白色雨雾在山间飘落，弥漫起轻盈的舞蹈。雨大时我躲在一棵结实的栎树下面，浓密的叶子曾遮挡住阳光，也遮挡住风雨。多少贫穷和苦难如同湿冷的雨丝，落在头发与衣领，引发心灵的共鸣。我找到了自由的自己，找到了空旷的自己，找到了物我相忘的自己。没有任何渴望，没有任何乞求，像是一株立足贫瘠的小草，接受风雨的洗礼，接受一场等待的空虚。

我是我自己的灵魂，此时端到手心，详细地打开来观看。一场北山的雨，是上天赐予我童年的礼物，如此的厚重和庞大，如此的具有无序的美感和天然的公平。它打湿一切，覆盖一切，点缀在漫无边际的山野，如此坦然与粗犷的爱意，展示得淋漓，展示得全面，在你安静的视野里一览无余。

寂寞的事物终将留下恒久的记忆，而伟大表现得如此细碎。我在这里轻轻地将自己的心跳取出，交付这被人们遗忘的北山。我记得它的音容笑貌，我记得它的忠实，记得它每一寸肌肤上多坎的皱纹，遍布藤蔓的葳蕤。那是茂盛的荒芜，孕育故乡的富足。山以厚重的姿势，等待着岁月的轮回，等待着被领悟、被认知、被承认。我也是山野里的一分子呵，每一颗露珠的锋芒都像是一枚枚佩戴在少女脖颈上的钻石，点亮我隐藏山野的孤独。

我或许不需要等待，山野是我自由的庭院，可以像鸟一样飞翔。每一棵梨树的身形，每一片苔藓的深绿，每一棵柿子树的位置，每一处拐弯与高台，它们光线的明亮与身体的气味，都深深地铭刻在我的脑海之中。我是栎树家族的朋友，我是它们最亲近的人，在它们的身边，我从不惧怕深林的黑暗，峡谷的陡峻，狂风的怒号。它们在暗中保护我的身体，高声赞扬着我的清纯，那颗不曾泯灭深爱的心。

我常常以这样的方式融入荒野。不带任何目的，不带任何乞求，只身赶赴一场未知的约会。与眼前的山野熟悉到如此的地步，无言是最好的表达，沉默的表情带着感知的融洽，温情的目光中满是相守的可许。我听到了山野的呼吸，与我的心跳如此的同步，甚至能够感觉到草木的内心，一览无余地曝晒在我的视野。我向着山野慢行，流云在身边仿佛带着清凉之吻，涌向我的胸膛。这一切都在梦中，都在现实之中，都在我的感触里，成为真实的存在。

我得到了上天的讯息，通过忙碌的蚂蚁，叶脉上的天牛，和流云的行脚。那是一种有序的表达，像我所渴望的，像我所为之奋斗的，就是与自然融洽的相处，成为它们身体的一部分，活在荒野的纯情里，放牧自己真实的内心，放牧自己忧郁的眼神，坦然相顾左右，与万物无扰，于山野中放纵。我听到树叶的欢歌，在轻风的吹拂中相互飘摇着手掌、摩挲着身躯，将歌声传遍山谷的深处。我也想对着山野呼喊，喊疼自己那颗孤独的心，喊出自己对山野的感恩，喊醒沉睡的未来。

未来在何方？远方的山梁上，闪烁着晶亮的光芒，那是一块巨石的反光，等待在熟悉的路口，为你设定了前行的目标，为你放置好歇脚的座椅，为你撑起一片遮阴的清凉。抹去额头的汗水，依然还要选择向着雾霭深处行进，在那里，我用山的苍茫将自己的灵魂彻底地清洗，直到忘记了自己身处何方，来自何处。

二

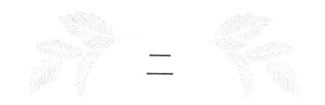

不是自然的荒野，确是人生的荒野。走向你，走向记忆的迷茫。在生命中淡定地回味，咀嚼着阳光的滋味，生命的苦涩。我是荒野中一块会行走的石头，正在风雨中恢复了心跳，寻找到云雾迷蒙的故乡。像是火热的心灵重新悬挂上老枝，在你路过的山路上映像盛夏。

我是山野中被寂寞喂养的孩子。在山野中驻足、徜徉。无论天空的表情多么让人惊惧，无论大地多么贫瘠或富有，无论生命多么执着与平凡，我们从不遮掩那颗敏感而充满爱意的内心，在山野中完全呈现出自我的放纵，在草木间自由地穿梭嬉戏，走向谷底与山峰。

我曾经在栎树繁茂的季节上山。在那里我收获了对人生的态度，积极和狂野。林涛卷积山风，表白命运中最壮烈的生机。油亮的栎树叶子像是少年绿油油的心情，在阳光下快速地成长为一片片蓊郁的青春。栎树叶尖红润，鼓起了细嫩的纹理和妊娠的褶皱，生出了尖锐的刺芒。它们层层重叠拥抱在一起，不分彼此，不分高低贵贱，不看来世的早晚，更不分男女老幼，没有任何的等级秩序，只是融洽地欢喜地团坐在栎树的枝条上，表达出自然的唯美。

我观赏和打量着它们的枝丫，犹如打量着清纯的少女，内心最亲近的朋友。它们的每一片枝叶都将镌刻进我的梦乡，年少的记忆，成为我心头永远的阴凉。我在栎树丛中的穿行是自由的、快乐的，步伐亦是轻松的。仿佛每一步都踩在了鼓点上，踩在了山野的内心。我并没有什么缜密的计划，没有预约的贵客，没有固定的风景。我只是随风漂流的落叶，走走停停，时快时慢，时紧时松，仿佛一块无脚的云，飘向梦想所及处，目光所及处，在山野间的树丛和石崖上逗留。

阳光明媚时山野更加明净，枝头悬挂的露珠在金色的阳光下发出了耀眼的光芒。能看到山头站立的栎树，仿佛早已以优雅的身姿等待在那里。如此端庄，如此静美，如此低沉。像是一团耀眼的绿色覆盖住山脊，葱茏的枝干在山路上形成一座座伟岸的碑刻。无论高大还是低矮，它们都错落有致，卓尔不群。那是我深爱的山野，那是我暗恋的风景，那是我故乡的土地，充满了野性的原始，在你的视野里展现自己的天性，林涛滚滚时叶芒毕露，白色的叶背在狂风中浮沉……

我曾经无数次穿行这片荒野，行走在荒草杂树丛生的山坡。每一条道路都会在一定的时间内被野草覆盖，被藤蔓遮掩，被沙石阻挡。有些草根被兔子或者野猪刨出，断裂的根茎暴露在被翻开的泥洼里；有些树枝被风吹断，悬垂在树干下面；有些树叶上匍匐着勤劳的蚂蚁或者沉默的天牛，它们正在山野间建造新的世界。我到处游荡着，在树与树之间的空地中艰难穿行。栎树的橡子正在发育，青嫩的橡壳发出了涩涩的味道，有些已经被松鼠剥食，残缺的果实依旧在枝头悬留。

阴天到来时，我在山野中沐浴了湿重的雾气，在云雾缭绕的山头安坐，仿佛置身于天庭的某一处院落，看一缕缕云雾在脚下徘徊穿梭，眼前的草丛树木忽隐忽现，时而如雾中孤岛，时而如云海行舟，远远近近的栎树都仿佛披上婚纱，等待着你打开一场山野的梦，青春的梦，未来的梦，正在被我识别，被我感知，被我载入心田。

三

荒野深沉而博大，孕育生命的摇篮，发掘未知的惊喜。

我走在荒野，像是一种温暖伴随着流风肆无忌惮地吹过，在我的心头化为了信念。我所得到的世界，我所熟知的世界，我所生存的世界，日复一日地化解成现实中的梦幻，如同一只形状怪异的鸟儿，每天变换不同的声音容貌，让我安静，让我冷静地观察这世界，洞悉了世界的风雨。

我不是实际上唯一的动物，我是一个从不记得向世界索取的生命，我只是在这个世界短暂的停留和呼吸。我的心儿安静下来，呼吸着新鲜的空气，雨后的泥土的味道，花儿的芬芳。一条条河流的浪花里，从不记得我的面庞，不记得我的名字，不记得我的脸孔上的那颗痣。我却依然记得浪花击溅的声音，在每一条河流的细节，在每一片薄荷草的凉意里，在每一块石头的罅隙里，等到木蜡树结出果实，那些如同城堡一样的翠绿炸开果实，我是否和山上的植物一样，开始凌空舞蹈。

记得上山时的路，已经被灌木丛遮挡。坐在栎树林中，总归可以躲在树荫里乘凉，大抵是不用惧怕太阳的照射，不用惧怕风雨的侵袭。像是找到了自己的心灵家园，如同一只蝶儿栖息在栎树的枝头。那是不是一场庄周的幻梦，突然命运已经不复存在，世界已经不复存在，我和万物融化在一起，我的世界就是万物的世界，没有任何目的，没有任何理由，在这片山野做长久地停留。

时光已经足够苍老。我们无法从记忆中捞起那些沉重的岁月。所有的日光都叠加在枝头的绿意里，繁茂的枝叶编织成荒芜。我看到那些燃烧的绿，在山坡上随风滚动，演绎成无边的林涛。醉意的林涛，是母亲曾经谆谆的告诫，还是梦中记起的亲昵呼唤。等不来自己的目光，等不来复活的理由，等不来时光中暗含刀光的刺伤。

咀嚼着青草的味道，匍匐在青草的丛中，感受着大地的恩赐。我是这块土地的主人，却不曾得到任何的馈赠。我只是这片山水的过客，欣赏着一年复一年的生机交迭，感受着时光的差遣，满目凋零时的寒凉，春意萌发时的惊喜。该怎样找到我曾经在这片土地养殖的萌芽，找到那颗深埋内心的种子，找到那一场爱与被爱的记忆。

四

荒野是人生的序言，在前行的道路上构筑命运的篇章。面向未知启程，就像在不定的时空中历尽风雨的考验。我是徒身出发的，并无刻意挑选时辰，并无挑选出发地点，只是随意自由的一次出行，像是要开始一次漫不经心的游历。从低处出发，从山谷出发，从河流出发，随意打开一道山梁的缺口，面向未知的风雨，抬脚迈向荒野的怀抱。

最初的脚步是轻松的，山野的陡峻并未将我吓倒，周边的树木翠绿，散发出勃勃生机。清晨的朝露仍然在叶尖悬垂，只能听到我的心跳不断地加快，呼吸正在胸脯之间不断地加重，而远处的风正在翻起林海的波浪。我是爱着这片山林的，虽然它并无赐予我可口的菜肴和椰果，虽然它并未时常告诫我危险的存在，虽然这世间并没有任何平坦的道路可以将你伴随。但我的到达与翻越，我的梦境与时光，都在荒野之中自由地行走与盛放，历史的烟云在云海之中散发出迷茫与永恒。

谁在山野间向我招手？灵魂的力量已经被深深地吸引。蝶儿呼扇着翅膀，在山野间飘忽。它们更像一群以荒野为家的漂泊者，深深地拽痛我的目光。我在荒野中寻找着那些熟悉的坐落，石头和石头相依而卧，树木和树木簇拥而立，它们都在相同的地方等待我的到来，等待着我的路过，目视着我的行进。我感知它们的生命，深入它们的内心，觉察它们的表情。如此纯洁的爱意，透过强烈的青春气息弥漫进我的鼻孔。人世间莫过于你曾经爱过的人，与你一起走过了这荒野。人世间莫过于你爱的这些山水，依然保持着恭敬的姿态，陪伴着你孤独前行的探访，陪伴着你每一次满含朝阳的热泪，每一次依依不舍送别的黄昏。

在荒野的深处徘徊，探寻每一片荒草的名字，为它们呈现你内心的幸福和感伤。所有的藤蔓都在努力地追寻属于自己的家园，酝酿自己的丰收。阳光灼烧着它们的面孔，在干燥的沙地上垂下额头，哪一处不昭示着草木的善良？在炎热中掬出一片凉意，在雨中喊响内心的痛楚，发出了剧烈的颤抖，开始学会面向夜色中的恐惧。

生命，是属于山野的点缀。就像时光逃不出荒野，我们在感知一切勃发和凋零，觉察命运的纹路，打理时光的多舛。或许，有些地方曾经是我们内心最留恋的居所，有些地方只能成为内心的痛。我们把眼前的一切景色悉数陈放内心，幸福时想起，痛苦时揭开，时时地清扫灰尘，纪念那些荒野穿梭的时光。

我曾经是荒野的主人，从未停止对自我的找寻。我是属于这片土地的生命，随着时光的苍老而远离视野。虚拟的荒野在脑海中沉陷、游移，与现实中那些诀别的片段相互融合，开始复活它们的面相，那些鸣鸟的弹跳与惊飞，明月的朗照，与山风的轻抚，汗水的咸涩与梦境的低沉，都在故乡的描述中，日渐沧桑。

五

我坐在树枝搭建的棚内。

四周都是静寂的高山，棚子是用栎树的枝子搭建的，虽可遮风避雨，但只是一个暂时的居所。四周的山野透露出一份令人安详的静谧，仿佛这一切的生长早已超脱了时光的厚重。越来越狂热的风声开始从半山腰吹起来，传来了栎树林涛的呼喊。

仿佛是有梦一样的困倦，但只是冷眼觉察外界的声音，不经意间升起又落下。叶子在飞翔的年纪，在生长的年纪，带着鲜嫩的青春在山谷书写诗行。棚子四周是一片沙地，长满了一人多高的荒草。我是躲藏在棚内的虫子，早已忘却了自身的存在，只剩下一双警惕的目光注视着山谷的动静。

假若顺着山谷穿行，很快就会进入深林。那是一片化不开的苍翠，将群山深深地覆盖。这是林海的浓郁，承担着为自然界营造和睦家园的使命，承担着失意者的空旷，得意者的狂妄，承担着世间最为猛烈的风雨，灼热的阳光和厚重的晨雾。无时无刻不在呈现变化的世界，无序而又融洽的世界，又无时无刻不在遭遇里，不在危险之中。

我在山野间得到了生存的经验，命运的启迪。活着，我们都在寻找生命的出路，得到是为了更加充分地利用和培育新的武器，是为了养育我们升华的自我，伟大的自我，学会与天地间相互爱慕相互斗争的自我，矛盾的自我和毁灭与重生的自我。

我尝试了任何可能面临的饥饿、迷路、摔倒、划伤的危险，却又如此自信地行动，面对一座富有的山林，精神的世界就是荒野之中无法感触的无言相随，给予你意想不到的果实，偶遇的喜悦，和继续前行的信心。

我是自由的，我也是保守的。在这座山丘上，我绝不会长时间留在阴暗之中。我会及时到达明亮的地方，看午后的阳光照亮叶表的光泽。有些遥远的往事在逐渐地淡忘，有些内心的伤痛是异常清晰。我们回忆着，埋葬着，感知着灵魂与山野的游离，激发出对生命追索的呐喊。

有时候我们会重新辨别前行的方向，在荆棘中寻找到走向一阵风的洗礼。一切都具有不可复制的印记，就像弯曲的叶脉，它们闪烁的曲线，正在延伸进山光更替的河流。

六

语言的迟钝让我类似于林中鸟。它们孤独，安静，习惯于树荫下的阴暗，固守在树丛中听命于时光的煎熬。在林中穿行时，我发现了那只黄嘴鸟。它一动不动地伫立枝头，像是在黑暗中打盹。稚嫩的目光中尚带着对世界的未知，仿佛刚刚离开母亲的怀抱。

对于荒野中的生命，我们更多听从于天命。也许很多生命都在意外中死亡，未曾安详地度过余生。大自然的轮回，给予生命同等的慈悲。就像我，也是一个柔弱的个体，在荒野中塑造自己的一生。一颗少年的心，亦是怀着对世界的好奇，对明天的向往，游走于荒野中吗？无限的孤独，无限的忧愁，在山野间随风弥漫游荡，像是一群看不见的鹰雏，走向梦境外的清醒。

黑夜中的荒野弥漫着狂野的风，动物出来觅食。或许，月色会成为荒野的催化剂，不断地发酵出一个世纪的往事。我们沉浸于各色植物所呈现的形状和表情中，我们在表达着对世界的依恋，用一朵花的鲜艳，用一阵风的凉意，用悲伤和快乐为荒野谱曲，在每一处路口歌唱。

心情总是平静的，缺少了对未来的忧愁。看不到尽头的路，总是沿着山野蜿蜒进未知的森林。我们在等待着，世界也在等待着，等待着人们发现路边的惊喜，有一簇紫地丁开了，有一朵蒲公英开了，有一片荒芜干涸的土地上重新恢复了绿色的生机。

我就是那个总是相信未来甜蜜的人，在不断地发掘生命的狂喜。失去与收获，得到与遗憾。走得越远，就越能看清内心，看清这片山野的原貌，山野的底色。我是最先获取山野讯息的那个人，因我用漫长的陪伴了解荒野的真情，阅读它每一处的沟壑和山峰，阅读它清澈的河流、杂乱的草丛和断续的虫鸣。

河流低处，能听到山河的呜咽，草叶的翻飞。凤凰草、金银花、菖蒲，这些喜欢阴凉的植物，一簇簇从河道的石头缝里冒出来，攀附在潮湿的石板上，散发出特有的清新。我看到水流中飘忽的影子，它们那样漂泊不定，闪烁的目光不断地变换着、抵挡着，犹豫的眼神正在像阴云弥漫过天空。

第三辑　北山记忆

那片我躺过的山湾，异常清醒地刻印在我的脑海中。母亲的身影如此清晰，浮现在栎树林的黄昏。我感觉到大地的厚重，当我并无任何的恶意来面对它，它给予你的同样是最大的善意。我熟悉草叶的味道，我熟悉它们的表情，我熟悉了北山的跌宕起伏。

北 山 雨 季

一

一场雨从栎树林里穿越过来，我听见了它们的脚步声。踩着栎树白茫茫的树梢，一阵又一阵地倾诉。我学会了适应浑身的潮湿，然后是空旷的寒冷，掏空了内心的热度。假设是爱着这片山野，又有什么苦难不能忍受？或许，那些压低的山色，那些迎头洒下来的雨滴，都是山野给予我苦痛的抚摸。

千条腿蜷缩成卷尺的形状，它从湿滑的树干上跌落下来，滚落在陈年的腐叶上。丑陋的形体，只有在雨天才能出来游荡。或许是羞于展露自己的光泽，或许是喜欢啜饮上天的雨水，它们畅快地匍匐着，无数条细长的爪子，似是一截长长的火车，载满了北山的记忆。

我走在林中的时候，窥见了母亲脸上的愁色。生活的压力犹如山野的阴云，黑压压地阻挡山谷与山谷之间的视野。只有走过一片开阔地，才能感觉到头顶的一点亮色。

我们是靠着这片山林活着。因为这些树木，因为这些一年四季的轮换，才有了春天的野菜和秋天的野果。母亲体弱，上山气喘吁吁。在我的印象中，母亲是一位天生的弱者。她总是在和父亲的吵架声中，又被父亲的威力所恐吓，却又难以寻找到平息内心的愁怨。

春天的山野是柔情四溢的，带着梨花的雪和桃花的俏，让整个山谷升起光辉。我和母亲来到山上采摘臭娘叶。儿时的嗅觉完全和成年后不同，在我的印象中，这种野菜发出的气味，让我十分不愿意采摘它们。而这些如小孩手掌一般大小的绿叶，等到放进玉米粥里煮熟，却又能感觉到十分的嫩滑，入口鲜嫩，再也没有了奇异的怪味。

我尝尽了北山大部分可食用的植被。我的身体，如今几乎带着北山的血脉。我能感觉到那些曾经的山林，能感觉到它们四季分明的体温和心跳。除了父母给予我的身体，我的灵魂已经深深融入了北山的气息中。

有时候上山是不需要干粮的。原本家里面的粮食就不足，更何况山野里面的草根和茎叶，都能被我坦然地吃进肚子里。山上各种植物都是有着极大用途的。譬如长得修长、体态轻盈的黄背草，是用来盖房顶的；那些匍匐在地、叶子硕大的葛条，是用来穿房椽的；那些粗大的树木，更不用说，是用来做房梁的；那时的农村，家家户户都是草房。每一年秋天的时候，家家户户都去山上割黄背草，用来修葺房顶。

最初我家的五间房子，只有四间是瓦房。其中一间是草房。每当到了雨季，草房里面就成了雨洼。雨水顺着房顶，滴滴答答地漏下来，落在房间的地上，屋内成了一片片泥地。我躲在雨地的外面，看着母亲从房外找来了水桶和脸盆，接着屋顶的雨水，倾听着雨水的敲击，仿佛敲击着一个村庄的睡梦。

有时候会在野外与一场急雨相遇。看到白茫茫的雨阵，顺着山野追赶过来。最先是豆大的雨滴，砸在额头上，砸在柿子树叶上，砸在山野深沉的棕黛里，砸在了我早已忘掉身体和命运存在的视野里。

我不躲，也不藏。我依然平淡而又从容地与一场山雨相遇。相遇在它诞生的最初时刻，从虚无的怀抱中划开了茫茫的雨线。此时，一切都格外沉重，连同昨日的记忆，都会带着雨水一般的含混。

在山林中的时候，那些雨声就奏鸣在头顶。它们用响声呼唤着整座山谷。我站在一排排的栎树林里，感觉到了被囚禁在狭小的生活里。感觉到了自己的身体，紧紧地依偎着自己跳动的心脏。没有任何热力可以用来取暖，唯一的希望是自己那片手掌一般大小的村落。

甚至可以听到山石上滚动起瀑布的声音，带着喧嚣的狂野，从崖壁上毫无畏惧地跳下，飞溅出一袭白练。我学会了练习飞翔的姿势，在山崖下久久地凝望，当雨水舍生取义般的一跳，在天地间供奉起了风景的哲学。

我在忍受着寒冷，甚至双唇被咬出印痕。荒野是贫穷的，也是富有的。贫穷的是它并不能给予你太多的温暖，却又让你的精神得到了磨砺，能够在濒临绝望时坚守信念。我常常忍受着饥饿的感觉，在山野之间攀爬。像是那些山野中执着于寻找坚果的松鼠，天空中久久盘旋的猎鹰，它们都曾经一无所获，但却难以发现大地上留下它们的泪水。

我第一次品尝到了麻根的味道，黏黏的，麻麻的，带着清脆和少许的甜味。我从未挖出过山麻的根部，这些植物的叶子只有牛爱吃。它的茎秆，到了秋天，就会被剥下来一捆捆地用来织布。我曾经看到过农村人穿着自己织的布做成的衣服，那种布又厚又呆板，被染成了灰褐色，仿佛是工厂里发放的工作服。

　　奶奶的纺布机从我记事起，就一直放在房梁上。只有一次，奶奶曾经取下来纺过一次麻。母亲有一个纺锤，大概如同手榴弹一样的大小，中间细，两边粗。中间是用一根竹子做成的柄。纺锤垂挂在手中快速地旋转，山麻就很快被旋转成一根根结实的麻绳。这种麻绳，是母亲用来纳鞋底、做布鞋用的。

　　我坐在一片浓密的荒草中，和父亲一起品尝麻根，品尝曾经逃荒的岁月。对那时逃到山上的人来说，这种麻根是最好吃的食物。父亲，这个从饥荒年代生存下来的人，再一次用实际行动来为我的人生补课。

二

　　有雨的沉重就是北山的沉重。我好像是上了温柔的枷锁，蜷缩在树下，蜷缩在植物的灵魂里。

　　栎树高大青嫩的身影让我忘记了身体的潮湿，忘记了一座山谷的寒冷。面对一个雨季，面对北山而沉思。

　　雨水顺着山谷轻柔地滑下。多少年的梦，点燃了天空的虚无。它如此的细碎，如此连贯的表述，带着低沉的歌吟，旋即充满了耳膜。

　　没有人打扰一座山的厚重，我的眼睛里满是对苦难的陶醉。陶醉在饥饿和迷失之中。

　　眼前的山峦谦虚而又和蔼。它不断变换着身体的姿态，任由雨滴抚摸。这难道就是多少年前来自宇宙的天书，被我一个融入北山的孩童所参透？我就在半梦半醒之间，仿佛听到了一种无法抑止的声音，他毫不减弱自己的激情，选择了更加狂暴的热爱。热爱一座山，热爱他始终不变的起伏，在每一座山岭的交错之间，如此燃烧。

　　雨水的火焰是褐色的，在云头上变得阴暗，而后慢慢地发亮，随风挪开了脚步。

　　我常常从一个固定的地方上山，而后在它的每一处随意地停留。我坐在一片干燥的沙地上，仿佛坐在千年的戏台前，听山雨的故事，低沉婉转的情节，如此地动人心弦。

天牛收敛了翅膀，把触角贴在树叶上。在放晴之后，它依旧要深入栎树坚硬的树干，吞噬着栎树的年轮。我听到了风吹过山岭的声音，带着焦急的呼唤。风在无意间，把少年的心遗忘在树木的苍翠里，它匆忙地翻阅着每一片树丛，把白色的叶背翻到了苍茫深处，看到了更加深沉的雨线。

是的，有一串珍珠挂在长长的茅草上，还有原盘形的蛛网上，如此晶莹。蜘蛛在等待雨后的飞虫，它们是大自然最有耐心的猎人，安静地等待和俘获。

雨变得稀疏了，仿佛可以看到山下的炊烟重新升起。它们轻轻在天空流淌成一条迷离的乳色的河流，而我常常渴望在它的尽头找到渡口。

在山上的时光，我从来不会惧怕饥饿。既然大自然已经教会了我享受苦难，就一定会教会我从苦难中寻求快乐。

很快，我就找到了一棵蒲公英，它带着许多未绽放的花苞，纺锤般的形状，恬淡的苦涩，让我瞬间觉察到了苦涩之中的温暖。我贪婪地吞咽着蒲公英的花苞，甚至把蒲公英的叶子也当作了美味的佳肴。假设蒲公英开成了一朵朵鹅黄色的太阳，那我的内心一定会重新闪烁起无边的光芒。

我鼓起勇气重新上山。在氤氲的山坡上，感到了自己的缥缈。与风一样的浪漫邂逅并拥抱，与整座山的伟岸相互羡慕和融合，我挺起了自己弱小的胸膛。

低处的树丛打湿了我的裤脚，我感到了岁月的寒凉。不是每一处都有无尽的阳光，不是在雨的身后选择躲避，而是向着更加潮湿和阴暗的山头走去。

我听到了河流的呼喊。尚未来得及浸入大地的雨水，顺着山谷一泻而下，隔着山谷发出了巨大的轰鸣。绕过山头的斜坡，走过一条平缓的铺满厚厚叶子的山路，我看到了一条勇敢的瀑布，悬挂在山崖的前面。

假设生活没有给你出口，你是不是敢于选择狭路相逢，在最为壮烈的一刹那，留给世界一片银亮的故事。

曾经的我，常常坐在这片深山的小溪边掬水。天色很好的日子，泉水清澈，可以看到白云和栎树的身影。而今它们已经漫过凸凹的山石，卷集着腐烂的树叶和枯枝，奋不顾身地向着山下而去。

仿佛已经不能等待，不能等待一座山的老去。它们向着山外的世界，寻找着更为广阔而诡谲的大海。

我从未离开过北山这片土地，我就在山顶望到过山外水库的影子。水库仿佛已经高过云头，像是我心中的那片圣地。

我从未离开过北山，多少年都从未离开过它。我如此熟悉的弯曲的山路，山林的幽暗与宁静，又常常地出现在嘈杂的记忆中。而我却不能更加准确地描述，一座山的灵魂，究竟会不会在我中年之后变得陌生。

三

没有上山的可能了，雨下得如此安详。

在我想象中的群山，只能改日再约。

北山的雨格外地庞大，雨声顺着林涛跌宕起伏。

这是一个世纪的雨，走得如此漫长。顺着山脚爬到了山野的草丛上。

不再需要等待，雨随手即来。在云头走走停停，或者忍不住翻开记忆的行囊。我坐在一截湿润的木头上，木头已经长出了葱茏的黑色木耳。一阵急雨开始在山头翻越，越远越苍茫的雨声，挂在空中。白色的信物，落地即是乌有，夹杂着山色的浓重和沉昏，山野间的白雾缭绕在山尖，仿佛是嗷嗷待哺的婴儿。

我的心有些慌乱。原本是没有这么长时间的雨，这一次遭遇得如此透彻。雨从天空中各个方向弥洒下来，顺着额头爬进眼睛和嘴角，夺走了内心唯一的温度。

身体的寒冷开始变成牙齿的颤抖，敲击着碎裂的撞击声。想起那只寒蝉，在雨声包围的高树上，收起鸣叫，抖落雨滴，等待着潮湿散去。

再没有比遭遇一场雨更让人揪心了。然而却在山野深处看到了雨中的安静。安静的雨滴顺着栎树叶子向下滴落，形成树林自由的节奏。雨滴在叶子之间层层传递，又不断地吸收、擦洗。叶子的光泽更加脆亮，每一片云朵都在枝叶间摇晃，仿佛手掌中的天空愈加辽阔。

我爱着山林，而雨季同样是我生命中必然的邂逅。

我曾经赶着那头温顺的老牛，在北山的半山腰吃草。老牛低首在山腰吃草，安然不顾雨滴的沉重。雨滴落在老牛的后背上，黄牛很快颜色变深，变成了一只棕色的水牛。老牛如此听任天命，对于它，北山的雨已经成为北山的一部分。雨中的它或仰天啜饮，或出入草丛，牛铃传出雨声的沉重。

我在北山的半山腰看雨，听牛铃时隐时现。感觉牛铃的声音已不再被牛摇响，却是由风雨摇响。在风雨中，一枚铃铛，像是一枚玲珑的珍珠，跳过山梁，出没在山雾弥漫的荒野，感悟着寒冷中生命的动向。

北山草木记

  有些合欢粉红色的花蕊依旧醒目地举在半山腰的悬崖上。花序简单而漫长，浸润了无边的山月，听惯了山谷的长风，支撑着寒冷的目光。一只冒雨采摘花蜜的纺花翁轻轻打落一地的碎银，在花蕊上轻轻攀附。

  一切的沙地都已经洁净无比，或者低梁的山洼可见水滩。小溪顺着山脚石缝流出来，汇成淙淙的小溪向着山野低处奔流。

  云雾渐渐地向着山顶收集，归拢。越来越小的白，在北山的峰尖与天空接壤，收集最后的水汽，回到白云深处。

  天渐渐发亮，露出了几片蓝天。而后阳光从缝隙里落了下来，照在了水汪汪的枝头。蝉儿又开始开口鸣叫了，带着水声的嘶哑。

  一阵风吹来，抖落了北山白栎洼的湿重。

  北山，重新恢复了温暖。

北 山 往 事

我沉浸在自己的世界里。在这个世界,唯一可以用目光和听觉与世界交流。这些大自然的生命,诞生时就守候在这里,与大地一同呼吸,一同衰老,一代又一代延续着生命的传奇。

北山土地上的一切都已被我熟悉。无论是清晨的薄雾,还是黄昏的炊烟;无论是行走的鸟雀,还是藏匿在绿叶深处的蚱蜢,都在我眼前安详地存在。有时候我们诅咒着令人痛苦的时光,它们内心深处藏满了岁月的风雨,藏满了无穷无尽的灾难。但我还是尊重大地上的一草一木,它们从何处来,向何处去?在风雨中飘摇,动荡不安,但依旧紧紧地拥抱住养育自己的土地,从来不曾远离。

我在北山度过了最惬意的时光。这一切都被我形容为另一个世界,形同理想的梦境。在这里无限地徜徉,忘记饥饿,忘记忧愁,忘记身体内的不适。只有深深地呼吸着新鲜的空气,感受林间飘拂的阴凉,与山花野草来一次不期然的偶遇。

我仔细地打量着眼前的一切,宁愿相信它们多少年后依然会如此的生机盎然。这片土地给予了它们无穷的滋养,也将让我学会如何面对人世间的是非与善恶。我徘徊在白栎洼,那片云朵低沉的地方,仿佛来到一片与上苍和大地交流的祭坛。我在云层交叠的山坡上,感受来自天庭的湿意。风从远处赶过来,放牧这一湾浅浅的林涛。一阵阵带着白色的叶芒,时不时在山坡起伏的远方打上一个旋,迅即白色的苍茫发出了浪花的呼喊。那是山野自行谱曲、自行创作的自然之歌。听得到旋律的深沉,浅吟低唱,久久地激荡与共鸣,既有对生命的礼赞,也有对苦难的哀叹。

我坐在林间的空地上,以仰视的姿态端详林涛的小脚。它们的叶背被阳光照射,透明地发着亮光的绿,仿佛是穿透植被心脏的魔镜。一小片阳光从缝隙间投射在林间的枯叶上,那是阳光最终抵达的地方,它被生命虔诚地接纳,被人类感恩,被万物敬仰。

北山草木记

没有阳光的时候，林间是阴暗的。风穿过低矮的灌木丛，轻轻地衔走干枯的落叶。山林间的声音，大概只有我的心能够装得下。它们的呼喊是温柔的，合唱也充满了柔情。在孤寂和黯然神伤的下午，它们对着生命的更替和灵魂的成长不断地赞叹，时而折断高处的树枝，在山雨欲来的时辰敲响时光的旋律。

山间的雨一般都会在很短时间内发生节奏的变化。一段段轻快的节奏，在山谷中徘徊。站在高处，即能望见白色苍茫的雨阵，正越过时光的山河。它们是那样的轻快，将白色雨柱送达植物的驿站，送达大地的内心。

我时常徜徉在北山的栎树林，我从未觉察到它的凶险。因这山野中也不乏蜂巢，不乏野蛇，不乏那些阴暗的事物。大概是五岁的时候，母亲和父亲在山下蚕场忙碌，把我放在白栎洼的山路上睡了一个多时辰，醒来时我就发烧了，而且神志有些模糊。大概是自己的灵魂深深融入了山野的灵魂中罢，只是觉得自己已经远离了人间的现实，在云海与山谷间飘浮。等我退了烧，这些迷幻也渐渐消失，只是想象力却格外的丰富，晚上躺下就能看到各种的幻象。

那片我躺过的山湾，异常清醒地刻印在我的脑海中。母亲的身影如此清晰，浮现在栎树林的黄昏。我感觉到大地的厚重，当我并无任何的恶意来面对它，它给予你的同样是最大的善意。我熟悉草叶的味道，我熟悉它们的表情，我熟悉了北山的跌宕起伏。

如今，又过去了二十多年的时光，当我回首走过的道路，与北山已经多少年未曾在梦中相遇。时光或许已经改变了它的容颜，它的山脊已经十分荒凉，一切大地上的事物都已经苍老得不成样子。

北山月色

再也没有比月色更纯净的东西，如此深入人心。在北山的浅夜，所有的草木都沐浴在一层浅浅的乳雾中。

我正徘徊在下山的路上。内心早已迷失在夜色的朦胧与柔美中。汗水的咸涩，山野的巨大，风声的吟唱，让今夜的我卸去了身体的疲惫，不再因为脚步的疼痛而感觉到大地的磨砺。风把栎树叶子的气息吹进我的鼻孔，那是一种厚重的气味，没有任何过多的掩饰，没有主动宣扬的成分。几乎是多少年沉积的感情，多少年对这座山的苦涩依恋，才化为这带着深重夜色的迷离，渗透你的鼻孔。

山下的树林在月色中翻滚波浪，如同孩童的呼喊，如同内心之雨。白色的叶背被风声翻卷，犹如深海浪花。喧哗经过山谷与山谷的穿越，磨砺去了刺耳的部分，只有温柔的耳语，细雨茫茫般地将唇音留给梦呓。

我将肩上的柴捆放下来，靠在路边的一块黑石头上。突然的轻松令我的身体几乎飞离地面。所有的山林都清晰地回到了我的眼睑，叶脉的温存，虫儿的啁啾，都在月色中更加动人。我成了北山月色中的一部分，仿佛一块从未走出地表的玉，找到了自己的光芒。

山下有几座孤坟，它们很早就坐落在那里。还有几棵柿树，高高地矗立在山谷。没有任何事物被黑夜埋葬，因为这月色，北山的灵魂都悉数出场。我越来越靠近山底，能听得到山底的河流，潺潺的流水，走过远古的山石，和我一样趁着月色赶路。

我感觉到了生命的沉重，月色就是一段闪光的故事，将我和父辈的经历都铭刻进北山的一草一木，在时光中渐渐老去。就像今夜，我背着一捆柴，像是背着自己的理想，穿越千年不老的月色，徒增了一丝悲壮。山谷里有很多树木，都无比苍老。我也将短暂地生活在这里，背负着父辈的目光，将自己的脚迹深深地刻印在北山的土地上。连同月色，也一同走进血脉，陪我走过生命中剩余的岁月。

北 山 琐 忆

只能在北山的山脊上沉思，让时光的脚步踩着我的心远去。

白昼谢幕了，苍凉的夜色紧跟着走进北山的门槛。

我仍没有回去的打算，因这夜色突然凄迷，让漫长的山路变得模糊，像倏然折叠进梦境的飘带，扎紧了些。山下的小溪也消失了，河岸与夜色融合在一起。我只能辨别那些沉到大地深处的黑暗，它即将在你的记忆中继续前行。

所有的栎树林紧紧拥抱，在山风的吹送中响起波涛。我知道，远处的灯火，忽明忽暗的车灯，像是要努力在无边无际的大海上，寻找到属于自己温暖的故园。

原本是到山上来寻找那棵梨树的，可未曾想到，这棵健壮的梨树早已经老态龙钟，只剩下几根枯枝，耸立在黄昏的山谷。原来的护林人，曾经居住在栎树下，他那柄闪光的斧头，闪烁着惊悚的光芒，向行进山林的人发出了威严的警告。

我意识到，错过了北山的季节，就如同错过了一场盛宴。北山的一草一木都曾经在我幼小的心灵上留下深深的印象。它们生长的姿态曾经告诉我，只有不断挑战岁月的践踏和磨砺，才能成就富有的人生。

山林里，野花或在路边的草丛，或在高高的断崖上。它们开放的心情，就是一幅唯美的山水画卷。我远远地坐在石头上，慢慢品赏山林的成员，它们用自己的身体，装点着这座山林，代代相传，繁衍不息。

我的目光与每一棵树木对视，企图望穿它们的心灵。昨夜可能已经长出了新叶，壮观的林涛又将多出新的气势。在风的爱抚下，栎树林轻轻地歌吟，轻轻地摇动着细碎的手掌，将内心的绿色翻卷，投向一条生命的河流。无风的时候，它们低头沉思，打量着脚下这片质朴的土地，将自己的身姿高高地映衬在灿烂的阳光下。

一些新生的蝇子花小心地在山谷的背面挺立着。这些花朵，花瓣上分泌出黏稠的液体，足以杀死路过的蚊虫。花朵的纯洁不容侵犯，它们即将在山谷的怀抱中走向果实的孕育与分娩。而另一些花朵则敞开自己的笑脸，站在草丛中快乐地笑着，向走进山林的人招手致意。我是爱着这些草木的，因而，轻轻地来到它们的身边，或者低头轻嗅它们的花香，舍不得碰触它们的花瓣。

我喜欢春天刚刚绽放新芽的山林，青涩的山野微微泛黄，春天的心机早已被人猜透。这时，一片片杏花从山野中冒出来，成为天堂降落的绛红的云朵，点缀匍匐在山野的背景上。我那时上山的目的，多半是采摘新鲜的野菜，而眼睛却早已四处张望，目光落在了多情的花朵上，久久地不愿离去。

花儿开了终究有谢的时候，花谢了还会有开的时候，而人走了还会回到这里吗？我没有问过自己，而重新回忆在山林眺望和徘徊的日子，你知道山头那些漂泊的云，至今都流落到了哪里。

我没有想过离开山林的痛苦，就像是从未体味过离开故乡的痛苦。而山林的姿态，却永远地坐落在我的心里了！

那时我依旧坐在山脚的一块石头上，望着村子上的炊烟渐渐升起，弥漫进北山的深处。一切都将变得如此深沉，天空的星辰正在头顶上闪亮，一丝冷意扩散进我的身体，我慢慢地起身，朝着下山的路走去。

北 山 有 雨

阴云来临的时候，北山淹没在黑色的烟雨中。

再也看不见北山的轮廓，就像是看不到自己的面孔，一切都变得如此低沉。大地越来越逼近自己的内心，所有生命的体温都在下降，直到身体发出了颤抖。

云雾越来越密集，已经像是降落下来的石头，压在山头。雨线已经大起来，划破了长空，将面前的时空分割成无数的条块。我已经被抛弃在山野里，像是一头找不到归途的小鹿，到处躲闪着，怀着一丝无家可归的恐惧。到处是冰河的寒冷，到处是潮湿的寒意，无法捂住大地的伤口，无法寻找到自己一颗自由的心跳。

我在山野之间慌乱地追寻，寻找可以避雨的石头。寻找一块避风雨的地方。那是一块黑色的石头，长满了黑色的苔藓，如今正在雨中贪婪地吸收雨水的湿润，变得无比的青涩。这些苔藓，在雨水中将成长的计划全部设计成烈阳下的抗争，抵御自己被曝晒的煎熬。

石头下面尚留有几分干燥，一块巨大倾斜的石头，也许早在几千年前来到了这里，而不需要变换自己的身姿。或许它以前更加巨大，只是随着岁月的风化，逐渐剥去了外壳的坚硬，变得如此粗糙，只剩下最坚硬的内心，依旧行走在岁月的磨砺中。

我坐在石头下面，等待雨小的时刻。也许是片刻，也许是一个漫长的时辰。雨正细密地编织着自己的网，结实地将山河罩在里面，仿佛难以打开任何一个缺口。

在石头下面，我看到了脚下的村庄。它是那样的渺小，那样的遥远，被群山合围。只有几缕青涩的炊烟，只有安静的屋檐，隐藏在树林的怀抱中，安静地等待着雨的濯洗。

有的人和我一样，被雨阻挡在山林之中。他们也都悄悄地躲在大树下，或者是密林中。也许身后有一块可以挡雨的石头，也许还有一个养蚕人的窝棚，选择在一个地方栖身。等待如同是命运中必须经历的时辰,一个必须让心灵歇息的时刻。当你对着迎面而来的风雨,你要学会去躲避,等待烟消云散时,再迎头走进生活的阳光。

我看见所有的树木,都沉默在雨中。叶子低垂,雨滴正顺着叶脉滴落在脚下的土地。或许,我们需要一阵风,一阵剧烈的风,瞬间将树木之间的沉重吹落;我们需要一缕阳光,瞬间将树梢的水揩净。

这时候,我是孤独的。我像是一株绵软的野草,守护着自己的呼吸。我看到更多的野草,仰脸观望雨中的世界。它们需要雨水,它们需要在雨中吸收自己所需的水分,然后,深深地扎根脚下的土地。它们需要用雨水洗掉身上的灰尘,水灵灵地面对清润的田野。

大地越来越清晰,云层慢慢地变薄。一线光亮从云层中投了出来,照射在山谷的树叶上。我看见,明亮的雨线,依旧在山野间一梭梭地扫荡着。但我知道,雨即将停歇,在云四散的时候,蓝天即将重回山野。我伸了一个懒腰,从石头下面站了起来,我知道,我还要向着山林深处前进,我想要找到我要采摘的花朵。我要在它们最迷人的时刻看到它们,看到它们脸上的微笑。

时光印记

我不为我的灵魂感到羞耻，只因我来到这片土地上带着赤贫。我与荒野一起度过了三分之一的生命，每天沐浴在阳光与风雨中，感受着大地的脉搏，感受着生长的快乐。也许，天空的星宿正在以亘古不变的目光将我审视，端详我奇异的梦乡。

在一天黎明的开始，我从梦中苏醒。一缕微弱的光亮穿过窗户，在竹子编织的窗棂格子里发出微弱的光。黎明刚刚来到村子里，家家户户却都已经行动起来。前街响起吱呀吱呀的水桶声，那是后村的哑巴到村口井里去挑第一桶水。我也来到了水井旁，看到了自己的眼睛，看到了一小团黑暗，落在了水井里。水井壁上伸出了几片凤尾草的叶子，还有几块石头上生长着鲜嫩肥硕的苔藓。

水井到村子里的道路上是一片田埂，井下是一片稻田，田埂大概有一人多高。奶奶因为听说姐姐要从县城回来，就到田埂上去看，结果不小心跌落在田埂下面的稻田地里，头上磕出了一个大包。

多少年后，井已经不见了，稻田地里都盖起了房子，而奶奶坟茔边的柏树，都已经胳膊那么粗了。我很少回家了，想起村口那片稻田，想起村前村后，想起熟悉的家园，故去的亲人，那片无法忘怀的土地。

村后的山上，有些地方我很少去的。大概是有菜园或者是小片地的地方，都会有我的身影。或者是村后的大山，也是村子里人们可以常常光顾的地方。

山野尽处，那里的人们已经不再是过去熟悉的人们，他们的子孙后代，已经习惯另一种物质富裕的生活。

山野的荒凉，在情感深处酝酿出一种难言的苦痛。我曾经数次驻足的土地，悄悄地变成了被人遗弃的庄园。

我来到了山后的那片土地。山岩上，我曾经数次看到的印记都已经被山林覆盖。多少次辗转不眠的土地，多少次夜宿山野的地方，今天已经成了最为荒凉的梦。

我想变成一只蜜蜂，再绕着北山飞一个来回，再看一看它曾经给予我的那缕岁月的光芒、慰藉和温暖。即使是一场绵长的细雨，也会在微风中变得如此的柔软，仿佛是母亲的目光，带着慈祥打量着我的身影。我看到了沙土地上，走过那些无名的虫子，它们都在认真度过生命中最为庄重的时光，都在为生命的延续而奔波在路上。

　　我在等待着一棵柿子树成熟的时光。那枚青涩的柿子，悬挂在转弯的那面山坡上，我相信它一定还矗立在那里，等待着时光的流云。

　　我赶着牛，走在雨后的山路上。一切雨后的事物，都如此清新。牛儿藏在树丛中，啃食着生命中最为惬意的时光，而我最为担心的是时光的老去。老去的时光中，再也看不到父亲那坚韧的身影，他的孤独，如同山涧的浪花，闪烁出锋利的光芒。

　　我也即将老去，对父亲的慰藉，就是对我自己的慰藉。一切都将跟随时光前行，一切都将随风而去。

山 野 之 春

那些栎树白色的叶背犹如温床。

阳光十分真实地铺展在善良的山岭上。任何一棵树木,都可能带上果实在路口等你攀登。

我就是它怀中的一个孩子,从春天到夏天,从秋天到冬天,每一个季节它都以同样绚烂而又深刻的印象,在我的脑海里,汹涌一场。

春天,我还没有走出大山那些岁月。桃花、梨花,漫山坡地绚烂,仿佛燃烧的一层层焰火,在虚无的林海间,热闹地点缀着。

我曾经无数次浏览这些画面,甚至可以用手描绘出那些场景,透过枝条摇曳的树木,风正在石头上休憩,无数的蝴蝶从梦幻中飞来,飘起在整座山谷。

你甚至可以忘掉自己。在山野烂漫的春天,你不会想到任何邪恶;你甚至想幻化成一只鸟,站立枝头惊讶得说不出话来。

你可以到任何山岭上,张开你的双手,喊任何一朵花的名字,喊蝴蝶或者大头蜂,它们都会向你颔首微笑。

你可以躺在松软的沙地上,感受春天复苏的脉搏,感受这不再冷漠无比的太阳,感受一双多情的眼睛,送来让你心旌荡漾的秋波。

你不知道如何表白,到底是爱着桃花,还是梨花;到底是喜欢红色,还是洁白。总之那些山岭上,到处都是纯洁的少女。她们的舞会,就在曾经斑驳无比的冬日末尾,开始了人生的狂欢。

你不会因为饥饿而多怨。你看到村庄,就在遥远的山脚下,安静地躺着。如同一头老牛,久久打量着一条进村的道路,摇响了黑色的铃铛。

你会仔细地打量那些蜂拥而至的花萼,带着黄色和锂灰的小点,如同你的脸上不经意的青春痘,密集地躲在花蕊的中心。仿佛又是一枚婴儿的拳头,刚刚弹射开五指。你会看见薄薄的花瓣,带着椭圆的、哑铃型的肥硕,重叠团聚在一起,紧紧地围坐在花蕊的四周。它们带着大自然最淳朴的芳香，带着对大自然的热爱，带着青春的焕发，带着处女一样的青嫩，摇曳在枝头。

你看那桃花，骨朵里面多像刚刚睡醒女孩的脸庞！泛着红晕，颜色从绛紫色过渡到紫色，再到浅红，再到米黄，是不是你曾经为之心动的打量。你会不自觉地靠近它们，手舞足蹈般地，攀附住内心的渴望，把鼻孔深深地扎入花海中，仿佛那些早已经沉醉的玲珑，成为你笔下为之讴歌的情怀。

你会看到还有很多叫不上名字的花朵，犹如在城市的街头邂逅倾心的女孩。它们红扑扑的脸庞上，夹着三月的红晕，点缀着曾经为之守候一个冬天的山谷，烧红了天边的云霞。

你渴望带着它们回家，采一串桃花，拧一串梨花，再带着一串紫荆花，还有那些穿着薄衫、带着兜兜的粉嫩的叫不上名字的花朵，都拥在了你的怀中。你想用一只透明的瓶子，把它们养起来，放在高桌上。每天吃饭前看几眼，睡觉前看几眼。睡醒时，揉开惺忪的双眼，看它们是不是绽开了骨朵，是不是依旧欢快地开放在你的视野里。是不是把少年的渴望久久地点燃着，把青山的娇媚和阳春的姿色留在你的房间。

我依旧爱着我的青山，喜欢着我的青山。仿佛在一夜之间，我回到了壮年。暮色四合时，我常常站在房顶观望，那些细碎的山野枝柯，重新围拢在村庄周围，对面独坐无语；我常常在回故乡时，久久地打量和审视，这个养活我少年梦想的地方，是不是依旧保存着青春的活力。

春天到来时，我在山上到处晃荡。我不仅是赶那场桃花运，不仅是在放牧我青春的身体，我是在寻找我的猎物，寻找可以填饱肚皮的树叶，抑或是刚刚绽放的花朵，捋回篮子里，晒干成为野菜。

那时，我常常吃到棠梨花，吃到夜合芽，吃到蒲公英，吃到榆钱，吃到槐花。我吃尽了花的身体，仿佛又可以重新站立在这片土地上，仿佛眼前是这样娇媚，充满了柔情。

也许，你所不知道的，那些花蕊躲在叶子中间，深藏不露。也许你不知道的，还有些花朵，还有些叶子，表面上很丑，气味难闻，实际上是最好的野菜。

我常常漫山遍野地搜寻茅草花，你也许不能等到它们开放，就要把它们从襁褓之中抽出，嫩嫩的棉絮一样的白色甜蕊几乎将你的身体融化。在春天养蚕的日子，我徘徊在那些恐龙一般的山道上，爬上爬下。褐色的石头边，或是充满恐怖的山泉边，或是陡峻的山崖，我都在寻找茅草花。

我是吃着这些花朵长大的，因而内心总是充满了对大地的柔情。当我来到这座城市，我感觉那些道路，仿佛依然是一条漫长的爬坡之路呵。

曾经看到公园门口卖的那些发光的花朵，还有饭店那些塑料的牡丹花，都难以表达自然的神秘。我们看到那些最卑微的花朵，其实藏在民间，而最美的纯洁无瑕的少女，想必也藏在民间罢。

我的鼻息间已经难以嗅到花朵的芳香。那是一种缺失的痛苦，犹如常常行走在灯光之下，难以觉察星光的美妙。

当我们常年保持对自我的崇拜和对社会价值的渴望，你是不是会想到一朵野花带来的启迪？

一朵野花可以开放在你的脚下，也许它香味扑鼻，也许它娇媚无比，但它只需要这一片不那么肥沃的泥土，自由地坦放心扉。

你可以坐在它的身边，仔细地端详它，可以把它挖走，植于你的书房；你可以用脚踩碎它，你可以把它的花瓣拧碎。这棵最纯真的花朵，只要你第一时间看到它，它的灵魂就已经深深地移植于你的心野，再也挥之不去。

这就是我想表达的山野的春天，我未必有时间去山野跋涉，但这些记忆在我的身体内不断地复活，使我想起，记忆也有春天。

就在记忆的春天养一盆记忆的花朵，就让它们在你的视野之内不断地绽放。它们以无限清纯的花瓣，重叠、摇曳，犹如你的记忆之神。

风雨红薯地

一团旺盛的绿色将我包围在那里。我甚至感觉到无法呼吸……

这是曾经长满低矮树墩的山坡，如今已被树林严实覆盖。嫩绿的叶子在阳光下发着亮光，照亮了山谷的幽暗。

山沟里面住着三户人家，印象中他们家都有我儿时的玩伴，如今远去他乡打工，留守的是垂暮的老人和孩童。

我和孩子坐在树荫里，不知所措地打量着安详的村庄和时光交错的山野。我想告诉孩子一些往事，而他又觉得十分遥远。头顶的蓝天如此清澈，甚至看不到一丝白云。时光就这样改变着一座山谷的面貌，也改变着我的内心。

山谷下面原本有我家的一块红薯地和一块稻田。后来被村子里的人家换来成为宅基地。印象中这片红薯地跨越了两个山谷的交汇地带，又毗邻公路。因此，奶奶总会带着父亲以及聋子叔和我来这里劳作。

春天的时候，就在院子里把红薯苗起出，带着肥料和水桶来到这片红薯地里。照例是父亲和叔叔先用锄头拢成一排排土堆，奶奶和我就在每一个土堆上栽进一棵红薯苗，并浇水封上。如果是晴天，新栽的红薯苗最怕太阳。奶奶就从田外的栎树墩上拽来带着叶子的树枝，在每一座隆起的土堆上为薯苗搭起凉荫。

红薯苗是冬天的红薯种埋在肥沃的泥土里生出的。我家院子里的月台下面有一块肥沃的空地。先把土刨得松软，然后把红薯一排排埋进土中，上面再覆盖上厚厚的有机肥。等到了春天，天气转暖，绿色的薯苗就破土而出，不断地生长出来。

红薯对泥土环境要求不高，是易活植物。红薯苗栽在地里，没过几天，就扎根泥土，泛出了旺盛的活力。红薯苗采完一茬不久，另一茬就很快地长出来。在我印象中，我家很少有红薯苗不够用的，常常是村子里有几家较为懒惰的人家，不按时埋下红薯种，常常到我家的院子里寻红薯苗。我奶奶是一个豁达的人，只要是自家的地里已经够用，一定不会让来采红薯苗的人空手而归。

也有人家，连红薯苗也借不来，就到山坡上已经长得旺盛的红薯地里，剪下红薯藤上的枝叶，埋进自家的红薯地里，也很快地就长成一丛丛的红薯秧了。原本我不知道红薯藤上的根须，随时都会扎进泥土里，生出新的根茎来。大哥总会在周末，带着我们兄弟几个，去给红薯翻秧。所谓翻秧，就是把匍匐在地上的红薯秧拽起来，把茎上那些扎进泥土的须根曝晒在太阳下，防止藤吸收红薯根部过多的养分。

我常常和奶奶以及父亲劳作在这片土地上。这片土地的田埂上有四棵毛白杨，我听到它们在风中摩挲树叶的声响，仿佛是来自天空的河流，在看不到的河床上汹涌翻滚。有时候我就在奶奶的怀里睡去。奶奶也会躺在田埂上的树叶上睡去。这片土地就是奶奶与父亲他们生死相依的土地，他们的生命早已和这片土地紧紧地系在了一起。

红薯地的尽头有一座无名坟丘。它孤零零地坐落在山谷的沙地上，那么幼小和孤独，甚至不仔细打量根本觉察不到坟丘的存在。父亲曾经提到，这座坟是外庄的人，大概是灾荒年代饿死的，死后没有什么亲戚，所以坟前荒芜。

每次耕种，父亲都会为坟丘留下更多的空间，仿佛是对一个生命的尊重。

我知道奶奶情系这片土地。因为这片山丘的对面，就是我爷爷和姑姑的坟。爷爷因病早逝，而姑姑是因为饥饿，捡了大食堂地上的馍皮，被管食堂的大队长发现并扇了耳光，还告诉姑姑的男人，当晚姑姑被暴打后，跑到大路上哭了一夜，第二天就死掉了。这是奶奶常常念叨的事情，她经常梦到姑姑，因为姑姑死时刚刚四十出头。

这一片土地埋藏着多少心酸的故事，而如今在这绿色翻滚的林涛里，我的心几乎不能承受记忆的沉重，时光的错乱让我无法安静地停滞在山野之中。

靠近大路的地方是一块稻田。原本这个地方有一条常年不干的小溪，溪水灌进稻田里，成为稻田特有的给养。然而随着上面的房子越盖越多，小溪不知什么年头已经干掉了。这片稻田就成了旱稻田。旱稻田谷子干瘪，收成不好，渐渐地，土地就荒废掉了。

稻田地埂上的几棵毛白杨，是奶奶留给自己做棺材用的。后来有一年被砍掉，做了一张桌子、九把椅子。

山野的尽头

是不是野花笑得很纯洁？三月，那些蜜蜂到处寻找花蕊。

我白天晚上都蹲在山上看花，百看不厌。

白色的海棠一簇簇拥挤在半山腰，桃花更加艳丽地夹在灌木丛中，还有一些柳条、紫荆、打碗花。蒲公英则在荒草地里，斜挺着紫色小杆子，头顶着一朵向日葵的小小版本。

我快乐吗？在荒野里，我只有我自己，和白云一样，眼睛里只有这些无言的朋友。

我看着任何绿色的枝叶和野草都那么惬意，都那么入心。我感觉到它们开始唱歌跳舞，开始招手示意，让我停留。

我坐在一棵树下，树荫是那样密实，以至于伙伴们发现不了我的身影；我坐在石头上，背影是那么清淡，与这片胸怀博大的山野融合在一起。

我会顺着一条漫长的山路走下去。

有时候，会觉得它是那么漫长，连村庄的炊烟都要抚痛我的心。我感觉到了母亲在村庄外悠长的呼唤，我感觉到了河水已经流出了山谷，我感觉到了小鸟已经归巢。

下雨的时候，我会找块巨石躲到下面。这时候我有充足的时间，观察山野之雨。它们是朴实的，滋润着山间每一片树叶，滋润着山谷的云雾，滋润着地上的沙土和麦田。

我也有时间观察石头上生活的植物，有青苔，麻石花，还有六月雪。青苔矮小群生，鲜绿的，即使是干旱的天气，也躲在石头下面保持着青绿。麻石花是珊瑚一样的红色植物，开着碎小的白花，沿着石头缝生长，菱形的叶片像是厚实的手掌，泛着油绿的光芒。而六月雪则是宽大的叶子，挂着白色的芒，大概是像雪花或者霜色的缘故，因此就叫六月雪了。父亲总是刨些回去，晒干了熬茶败火。

我躲在石头下面的时候，那些小蚂蚁，那些带着甲壳的昆虫也会躲到我的脚下。我找来小棍子，寻找它们……

有时候，我沿着这条小路，能够看到山野的影子里，有山谷下面的竹园，道路的苍白，还有河流刺眼的光芒。上山的时候，我背对村庄，仿佛游离了生命的家园，到一个寻找生存之路的陌生荒野。面对着向上的坡度，面对着砂石的路面、灼热的石头，面对着越来越高的坡度，开始有些吃力，腿脚有些发抖，心脏开始加速跳动，耳朵边响起了风吹栎树的沙音。

我是随着山的高度而成就宽阔视野的，那时候我看到了山外的一角。一座水库，还有出山的公路，能听到火车的嘶鸣。

我的脑海里浮想出一个急切的想法，山外到底是什么样子呢？

我总是在山野里逗留，像是一只奇怪的野鸟。我在腐败的叶子上行走，观察着树木摇摆的姿势，观察着野果的成色，观察着可以攀登的道路。我渴望遇到长满野果的小树，可以坐在那里品尝母亲的给予，品尝着攀登的成功和喜悦。

攀登也有风险，也有被虫叮的风险，也有自我惊吓的风险，也有跌入山谷的风险。我不断地寻找着可以歇脚的地方，或者一不小心手抓到树干上的千足虫，它立刻从树上跌落，像蚊香一样卷积在一起，复杂而又黄红相间的丑陋花纹，几乎让我不忍看第二眼。

山丹丹的红色之花，简直让我着迷。红色的花瓣卷曲着，黑色的花芯点缀着红色的火焰，兰草一样修长的叶子，在高高的石缝中显露出一丝高贵和孤独。

发现山丹丹花开的时候，我的内心充满了喜悦。我曾经在这座山上漫长地居住。那是一个简陋的草棚，用树枝搭建的床几乎占满了它的全部。一个水桶，一个沾满了烟灰的铝锅，还有三块石头搭建的锅台。

我在傍晚时分去山谷中打水，去的时候，听见了斑鸠揪心的鸣叫，大概是孩子们该回窝了。我看看山脚下遥远的村庄，有些想家了。

我小心地用瓢舀着细小的泉流，它们从山上源源不断流下来。即使是干旱的岁月，即使是青黄不接的日子，即使是寒风刺骨的天气，这股细小的泉水从不间断。我从未想过它们从哪来的，只知道品尝这些上苍赐予我的甘露。

泉水顺着石头流到低处去，在石凹中形成了深蓝色的微型湖泊。我看到里面的颜色，蓝色中微带着白色，它们是不是你内心深处的纯洁无私？

半桶水已经够我提到山腰，有时候半个月亮会从半桶水中露出脸来，不安地看着我的眼睛。我甚至突然感到惊恐，那些黑色的灌木丛中会不会蹿出一个野人？

在山上居住的日子，是我生命中最净化的日子。生命中，有一座大山陪伴，并不感到孤独。放眼望去，一切倦怠都收回到大山的厚重之中，只有各种鸟鸣，翅膀的拍打之音，与月色和雾影交杂。

很多时候，父亲也会上山来，那时候，我就感到了莫名的快乐。我小步下山，顺着石头和藤蔓的道路，快速向山下游移。我太想看到我的村庄了，我太想念我的母亲，院中的枣树，还有我的伙伴们了！

山野的轮廓逐渐刻在我的脑海里，羊圈沟、羊背锅、高坡、后河，都如同那些道路的弯曲，那些石头的坐落，被我深深地铭记。它们如同我生命中不可或缺的一员，成为我永恒的祭奠。

我不能再回忆山谷和荒野。记忆的碎片如同树叶一样丰盛，让我难以承受记忆时光带来的精神错觉。我不忍在幼年的山野中徘徊，那些山野重新变得苍郁，而春天也一定会有更多的野花，迷人而又让人心醉。我手捧着内心的积郁，那些荒野像现在我忍受的精神的空虚。只有风影和月色，让人在这片土地上更加手足无措。

我再一次打量着这片山水，如同在清洗着现实的繁华。城市像是一种麻醉药片，让我内心这片繁茂的园林成为表面的躯壳。

拯 救 山 野

山上的羊群牵扯着山野的寂寞。所有的道路都已经被荒草埋没,毫不留情地掩盖了往日的岁月。

我和哥哥带着妻子和不满八岁的孩子上山。目的很明确,摘猕猴桃,俗名杨桃。

在我的印象中,猕猴桃漫山遍野。山上向阳的山坡上、石堆旁,只要是杨桃架密集的地方,就会结满猕猴桃。

这次上山让我们的士气大减。本来从家里出来,就已经是午后了,阳光从西面照到了院墙上。院里的枣树叶子已经落完了,只有残留的一部分,也都变得苍黄。几个干枯的红枣驻留在枝头,仿佛村妇那干瘪的乳房,昭示着曾经的风华岁月。

我们穿过村子,一路沿着二十几年前的小路上山。那条小路已经荒芜得不成样子,几乎辨不清道路的痕迹。玉米地里,好像是隔年的玉米秆,仍旧滞留在原地,叶子和株干已经变黑腐朽,被脚下那些茂盛的荒草包围。玉米地埂边的小路,被小腿高的鱼尾草和青蒿长满,过去那些清晰的路面已经不见了,只能凭着记忆向前摸索。

走过了一座塌陷的石窑,穿过了荆棘丛,看到村后那条河流。河岸上长满了酸枣树,这些酸枣树在过去的年代,不应该长在这里的,多半已经被农人割去,作为院落的篱笆或者田地的扎笼,防止有人进入。或者放在火里烤软,扎成箩头攀儿。

我看见酸枣树上结满了酸枣。在秋天的山野,高山上的酸枣早已经发红了。这些田埂上的酸枣树,缺少阳光的照耀和温度,熟得晚些,仍旧泛着青涩。我停下来摘了几颗,放在嘴里,依旧保留着童年的酸涩、黏滑,虽然不能与城市甘甜的水果相比,但它足以将我的内心打动。

我们跨过一条柏油公路，沿着小路上山。在记忆中，有一条小溪沿着山路下来，会直通到高山上去。但是我们一直走到小溪的尽头，却仍旧不见道路，只是漫山遍野的栎树林，覆盖了整个山野。

我们四个人只好在荒山野林中攀爬，最后终于找到一条伐木的山道，一路艰难而行，到了山脚下。

这座山，是我童年经常光顾的地方。在那个贫瘠的岁月里，山岭每一个地方都曾被我拜访。春夏秋冬，山中都会有不同的风景，不同的果实，喂养我的胃，滋润我的眼睑。

这次上山让我们深感失落。攀爬了将近两个小时，什么也未能找到。在伐木道路的尽头，便是陡峭的山石和满目的荆棘。孩子被荆棘扫痛了眼睛，发出了几声哭啼。妻子被山石刺伤了脚踝，爬得更加艰难。只有我和大哥，还在认真地寻找，寻找。在深深的山林里，风从树梢吹过，除了这山野的荒凉，我们还在寻找什么呢。

一棵青涩的山楂树，蒂落了满地。孩子捡起来放在嘴里，异样酸涩。沿着茂密的山林前行，看到对面的山峦，如此的衰落。除了繁盛的秋风，再也听不到任何的声响。

野猪的足迹遍布了山岗，地上都被野猪拱起了松软的泥土。蜂巢就接在树根上，不小心蜇了大哥的手臂。

我看到金色的阳光洒下来，仿佛在向高高的栎树叶子叹息，像是一段沉重的交响乐从内心响起。

黄昏到来了，林子里开始变得阴暗。脚底下走过的树叶，沙沙，沙沙，仿佛有人影跟随。

就在心底感到失望的时候，我们看到了杨桃架。

那是一丛庞大的杨桃架，在石头堆里，还有一簇簇挂着的猕猴桃。秋后的猕猴桃，很多已经落进灌木丛里，一些被松鼠啃食，只有零零散散的晚熟的那些，还坚守在枝头。

孩子惊喜地喊叫起来，我和大哥深入到杨桃架里，艰难地采摘那些猕猴桃。它们是那样的珍贵，在这被冷落被忽视的山野里，猕猴桃那样孤独地等待，它们失落、彷徨、苦寂，等不来采摘者，慢慢变得这样自暴自弃，甚至不能分享一次丰收的喜悦。

采摘了大概一百多枚猕猴桃，山色已经十分黑暗了。阳光在树梢作最后逗留，我们沿着最明显的道路快步下山，离开了那片山林。

等到达柏油马路上时，山色全部黑暗下来了，只有山岭后面到乡街上赶集的人，骑着摩托车匆匆而去。

我的回忆到此终止了，马路边的杨树林里，浮起了无边的鸟叫声，它们仿佛在争论，争论着如何拯救这片荒芜的山野。

北 山 记 忆

我的足迹踏遍了北山的角落。

我熟悉它每一寸肌肤上的草木、石头。连同树林里的鸟儿虫兽，亦被我了解至深。

阳光毫无遮拦地普照北山的土地，道路两旁已经散发出草木的青涩气息。栎树葱茏的叶子不断地叠加与涌现，呈现出空间特殊的河流。植物这门学科我是从课本上学到的，一开始，我就对它们发生了兴趣。原本这些植物来自不同的祖先，不同的科属。它们生长的环境并不相同，经历了漫长的岁月，慢慢进化成今天的形状与面目。我时常徜徉于此。坐在一人深的合欢树下，远望更远处苍蔼掩盖下的山峦，浮云正在遥远的天际打盹。多少年的时光，几代人共同相守的山林，历经了岁月的变迁，人事的更迭，命运的沉浮，依旧不改山林起伏的形状。

我时常上山，有时是与父亲一起，有时是与母亲一起，有时自己孤身一人。山与我，形同亲人。我徜徉其间，如同攀爬在亲人的左膀右臂。我敬畏这片漫无边际的栎树林，它的深沉犹如父母脸上沧桑的表情。大海亦有波涛，而林海的浪只有在山顶的寨子上可以领略。

我时常穿过林场，到林野里寻找，仿佛寻找自己的灵魂。所有齐腰深的草都长着一副慈爱的眼神，它们紧紧地拥抱或者遥相呼应，有的头顶湿漉漉的露珠，有的开出了属于自己花朵。我从未蔑视每一株草木上的小花，它们散发着不同的气味，有的花朵甚至是开出来就已经凋败；有的花朵幼小，花形丑陋；有的甚至散发出刺鼻的味道。但我尊重它们，像尊重身边的每一位亲人。它们也许出身贫寒，体型矮小，房子低矮，屋檐低矮。但它们依然若无其事地舒展自己的身体，展示自己的生命，书写自己的人生。

在树林的深处，我的孤独像是树林深处的阴暗，更加浓郁。那些草丛深处的影子，随风发出细碎的声响。我沿着小路寻找那些值得拥有的东西，野菜或者应季的果实。我的愿望就是在山野里聊以果腹，能够快乐地融入大自然的生物链之中。我是这条生物链的高端，我有着比植物更高明的智慧。我倍加珍惜与爱护身边的每一棵草木，它们的生命就是一座山的生命，它们的呼吸构成了一座山的呼吸。

我发现了毛桃。在一块巨大的石头后面，一棵葱茏的毛桃树巍然耸立。瘦削的叶子，叶片中间的脉络泾渭分明。有一颗毛桃已经长得鸡蛋大小，桃子表面泛着青芒，表明这是一颗生命力旺盛的桃子。其他的果实或已经萎缩落地，或以青涩幼小的形态悬留枝头，它们无疑正在走下坡路。

我惊喜地摘下了这棵树上最大的桃子。这是北山为我此行预备的礼物。虽然它的果味并没有城市果摊上那些泛着红光的果实那样甜美，只是带着苦涩的微甜的一点果肉，旋即带着毛绒被我啃到胃里去。但我感到了莫大的知足，觉得一切都如此美好。北山正在向我敞开富有的怀抱，用自己带着贫瘠的土地，喂养我成长，如同喂养一只翅膀未硬的雏鸟。

我向着林子深处走去，那些浓得化不开的阴暗渐渐包围了我。我有了前行的勇气，我要在北山的道路上走得更加坚定和勇敢。

北山的考验

我的灵魂居住在山上。像是一场今生的约定,每次上山,我的心情都格外平静。呼吸慢了下来,在树丛与山野之间,找到安静的心跳。

我与北山的草木融为了一体。我双脚到达之处,能够感受到身边的友善,温存。

山谷之间的明暗变化,似乎就是人世间那些悲欢,交织在一起,让人有了一种恍然大悟的感觉。

我似乎并不是专程上山来欣赏风景。在我少年的时光里,山野所给予我的教育,远远胜过一所学校给予我的一切。

我看到山野间的小虫,为了生存而勤奋地忙碌。

雨中蜘蛛,仍在寒风中冒着雨丝补网。蝴蝶,也在寻找藏匿在山涧里的花朵。松鼠,正在攀爬高枝。

这一切如此浓烈,如一剂苦药,滋润着我的肺腑。我也奔波在山路上。我要采集栎树上那些果实,用来补贴学费,减轻父母的负担。

在山野之中,我的心也是收缩的。有一些令人恐怖的动物,旁若无人地经过我的身旁。

蛇,径直沿着铺满落叶的树丛中前进,或是褐色的皮肤,或是花艳的斑纹,总之,会让你的心为之怵惧。

我按住自己的心跳,仿佛看到了不该看到的。原本是自由的灵魂,涉足他人的领地,干扰了童年心灵的磁场。

所有的风向都如此不定,温暖的风喊出了澎湃的林涛。它们密集地翻卷着苍白的树叶,又把自己的青涩一遍遍地梳理,一遍遍地搅拌,在林海茫茫的沉浮中,似乎要将一个人一生的记忆淹没。

我甘愿在林中沉默,做一个洗耳恭听者。林涛的故事如此迷人,那是生命的大潮,正在反复叩问命运的河岸。唯有山,唯有山的坚守,山的繁荣,让农人的心不再荒芜，让我的心感觉到了父爱的温暖。

有时候我会在山道上放下装满橡子的口袋，停下来端详面前的山林。它们充满了无限的激情，似乎要将一个充满诗意的故事呈现给过路者。我不是一个观客，因我的呼吸已经与北山融为了一体。我深知山林的脾性，它们在不同的季节变换着衣装，在有风的下午歌唱。

我的汗水渐渐地干去了，面前的道路变得清晰。山林中的道路，落满了枝叶，处处被坎坷不平的沙子和石头占据。它们在你来的时候是一个上坡，返回的时候给你一个下坡，反之也是一样的公平，这就是我人生必有的起伏。当你费力地攀爬，耗尽了半生的气力，感觉已经难以承受生活的痛苦时，也许在你面前会豁然出现一片开阔地，你到达了，即将面临一次舒心的旅程。

北山的崎岖，是被我烂熟于心的。无论是山谷，还是沟汊，我都已经熟读百遍。我牢记着每一棵树的形状，每一棵草的位置。我牢记着风的声音，卷开半洼柞树的海洋，像是来生即将相知的那片漩涡。

走在山路上大抵是不能停歇的。越是停留，越是无法摆脱心力的依赖。时间的流逝，会让你离前行的目标更加遥远。背负着沉重的橡子，为自己确定一个歇息的停靠，内心却始终坚持着，不让肩头的口袋落下来。甚至已经被背上重物压得无法直起腰来，却依旧弯腰低头，眼睛紧盯着脚下的路面，心里不断地安慰着自己，坚持，再坚持，马上就要到达下一个歇息的地点。

放下口袋，全身得到了无法描述的轻松。抬起头，眺望山脚下的村庄，炊烟正在四处蔓延，仿佛马上就要到达山脚，重新返回温馨的小院，重新找到可供憩息的家园。

有时候，诡异的天气会突然发生变化，就在即将到达的时刻，乌云密布，一场大雨即将到来。面对无处藏身的恐惧，内心变得更加地慌乱。所有的树木开始剧烈地摇动，仿佛要将自己的腰肢扭断。临时去树丛中躲雨的心情，也是彷徨无措的。白色的雨柱斜扫山坡，击打着柔弱的枝条。绿色的柞树叶子翻卷着，低垂着叶脉，仿佛要经受一场莫大的考验。

雨滴狂扫过路面，装满橡子的口袋变得潮湿，而我不得不重新开启一段泥泞的路程。就像是一场必有的考验，在充满艰辛的道路上，遭遇更多的风雨。而我必须学会在雨中重新出发，开启了人生中另一种苦涩的体验。

北山静坐

我坐在一棵栎树下，等候着一阵秋风的路过。

除了满山的斑斓秋色，再没有何物可以成为我心灵的慰藉。我打量着眼前的一切，透明的山谷，沉积的往事，逐渐安静下来的时光，我的心早已经融化在山河的形状中。

假设不是热爱着故乡，又怎么能让我长期地留恋北山的一切。它们如此茂盛地支撑着山林的空虚，成就了命运的真实。

我听见了微弱的风，正在从北山的丛林中走过。青草的呼吸，花朵的香味，仍未从我的味觉中消散。我记得每一种花草树木的形状，它们纯情的目光和我相遇，心头升起一阵幸福的痉挛。

我爱着北山的一切。从北山的每个角落，都能发现令人心动的风景。

我的脚步紧紧地跟随着山野的崎岖，向着山谷的深处蜿蜒而去。一切牵挂都留在了山谷交汇的地方，那里坐落着我的村庄，那里是我出生和成长的地方，正在缓缓地升起缥缈的炊烟。

我感觉山林正在注视着我的一切，我行走的每一寸脚步，都在它的目光中沉淀，化为经久不息的回声。我想拥抱住眼前的石头，带着褶皱的树木，那一缕飘忽不定的云朵。

秋风正在扫过即将干枯的树叶，它们卷曲成金黄的形状，打包行囊，向着大地深处行进。而我并没有觉察到山野失去什么，仿佛这一切命运的安排，都是生命必有的意义。在走向枯寂的同时，必将是新的年轮的开始。我听到了鸟雀的歌唱，它们急促或者陡转的歌喉，正在山野之中驱散山谷的静谧。一些羽翼刚丰的山鸟，也将面临一年最难挨的日子，接受寒冬的考验。

其实，秋风逼近，秋雨也将无限漫长地扫荡过北山的旷野。一些耸立多年的山头，忽然又以新的面目出现，它们在雨中祭奠曾经的往事，仿佛在诉说岁月的沧桑。

　　许多人走不出北山，他们的一生都在北山度过，死后就与北山遥遥相望。我看到如许多的坟茔，成为北山的一部分，经受着岁月的洗礼。

　　我常常到北山上游度。这是我与北山的约定？还是命运能赋予我与山野的一段情缘？十几年的北山游历，让我熟知了一座山的脾性，让我懂得了山野的情感，它的沉默如父亲一样宽厚，不求回报，只是在岁月的长河中，逐渐地模糊和消失。

　　多少年后，我很少再到北山，但我的记忆却愈加清晰。我把一座山装入记忆，装入灵魂深处，不断地感受它给予我的温暖，给予我的灵性。

　　仿佛再也无法守住故乡的风景，这一切都成了无法解开的谜题。我猜想你也同我一样，理解故乡，它苍老的脚步，就在你的窗外叩响。

山 野 时 光

在山野的深处，没有任何迷失的感觉。

我流连忘返在山野的紫霭中，忘却了生活的痛处。假设可以永远在山间徘徊，是否可以变身一棵从未有记忆的小草，沐浴无尽的山间风雨？

我只能在杂碎的草叶间迈动双脚，内心已经翻涌起无尽的林涛。多少阵容强大的风浪，悉数翻越苍翠浓密的山林，一层层耕耘着岁月的大海。

我忘记了自己，仿佛我从未来过这个世界。我只是这里的一阵风，一阵雨。我从未留下任何痕迹，只是在阳光曾经照耀的地方，感知过一片沙地的温度。亦如那些曾经带我走过这片山野的亲人，都已经被眼前的时光埋葬。

我打量着脚下的藤蔓，它们依然如故。多少熟悉的气味，弥漫进我的鼻孔。如同被故乡打上深深烙印的味觉，无论走向天涯海角，都始终经久不散。

我已经找回了从前的我，那个徜徉山间寻找依偎的我。无论是壮阔的山林，黑黢黢的石头，还是幽深的峡谷，轻柔的小溪，无不在我的眼前呈现。它们曾有的安静与喧哗，伟岸与灵秀，都再次激荡在我的心间。

我捡起一枝树棍，轻轻地抽打着粗糙的路面，那些沙地上踯躅的蚂蚁，是不是一直在梦中等候着我的回归。

北山的怀念

我知道坐在这片土地上怀念什么。最后的时光在故乡交迭，打碎内心柔软的情感。

树林一年一度发出嫩芽，充满了无限生机。这些阳光的生命，源自父亲的指引。仿佛这片土地上所有的生命，都透露着父亲的身影。那是一位坚毅的父亲，那是一位令人无法违抗的父亲，他像是一座伟岸的山脉，以苍老的面容坐落在故乡的土地上。

我审视身边的一切，树木的外貌已经与我童年时大不相同，陌生的气息更加浓烈。我相信不管何时返回故土，它们就像亲人一样将我接纳；就像血脉相连的浓烈的情感，坚守在永恒的时光里。

我仿佛无法返回故乡的山岭之中，就像在时光的渡口，找不到摆渡的小舟。我打量身边的一切，寻找着自己呼吸的节奏，童年的记忆还会永恒地留在昨日的梦中么？

阳光走得更加沉重，它卷走了梦中的亲人。白杨树呼喊着，呼喊着曾经的小名，河流悄无声息地流走，河岸上遍布时光的沟壑，荒芜的草丛掩盖了记忆的脚丫。

我相信我还活在北山的影子里，像是一棵毅然屹立山腰的栎树，等待着春天的那一声惊雷。

故乡的草地

一片草地安静异常，再没有其他动静。

唯独能够听到的是蚱蜢啃啮草叶的声音，或者是一阵风吹起草叶的动静。我坐在一片半山腰的草地上，一个下午的时光跟随着沉寂下来，一座山谷也沉寂下来。眼前的蒿草和我一样安静，能听到自己孤独的心跳。

风吹起一片干枯的落叶，轻轻地落在石头上，落进草丛。一片叶子，没有了灵魂，没有了牵系，没有了自己的故乡。它四处寻找和追寻，仿佛已经找不到属于自己的土地；一颗灵魂的寄托，正在四散入故乡的深情之中。

我也是故乡的一棵草啊。我正在茫然地打量着自己身边的一切。仿佛从我来到这个世界，它们就已经把灵魂融入我的视野。我已经听到了草叶之间的话语，轻柔如诉。如果我的世界里只有这些花草，只有这些泛着绿色的生命，能够陪伴我从无忧无虑的少年走到成人的世界，那么我最亲昵的朋友，你一直就是与我生命不可分割却又任凭自然摆弄的野草吗？

河流顺着自己的方向，向着下游驰骋而去。自然界的每一处动静都来自生命中的必然。就像我一个下午安静地待在一座山谷，聆听世界最真实的声音。它们用自己最柔弱的身躯，抗争着世界上的一切，在梦中惦记着一片云翳的影子。

或许即将落雨。而我的视线正逐渐地黯淡下来，只能看清楚近处的草丛，已经变得十分不安。草丛四处摇晃着，摆动着，身体开始变得柔弱无比。它们在呼喊，暴风雨即将来临，生命又将迎来一场新的考验。或许，经历过这场风雨，一些草木即将折断自己的身躯，但它们仍旧狂烈地迎接着最艰难的生命时刻。

我坐在一块灰色的石头上。不知道这块石头何时诞生，它的身体上充满着黑色的闪光的亮点。所有的质地都十分坚硬，已经渗透了岁月的寒凉。我向着山野上望去，那里已经充满了无尽的风，泛起了白色的波浪。

山路上偶有人走过，高大的泡桐举起自己硕大的手掌，开始接受风雨的洗礼。

北山草木记

它们狂野的步履，踩痛了木蜡树叶，踩痛了羊背锅的脊梁。有些人一辈子生活在这片土地上，死后还要埋葬在这里。有些人即将离开这里，无数次回想起这片真挚的热土。

河边的石堰上爬满了金银花。这些金色纤细的花朵，一丛丛在绿色的枝叶间泛出浓烈的芳香。河边的凤尾草，常年延展着旺盛的翠绿。我在岸边，听到了河流那一阵又一阵苍凉的水声，带着沙哑的嗓音，顺着石板，流过水泥的栈桥，向着远方的诗意奔去。

一个下午都没有阳光，让我感到了一阵前所未有的苍凉。我的灵魂仿佛已经随着一阵风飞向了山野之间，在草丛和矮小的栎树之间萦绕。我不能忘记一座山谷的形状，不能忘记一片山野的面容，一个下午灰暗异常的色彩以及它特有的气息和体温。

我渐渐地忘掉了时间，忘掉了所有身边的草木。只有眼前的大路还依旧透露出巨大的温暖，或是一声清脆的铃铛，从大路上远远地传来。

草丛间的灵魂

有许多灵魂聚集在那里。我常常潜伏在草丛中，随着阳光的变化，感受草间的明暗和动静。草的灵魂是孤独的，像是一种气体在轻轻地相互碰撞，混合在一起，散发着不同的气味。

我能感觉到一株草的快乐。它的快乐是不需要理由的快乐，与生俱来的快乐。那是生命最原始的自由的本源，不需要去激发，不需要去刻意表现，它快乐地在风中左右摇摆，安静地在清晨的阳光中垂落泪滴，在皑皑白雪中紧紧地拥抱住孤独和寒冷。它既有生的快乐，又有死的快乐，是无畏和勇敢的快乐。

有时候雨水冲刷去了它的根须，阳光又将它灼烧萎蔫；有时候蚱蜢会咬啮它的叶脉，尘土又附着在它的身体上。但它却在一次次暴风骤雨后坚强地站立起来，抖落尘土，挺起残余的茎叶，重新恢复了生机。

它有自在的灵魂，那是它空灵的精神宇宙。我们不能像草一样自由的呼吸，不能像草一样接受残酷的现实。我们太想去做一棵参天巨树，太想去追求繁茂的花朵，太想去青山绿水中建造宏大的花园。可我们却在面对一次次小的灾难中再也难以恢复快乐的心情。

我就是一棵名不见经传的小草。从未曾想从大地之上索取什么，未曾想在田野留下什么。那是我最为本质的生命之源，我是来自故乡土地上的一棵小草。

这次父亲过世三周年，回去的时候天气阴沉，又一次飘起了细雨。十月间的天气却早已经冷了，四处都是被雨打湿了的低沉的雾，在不安的游移。我发现父亲和母亲的坟垛上长满了草，大哥用手使劲地去薅，才发现坟前的荒芜令人心痛。我们早已经远离了乡村，内心的那份牵挂只剩下面前的孤坟，所有的情感都寄托在村头这块土地之上，所有的痛苦也在这密集的藤蔓上匍匐，像是无法复原的心。

这些荒草陪伴着父亲和母亲，谁能驱散阴阳相隔的寂寞，在岁月无情的驱赶中留下无尽的遗憾？我们打量脚下的土地，仍会有无数野草生长出来，仍会有无数的野草即将在冬季走向干枯。内心的那份痛苦，因为草色中的迷离，更加难以排解。

我们在草地上并不是践踏生命，因为草的低贱让我们对它们卑微的身份毫不在乎。踩着它们的头颅依然从容地走过时光的洪流，却从不曾为此而忏悔。我们是不是因为一株草的干枯而哭泣？像是找到了同病相怜的人生？所有的苦恼，都是因为我们怜惜自己的生命，向着天空和大地摇首乞怜。

尘土都已安息。一代代的青草接连不息，繁衍不止。它们从来不需要风雨的滋润，任凭干旱或者碾压，也从不低头。它们所乞怜的，也仅仅是岁月的蹉跎，面对无穷的时光中难以留驻的真情。

一棵草并未得到应有的珍惜，在荒芜的原野上漫无目的地蔓延、攀爬。它的姿势让人心疼，没有可以攀附之物，没有属于自己的斑斓，没有属于自己的花朵，只有难以忍受的空旷，在记忆中席卷着风雨的侵袭。我看见野草所到达的地方，就是命运最困厄之地，所有的踩踏，所有的燃烧，所有的干旱或者洪涝，都属于它的命运。这是什么样的境遇？如同我们早已经被遗弃的往事，在无人注视的角落里诞生成长，养育自己内心的草原。

烈火靠近的地方，它们的身体或许早已经被火舌席卷。它们燃烧着，哭泣着，像灰尘一样飘散在空中，迅即不见。我们心头曾经的那一抹绿，也在严寒的冬季消失殆尽。眼前只剩下一片毫无生机的土地，那里曾是亲人与我们一起生存的土地。

我满含泪眼，向着山野深处张望着，打量着。所有的无名之草即将在死亡的门口聚集，酝酿新的来生。没有人再愿意为一株草铭刻碑文，没有人愿意恒久地为它们倾情歌唱。卑微的注脚几乎被湮灭在时空的尽头，再也找不到属于它们的一方净土。我在记忆之中搜索着那些被荒草改变的道路，曾经的痕迹，全部都消失了，院墙与门槛的缝隙里，荒草萌生的是对时光的蔑视，无情地收割生命的年轮，风化为细微的粉末。

历史没有健忘者，没有胜利者，没有失败者。所有的生命在时光面前，都是荒草一样的宿命，它们曾经的功勋，面对世界的自我标榜，盲目的自信和创造出的物质，都将被荒草覆盖。我曾经与荒草为伍，曾经在荒草中寻找自己纯净的表情和新鲜的露珠，寻找属于自己的自由，自己的标签。我也在荒草中寻找自己的理想，寻找属于自己的花园和领地，寻找成熟的种子和果实。但现实的手却总是两手空空，青涩的果实遭遇风雨，被打落一地。

草木凋零的大地，是历史老人瞬间健忘的孤独。在风雨摇晃的时空里，为世界披上秩序的外衣。草莽与英雄，其实并无严格的分界。也许是一株名不见经传的野草，成就了历史的神话。我们寻找历史上的那些披上黄袍的平民皇帝，如朱元璋，他们在推动历史进步的同时，也推动了对官僚的惩治。据说朱元璋统治时吏法最为严苛，甚至扒皮点天灯这种酷法都用到了极致。可见朱元璋身为平民时，遭受的苦难有多么深重，对贪官污吏的仇恨早已经铭心刻骨。

或许很少有这样的野草能够载入历史的卷册，涉足贵族的视野，他们担当的也都是季节循环往复的代言。我们满目的青草深处，幼虫化茧成蝶或者死于非命，都湮灭在时光的角落尽头。他们在深夜中的高歌或梦呓，也不曾为更多的同类所知。只有那些茎叶枯萎凋落的姿势，只有青草绿茵处的清露偶尔会走进摄影师的底片，在寥寥画册中陈列。

我们什么时候能感受时光荒芜之美？听任阳光跌落枝头的声响，那样细碎而唯美的脚步，在大地深处游荡。而我们的心早已经嘈杂不堪，凌乱不堪，在时光车轮的碾压下伤痕累累。

草在一年一度的荒芜中重新抬头，在寒冬未尽的世界发出小心翼翼的芽脉，它们如此坚韧，枯荣之间吸纳了时空的灰尘，净化着世间的污浊。我们在每一片完整的叶片上发现玲珑的寺庙，它们在等待着我们的精进，等待着我们吐露真言，等待着我们奉上最诚挚的那颗心。

实际上我们并不排斥野草，只是在耕作中将它们剔除。再美好的野草，在实用主义面前都沦为牺牲品。多少带着花苞和浆果的野草被我们连根拔掉或者被除草剂消灭，还有多少荒草又再一次在我们的视野中重新出现？我们无从获知它们来世的理由，但它们确实踩着季节的步伐义无反顾地出现，在苍老的屋瓦上匍匐，在狭缝中攀缘，在墙头上挣扎。它们毫无选择自己的血统和家园的机会，只是将成长的记忆一年一年的累积，把自己的信念传递向永恒。

野草的哭泣更为悲壮，在田野的角落里回荡起起伏不已的回声，如同雨阵，紧凑而遥远。那是送别一段历史的记忆，送别一代命运的诀别。当我们站立草丛，向着亲人的墓碑躬身致敬，我们的灵魂与原野之草紧紧融合在一起。在冬季的冰雪深处出发，在历史的黑暗中摸索前进，倾听着记忆中曾经亲切的呼喊，孤寂地穿梭山川与河流，等待着与未来之我相遇。

相遇是一场惨痛的离别。当我们从未知晓彼此的心灵，我们却知晓了彼此相爱的恐惧。距离在逐渐变远，故乡，那些我们相濡以沫的事物，都早已荒芜成心灵的弃园。草等在原处，像是母亲的灵魂等在原处，等到草野荒芜，已不见山野的面貌，已不见小路的崎岖，已不见月牙的明静。

我捧起一棵玲珑的野草，它依旧散发着纯朴的气息，它的血脉中是否依旧流淌着孩童的记忆？那是我靠近它窥视它身体的眼睛，凑近它轻嗅花香的鼻孔，在田埂上高兴地打滚欢笑，感觉阳光跨入大地的厚重脚步。那是我曾经敞开胸怀的梦幻，接纳纯洁的世界、真挚的世界、充满爱意的世界。

而今天，我不再拥有属于我的一棵草。我成为城市中一棵会行走的草，会思考的草。我在满是风雨的道路上行进，脚底下充满了黑色柏油的坚硬和湿滑，身边充满了嘈杂和拥挤，到处都是意想不到的危险和恐惧。我能感觉到人们的内心都长满了荒草，再没有余暇去打理和耕种，任由理想与故乡一同荒芜。

深沉的夜

我在生命中还是这样,没有任何对黑暗的觉察。

岁月都将变得重新陌生。一切熟悉的也将从眼前消失,一切相遇的,也将成为远去的行客。

我望着大路,那些车辆的痕迹,都变得如此杂乱。摇晃的树枝,挂着夜色未褪尽的疤痕。那是寒风的刻刀,在你的肌肤上留下足迹。我执着于沉默,执着于坚守自己的青春。我珍惜每一寸流逝的光阴,不忍为它们带上沉重的枷锁。我知道死去的不可能复活,推倒的不可能重来。我们等待着新生,等待着春风化雨的日子,等待着邮差寄来思念的信笺。

我的内心仍旧呼唤着对你的热爱。我仍不能忘却昨日那场无情的风雨,哺育我长大成人。我不能忘记自己出生的黑夜,大雪封山。我的降生,带来了家庭的苦难,又带来了父母的喜悦。我在你的目光中成长,像一棵摇摇摆摆的小树,终于长出了自己的年轮。

月色在枝头挂满了醉意朦胧,可我仍然无法平复自己的心跳。我呼吸着焦灼的空气,倾听着道路上嘈杂的车笛,当这个世界早已失去了对城市的耐心,那些曾被诋毁和忽视的岁月,却早已将我们狠狠地抛弃。

坐在路边的冷板凳上,灯光落在冬青的叶子上,将一片阴影画进黑夜。黑夜里多少勇敢的人们,仍然在路灯下匆匆赶路。一些在混凝土中谋生的生命,正在用双手拨开坚硬的土层,留给这世界钻心的疼痛。

我无法呐喊,因我惯于沉默,沉默成为夜晚的主旋律。我听见人们走路的声音,仿佛一直向着黑夜的深渊走去。那里没有尽头,那里是一座深深的洞窟。

寻 找 月 光

没有月光的时候，我在村子里找寻月光。

它的朦胧占据了整个村庄的记忆。当一切都安静下来，才能感知到月光的存在。它的照耀与你的心灵同岁。我坐在屋檐下，感觉到月光的青嫩，展开手掌，细如宣纸。所有的树木都在月光下翻弄着自己的影子，只有此时它们才可以展示自己的绰约。在月光的照耀下，所有的树荫变成了生动的河流，在自己的膝下翻卷着浅色的浪花，翩翩起舞。

我一直想知道月亮内部的结构。坐在它的怀抱中，它的明亮是可以阅读的，每一个章节都是恬淡的柔情。小虫的鸣叫，大抵也是歌颂月光的温暖，赐予它们捕食的时光。

奶奶承认了这个村庄的归宿。她把这个庭院打理得格外明亮。在月光下，轻轻地摇动蒲扇，摇出许多年头的辛酸。

一个村子的月光，行走在每一条回家的路口。我躲藏在巷中，柴捆也安静地堆积在街巷的角落里。它和月光一样，内心深藏着一种渴望外在的明亮。它的明亮是太阳赐予的，赐予它燃烧的内心，即使在生命终结以后，依旧把明亮的火焰凝固在干枯的枝头，等待着母亲把它们送进低矮的厨房。

我在村庄里只有月光的陪伴。许多男男女女的小伙伴，都在月光下握着手，围成圈，欢快地做着游戏。他们的喊叫和笑声，轻轻地落在地上，又被融化，变成了后半夜的静寂。

我很少和小伙伴们在月光下游戏。因为奶奶担心村子里的大孩子会欺负弱小的我。每当月光初上，我坐在月台上，仰望着天空一片片游弋的云朵，向着山边飘去。不知道它们要赶往何方，不知道它们在什么地方寻找到命运的归宿。

在农忙的时候，我和父亲也会在田地里忙着收割麦子。趁着夜色，将麦田的夜色悉数收回家中。大半的时间，我是待在家中，等待着父亲和家人从田地里回家。一个人安静地望着，院子里的月色如此的恒毅，没有任何改变。它的明亮，仿佛是一个女人眸子的明亮，仿佛是从一个村庄内部发出的明亮，驱赶着黑暗深处的恐惧，翻动着白昼留下的信物。

很多时候，月亮从圆到缺，在岁月中计算着一个村庄的年纪。它们不断地丰满，又不断地消瘦。从山边起落，从屋脊上穿行，在布满星辉的舞台上，始终保持着明丽的笑容。

一朵花的颜色，如同在石头上活出了疼痛。月亮的开放，就是从夜晚开始。月亮的表情，就是母亲的表情。看到了山野之中，一群孩子的无邪，在月光下不断地成长，走向村口的黎明。

现在，我很少再走在月光下，听任月光的河流，安详地照亮山河。我在城市的灯光下，打理着自己的人生，感觉到了远走的诗意。

奶奶和母亲早已经不在人世。而月光也淡出了我的视野。这些我深爱的人，都仿佛到了遥远的星空，化为了永恒的星盏。

事实上，月亮已经不再作为奶奶的神灵，月光也很少与我相约而出。就在无数个深夜，月色独自明亮，深沉地照亮大地。所有的事物，都已经与月色剥离，它的苍老，仿佛早已与这个世界无关。

人们的忙碌，是对白昼的焦虑和黑夜的恐惧。这种恐惧是社会发展带来的梦魇。当人们夜不能寐，忧思着内心深处的狂风与雷鸣，是不是早已把古战场的硝烟搬进了心灵？

我的内心再也无法承受这片月光。灵魂的屋檐变得十分的矮小，挂满了世俗的蛛网，甚至经受不起一丝的风吹。月光挂在城市的祭坛上飘摇着。容不得一点纯净的目光，它的寂寞早已经干枯成为世间的标本，像一场人生的星际旅行。

我重新捧起这缕月光，它透过楼下的枣树叶子，轻轻地闪耀着，或者还有一点点冰凉的泪痕。没有人在意这样的夜晚，秋风顺着大地的意图走过人们的心灵，走过落叶，走过碎落的万物。

我不知道如何安慰自己，安慰从前的月光，亦如安慰故去的母亲。当月光不再安详，像一块压在内心的石头。曾经我们和亲人一起坐在月光下，谈论着美好的未来。那时母亲如此年轻，浅色的楼顶被薄如清霜的月色笼罩着，可以听到母亲的笑声。

如今，只有独立行走的我，只有曾经孤独的少年，面对世间的黑夜。风从无名的方向扬起手掌，拍打着路人的心跳。

我已经离开了故乡。心灵于是重新拾起漂泊。在遥远的路上，想起一首歌："在那人来人往的城市，邂逅秋风的迷惘。"

玉米之恋

当雨中的玉米地开始变得沉寂,它们在经受着风雨的敲打,碎沙一样的雨滴顺着长长的玉米叶子流到了脚下。玉米地变得松软,甚至无法下脚。所有的蚱蜢和螳螂都躲在玉米叶子的背面,它们也感到了清爽的凉意。

我闻到了玉米青涩的味道,从依旧青嫩的红缨子末梢散发出来。玉米的缨子柔嫩,带着金色的、红润的光泽,顺着玉米的梢部弯垂。玉米梢则如同蓬松的兰花根茎,挂着细碎的玉米花,紧紧地攀附住我的目光。

我躲在了一片玉米地里,品尝着盛夏的细雨。一个村庄沁人肺腑的凉意,都已经钻进了我的呼吸。

我深谙一棵玉米的一生。这些茂密的母性植株,从一粒粒金黄色谦逊的玉米粒,一寸寸地从大地深处探出两片叶子,再到高过我的头顶,扬花受孕,结出怀中唯一的婴儿。我在玉米地里找到了自己的内心,它的每一次跳动都与玉米的呼吸同步。玉米地里细碎的虫鸣,庞杂的野草正安静地陪伴我走过少年时光。

玉米林如同坚实的墙壁,将我屏蔽在狭小的世界里,从未有过的安全感,让我自由地无忧无虑地徜徉于此。四周的阴暗,似乎被泄漏进玉米地的金色阳光刺透,照亮了一株野花的微笑。每一株玉米都散发着淡淡的清香,雨水的味道,尘土的味道,炊烟的味道,褴褛的味道,青春荷尔蒙的气息,正弥漫进我的心胸。它们用自己特有的体香喂养我的呼吸,喂养我饥饿的胃,喂养我纯真的目光和质朴的胸怀。

我在玉米地里久久地逗留,在玉米植株的列阵之间穿行,像是检阅一支女子特种兵部队,不由自主地生发出一种信仰的力量。只要是站定了这片土地,不管贫瘠还是肥沃,它们都义无反顾地向着天空,射出利剑的锋芒。我和玉米的灵魂拥抱在了一起,它们是这个村庄的精灵,吸纳了白天的阳光和夜晚的月色,呼吸着河谷上游吹来的凉风,送别一个盛夏时节过往的烟云。

我家村西头有一块玉米地。这块玉米地随着兄弟几个户口转移到城市，面积逐渐减少。它是我每次从县城学校归来，都必须探视的地方。每一次回到村里，回到这片被我足迹踏遍的土地，我都会来到这里，在玉米地里走上几个来回。我已经把玉米当作自己的亲戚和朋友，与它们一起感受内心的快乐和悲伤。这些玉米地里，不仅收藏了故土的雨露风霜，收藏了我曾经陪同亲人耕作的记忆，也藏满了村子的秘密。抑或有年轻的媳妇在玉米地里约会的，抑或谁家的母亲挨了丈夫的打，抑或谁家的孩子赌气出走的，抑或山里面赶路内急的，都会到路边的玉米地，消解内心和身体上的痛苦与不安。

　　我家的这块玉米地水土并不丰盛，在村子里属于薄地。土地中间水火交融，造成玉米的长势高低不一。中间部分墒情厚重，玉米自然长得葱绿茂盛，一到雨季却容易出现涝灾。东西两头靠近石堰和土路的地方，地火旺盛，不能积蓄水分，缺雨的日子玉米就渐渐泛黄打蔫，表现出困顿状。不管丰年灾年，玉米都会结出自己的棒子，它们在秋天，奉献出自己甘甜的果实，点燃村子袅袅的炊烟。

　　在孩子的眼睛里，玉米与自己亲密的玩伴无异。在玉米青绿的时刻，玉米秆正是糖分最好的时刻。我们常常会找来不结穗的玉米，除掉叶子，啃食甘甜的茎。改革开放的初期，饥饿在乡村还是很普遍，像我一样大小的孩子，吃得并不是很好，每天三餐，有两顿都与玉米相关。早上一般是玉米糁稀饭，等到了红薯下来，就改为红薯稀饭。富裕的家庭，中午会吃上白米饭，晚上照例是玉米糁稀饭。而玉米穗还青嫩的时候，几个小伙伴就会在田野里架上柴火，偷来山里的玉米烧着吃。用细长的棍子插进玉米棒子，放在火焰上烧得金黄，把肚子吃得滚圆。有时候不小心火太大，玉米棒子被火苗碳化，烧得漆黑，也照吃不误。每人的嘴唇上，脸孔上，到处都是黑色的玉米粒画上的记号。

　　等到了冬天，大地上一片枯寂，再也找不到可供小伙伴们来吃的野菜或是野果，实在是饿了，取下屋檐下的玉米棒子，剥出半瓢玉米粒，放在锅里炒成玉米豆子，藏进口袋里吃上两天。如果碰上推着炸锅来村子里炸玉米花的，家家户户大抵都会拿玉米粒过来，炸成膨胀松软的玉米花，作为对孩子们最好的奖赏。

　　村子里一般都没有现钱，炸玉米花的会收一点玉米作为酬谢，也有送来柴火的，可以抵做酬资。玉米粒装进炸锅，拧上巴掌大小的铁盖子，架在火上飞快地翻滚，过半刻钟左右的工夫，只见摇锅的人用脚踩着炸锅的铁环，用力一压，只听砰的一声巨响，玉米花飞进炸锅后面的布口袋里。玉米已经摇身一变，开出了世间最美好的花朵。

169

我原本以为玉米是不会发出声响的，如同一个被关进黑暗世界的人，突然看到了光明，从黑暗中打开了自己丰腴的身体，原来微小的颗粒，褪去了被禁锢的皮囊，找到了真实的自己。

家里的粮食越来越少，早上和晚上的玉米糁也越来越稀。家里的几个男人都开始提出意见，母亲开始做思想工作。三个孩子都在县城上学，粮食都要交到学校去，再不精细打算，过了秋天，家里就要断粮。我在乡里上初中，冬天的早上下完早自习，只有很短的时间吃早饭，校长要求学生们都要在学校食堂吃早饭。我回到家里和父亲商量，父亲从粮罐里给我舀出两瓢玉米糁子，送到学校换了二斤粗粮票。

有钱人家的孩子早上吃的是米饭，我只有玉米糁子的稀饭，又不好意思吃同学的咸菜，只好端到学校门口的杨树林里去吃，吃完了就在河边洗了碗，再回到教室里去，即便如此，我也感觉到了莫大的愧疚，我知道，家里的粮食已经很少了，父亲和母亲还有一家人，吃得还不如我，我能在学校里吃上饭，安心地读书，已经心满意足了。

金黄的玉米糁子，在我的记忆里发出了闪亮的光芒。我走出了县城，来到了京城。但我的身体里，还带着玉米的基因，还藏着无尽的玉米的记忆。我要感谢那块生我养我的土地，像是曾经不甘愿平凡的玉米，在艰苦的环境里，拱破头顶的泥土，发出坚强的芽脉，成长出一棵无比茁壮的玉米。

多少年后，母亲和母亲的母亲都已经过世。刚刚在社会上立足的我，还没有时间报答她们，还没有让她们体验到苦尽甘来的日子，她们就早早地离开了这个世界，埋在了村头的玉米地里。那块玉米地，到处都是童年的记忆，到处洒遍了亲人的汗水。如今，我只能站在荒芜的土地上，想象一阵阵玉米林的浪涛，在我的内心无尽地翻滚，忍不住潸然泪下。

玉米的记忆

久住城市，已经远离了青涩的玉米地，好像是焙干的草药，寄居在城市药店的木匣子里。

每当清晨醒来，我的目光格外茫然，望到来来往往的人群，内心陡添了几分压抑。玉米啊，你在哪里？

小时候，我是和玉米一样无忧无虑地生长的。当我自己能走路时，我就随着父母亲，来到了玉米地。玉米地，这是一个美好的世界，当风吹起玉米的枝叶，它们繁茂的身体就会发出整齐的簌簌之声，那是相互握手的寒暄的声音，那是青春的奏鸣。

那是二十世纪七八十年代，家家户户都耕种。凡是靠河岸的，都会种上稻谷，远离河岸的就种上玉米。家里稍微富足的，就从县城买来优良的品种；家里贫穷的，就把头年的玉米，重复地播种下去。而玉米不论赤贫，还是富贵，都以同样的方式开始冒芽，开始等待着天上的雨水，地上的墒情。

玉米发芽的时候，我的内心格外地兴奋。我从玉米芽脉里看到了新生和希望。它们悄悄地从泥土里探出头来，打量这未知的世界，未知的风雨，未知的冷热，未知的踟蹰……而我每天都到玉米地里去观察这些泛着红晕的幼苗，它们在悄悄长大，像是我一样认真地对待着生命。它们每一天都会变化样子，每一天都在向着天空迈进。

当玉米和我一样高的时候，它们开始了欢快的舞蹈。舞蹈阵势强大，漫无边际的绿色，掠过月光，掠过河岸的白雾，在群山的怀抱下，一阵阵的浪涛汹涌着，呐喊着，滚动着，让我的心海随着它们的身体而起伏。

夏天来的时候，父亲和我们兄弟几个一起为玉米施肥。照例是每人一个铝盆，一把勺子，大家都到一袋化肥前舀了化肥，然后每人两行，就在每棵玉米根部的坑里填上小半勺化肥。父亲拿把锄头走在前面，为每棵玉米根部刨出一个坑，我们在后面施肥，施过肥之后再用脚把泥土盖到坑里。一小勺白色就在瞬间被准确无误地甩到坑里面，仿佛这棵玉米的秋天就值得期待，它就可以安心地抱着自己的婴儿，把它们养得肥硕，籽粒饱满。

父亲和我们几个兄弟的身影很快就湮没在茫茫的玉米地中。可以想象我的身高，在玉米林中左冲右突，施展拳脚，紧跟父亲的节奏，在一个中午体会到农民的艰辛。

当然，还未到中午时，我的额头和脖子已经被玉米叶子边的锯齿拉出了一道道红色印痕，疼痛夹杂着汗水的咸涩，仿佛身处地狱的门口。而我依旧不能停止脚步，所有的玉米都在走向拔节时分，晚一天玉米就会错过最佳的追肥时机。于是，我咬着牙齿继续走向玉米林。

可以想象，玉米林中我的拳脚是如何的柔韧，左脚与右脚的配合，那一勺勺白色的化肥或许已经化为白色乳汁，进入玉米的叶脉，已经膨胀为果实的香色。

我对化肥的嗅觉带着特殊的记忆。有时候会被这种碳酸氢铵熏出眼泪，鼻子酸痛。那时化肥对农民来讲，是弥足珍贵的。有一个年头，家里穷得买不起一袋化肥，幸好在省城上大学的姐姐，发了奖学金，及时从县城买回来两袋尿素。

据说尿素比化肥更加昂贵。我记得尿素是圆形的颗粒，好像并没有特殊的气味。施肥时，爷爷交待，每一棵玉米只施半勺。

那时村西头一家杨姓的女儿在化肥厂上班，每年可以最先从县城弄回来化肥，着实令人羡慕。爷爷也想让我们兄弟几个上学毕业后可以回化肥厂上班，这样每年的化肥就不发愁了。如今县城的化肥厂早在十年前就倒闭了，农村的土地全部撂荒，年轻人都到城市里打工去了，化肥成了遥远的记忆。

而我身在北京，却很少再想起玉米。办公室里有一棵植物，长得和玉米特别地相近。有人说它是一种热带植物，而我更愿意称它为玉米，把它当成玉米来养，仿佛就是故乡天底下迎风而舞的那棵玉米，长成挺拔的姿势，开花结果。

儿子很少喝玉米糁。他对玉米糁完全没有概念。我就是从小喝着玉米糁，吃着炒玉米豆，啃着玉米面馍长大的。那时候吃得最多的食物，一个是玉米，一个是红薯。这两种最淳朴的粗粮，把我养大，让我成人。以至于让我的胃部曾经不适。喝玉米糁吃红薯多的时候，中午不到开饭的时间，胃部就开始泛酸水，发出了翻滚，让胃疼痛。

玉米豆一般人家是不炒的，大概是谁家希望吸引村里的孩子来帮助剥玉米，就炒一锅玉米豆，让孩子们都到家中帮助剥玉米棒。玉米棒子在孩子们的手中变成了一颗颗玉米籽，落入篓中，待篓子里的玉米粒满了，主人起身前往灶火，炒一锅喷香的玉米豆，分给孩子们，孩子们高兴而去。

  那时候我的年纪尚小，不晓得如何炒玉米豆。我只知道，在灶台帮助母亲烧火，就用钳子夹住玉米豆送到锅台的灶里面去，待听到砰的一声，赶快把玉米豆夹出来，小心地收集到一个废弃的铁盒子里。

  等我上小学五年级的时候，平生第一次炒了玉米豆。等到锅烧热时，把玉米豆倒进锅里，刷子不断地翻动，然后等到锅内玉米豆开始有爆裂声，就洒进盐水，再炒一小会儿，就可以出锅。

  炒玉米豆的时候，我仿佛看到了王小。每次帮助邻居剥玉米，主人都会讲述这个故事。王小的哥哥嫂子对王小苛刻，为了不让王小能种出玉米，嫂子把王小的玉米种子放进锅里焙熟。只有一颗蹦到锅台上。等到王小种下玉米，地里只生长出一棵茁壮的玉米。这棵玉米长大一丈多高，结出了棒槌一般大的玉米。王小每天都来照顾这棵玉米。有一天被一只鹰看到，把玉米叼走了。王小紧追不舍，来到鹰洞里，悄悄藏在水缸后。中午时分，老鹰喊出孩子和老婆，拿出一面铜锣，轻轻一敲，一桌子好饭上齐，好不诱人。正吃饭时，王小不小心踢翻一块瓦釜，老鹰吓得逃走，王小拿锣下山，过起富足日子。

  兄嫂看王小没有饿死，就悄悄趴在门缝上观察，发现了铜锣的秘密。于是嫂子如法炮制，炒熟玉米种子，独留一颗生玉米种子在锅台上。于是重复了一遍故事，苍鹰叼走玉米，哥哥紧追不舍，来到鹰洞里。哪知鹰却早有防备，抓住哥哥，拉住哥哥的鼻子说，长，长，哥哥鼻子长了几丈远，用麻袋背着才下了山……

  后面还有故事，只是很多细节已经忘却。这是有关玉米的故事，小时候百听不厌。从玉米的故事中听得了孝爱与善良，如同玉米，不曾选择人家，无论贫富，都一样努力生长，养活天下的农人。

  我也常常成为玉米地的常客，每当玉米葱茏时，这里便成了最好的打猪草场所。玉米地里长满了各种野草和野菜，成为我与野草亲近的乐园。叶草深处，聆听山野的风声，感知山野的心跳，玉米林里此起彼伏的喊声，就是乡村最美的音乐。我在阳光下打量玉米地，它们正在撑起一座农村的脊梁，伴随着炊烟绸绸，升腾起玉米的体香。

  在狂风暴雨欲来时，玉米地是那样的庄严，等待着雨水的洗礼，等待着风的诵经。我感知玉米的正直，它们面对风雨时毫无畏惧，任凭风雨吹打着身躯，依旧相互搀扶，热爱着这片山川和大地。

  我在玉米地里学会了面对自然的苦难，面对自己毫无惧怕的内心。任何岁月的苍凉和萧杀都不能阻挡我热爱生活的内心，任何岁月都不能抹白我头顶的那缕开悟的灵魂。像是玉米，坚强地守护这片贫瘠的土地，怀抱着自己的爱婴。

玉米地的变迁

我曾目睹了故乡玉米地的变迁。在麦子黄梢时,父亲顶着阳光,将一颗颗带着体温的玉米籽粒,种植在麦畦里。等到麦子倒下,玉米,就像是青嫩的女儿家,在夏日的阳光下扑棱棱站了起来。

玉米一天天地长大,好像是一排排威风凛凛的哨兵。那时,我多半是下午放学回家,提着篮子,到玉米地里给猪薅草。我喜欢玉米地里昏暗的光线,这里隐去了世外的嘈杂,仿佛进入了另一个世界。

走在玉米地里,亲切、舒适,仿佛就是自家的庭院。猫腰观察着玉米地里高高矮矮的植物,它们就是这个家庭不可或缺的一员。它们那样自在而恬淡地生活和成长,面对着葱茏与绿意,不在意世外的风风雨雨,等待着季节的更迭。我可以一个下午待在玉米地里,仿佛可以听到自己的心跳;也可以感觉到小虫子的微鸣,或者是七星瓢虫正在玉米叶尖啜饮一滴露水;或者是一只蜜蜂正在一朵花朵上匍匐。我感觉到玉米地里面有一个更加奇异的世界,不同于人类的天空和大地,就在玉米叶子下面存在,阴暗中透露着生机,沉寂中隐含着爆发。

我常常在玉米地里寻找真实的自我。我孤独、木讷,而内心像有一团火在剧烈地燃烧。我感觉到玉米地的宽容,容忍我在它的怀抱里恣意地奔跑、停留,容忍我翻弄它土地上的任何植被,容忍我无言地热爱着这里的一切。

我常常在玉米地里迷失。仿佛这座绿色的宇宙隐去了时间,隐去了方向,只有我一颗怦怦直跳的心。一个下午,我都在与每一株草直视、对话,我认真倾听着它们的语言,观察它们的微笑、颔首和它们的色彩、皱纹,我感知每一片叶子的形状、厚度,揣摩它们的性格。我接受着玉米叶子的轻抚和笼罩,它们笔直的身躯上茁壮的叶片,给我从未有过的安全感。在这里,我感觉到了爱和自由。我忘记了饥饿和贫穷,忘记了歧视和嘲笑,忘记了生命中的焦灼和疼痛。

我常常在玉米地里寻找,不知道是寻找自己还是寻找他人,寻找现在还是寻找未来。我想象着邂逅一株貌美的花,可以亲手移栽到庭院;我想象着有一只漂亮的鹌鹑,张开嗷嗷待哺的嘴巴,等待着我去饲养;我想象着一切的生命,就像是我遇到的这样朴实善良的每一株玉米,它们从这个世界诞生的那一刻起,就成了我生命中的一部分,成了我最亲爱的人。

我也会站在田埂上打量那片汪洋的绿海。在风的吹拂下,玉米叶子互相摩挲和搀扶,像是卷过一阵阵大海的浪涛,此起彼伏,相互招手和摇头,仿佛为整个村庄诵经。我常常忘记了自己的渺小,我想象着变成一阵微风,在杨庄的上空逡巡过所有的玉米林。我想象自己也成为一株内心甘甜的玉米,不断地拔节长高,开花结果,滋润着黄昏的每一缕炊烟。

阴云密布时,玉米地更加肃穆、低沉。玉米叶子被突如其来的闪电照亮,每一株影子都那样端庄而稳健,深沉的色泽里面,透出山村孩童一样结实的肤色。它们一动不动地耸立在河道旁,耸立在山坡下,迎接着愈来愈响亮的雨点声,迸发出一阵阵整齐的行军步伐。雨滴顺着卷曲的胳膊一样的叶面滑落,像是喜悦的泪水,又如痛苦而又痉挛的挣扎,在贫穷时对身体发育的渴望。

我想念那片玉米地,如今它们都已经荒芜。那时,玉米地的世界就是我的整个世界。我仿佛依然置身于一片又一片的玉米林中。这里,不仅有茂盛的苜蓿草,还会有车前子花,有石头,有阴暗的沼泽;这里有蝗虫、青蛇,亦有鹌鹑惊飞。我小手里的篮子渐渐变得丰盛,各式各样的猪草不断涌入我的篮中。如果幸运,还会找到短小的黄瓜、青涩的番茄或拳头大小的甜瓜。虽然,它们都属于野生,都是不经意的开花结果,甚至是从孩童消化道里溜出来的种子,照样被我的惊喜冲淡。

我喜欢这样的世界,没有人发现我的存在,只有一排排的玉米阵,坚挺地织就、挺拔,构成了诗意的世界。我在这个世界里与阴暗对话,心仿佛与玉米紧紧地拴在了一起。我听到了玉米叶子膨胀的声音,听到了它拔节长高的声音,听到了花蕊从玉米梢跌落的声音,我闻到了玉米的体香。

大雨来临时,我无处脱逃。只能躲在玉米地里,无数的雨线洞穿了村庄的孤独,甚至那些院落里嬉闹的孩童都已消遁,只有明亮的雨线带着低沉的声音,在玉米地里奏响。雨水顺着玉米叶子,凝聚成一条条细小的河流,早已把我的衣衫打湿,一切都带水而湿重。泥土开始变得松软,刚刚走过的脚印已经被雨水注满,映照出玉米婀娜的影子。

等到雨停时,我希望走出玉米地。更多湿意的箭镞,似要用清凉的利剑刺穿我的感官。一片片玉米叶子，刚刚洗净，透露出绿色的光泽，刺痛了我的眼睛。

玉米更像是我的母亲，坚守着这座村庄，不断地分娩出怀中的爱婴，又用一个季节怀抱的姿势，显示出她勤劳的本性。母亲是这个村庄最善良的女人，她用弱小的身躯，点燃了村庄的炊烟。

当年参加工作，母亲送我出山时，要走过村口茫茫的玉米地。清晨的浓雾几乎遮挡了山脉和道路。母亲个子矮小，紧紧地追在我的身后，直到追不上我了，才在河道边停留下来，久久地站立成一座凝固的雕像，玉米林挡住了我回眸的视线。

我怀念那片玉米地，怀念玉米地的微风。在炊烟四起时，母亲和我的兄弟姐妹们，曾经共同劳作在这片土地上。虽然清贫，那时的憧憬，似要在玉米地若干年后的秋天，生长出金子一样的未来。

第四辑　离乡情深

如今，三十多年的时光已经飞逝而去。眼前这片白杨更显古老。它们的树干已经有四人环抱那么粗，白色的树干直插云霄，无尽的绿色海洋覆盖住了天空耀眼的阳光。我抬头望去，叶隙里细碎的阳光如银，闪耀着生命的光芒。风正在树梢巡游，杨树叶子泛起汹涌的河流，又将滚滚的涛声传递向远方。

团城，团城

团城山回不去了，鸡冢更是杳无音讯。

离家已近三十年，三十年之中，家事变迁，故乡的风土人情早已风干成一片枯叶，珍藏在我心灵的相册里。

家的记忆是温馨的，童年的记忆是永恒的。故乡，那片贫瘠的土地上，养育着我的身体、我的灵魂。那卷风雨不朽的历史铸就了我钢铁般坚硬的臂膀，让我在人生的历程中走得从容而坚定。

我想念那些巍峨的群山，它们从我记事起，就始终定格在我的视野里，无论春夏秋冬、严寒酷暑，大山敞开它博大的胸怀，将村庄紧紧地搂在怀抱里。它是那样的仁慈，无论人们怎样在它身上撒野动怒，它始终带着和蔼可亲的面容矗立在那里。

家乡四面环山，名叫团城山。山并不太高，却十分雄浑，茫茫苍苍，重峦叠嶂。在它的每一片角落，都曾留下我童年的梦想和期盼。

童年是饥饿的。饥饿的我常常抱住母亲的腿要吃的。每一次，母亲总是在灶台边忙碌，而一日三餐基本上都是玉米糁。因为粮食有限，所以母亲总是精打细算，以免到了年底揭不开锅。村子里有钱的人家一日三餐都会吃上白面馍或米饭，这对我来说是可望而不可即的事情。每次到外面去玩，看到和我一样大小的孩子手里拿着白馍津津有味地吃着，我的口水就只能往肚子里咽。

母亲每次开始笼火做饭，我便会跑到灶火边去，或者帮母亲烧火，或者帮母亲拿瓢到屋里舀粮食，因为每次等到饭快要熟的时候，能够最先吃到，特别是做面条的时候，还能跟娘要几根面条用柴枝挑了在火上烧熟了来吃。有时候娘还会把剩余的面团拍成一个椭圆形巴掌大的面饼，用槲叶包了让我放在热灰里烧了吃。蒸米的时候，母亲会把蒸到半熟的米饭用笊篱捞出来，米汤盛在盆里，再把米饭倒进锅里，盖上锅盖蒸。我会在盖上锅盖之前，要求母亲留一勺半熟的米饭给我吃。即使是玉米糁饭，或者是有红薯的时候，锅里的红薯尚未煮熟，我也要母亲给我捞出来几个小的，放在凉水里冰了来吃。

那个灶台简直就是我饥饿的救星，我一边烧火一边烧红薯、烧玉米、烧豆子。母亲十分宠我，在那个年月，给我印象最深的就是寒冷、黑暗和饥饿。跟着母亲，我饥饿的肚子得到了莫大的安慰，让我对母爱的体味非常深刻。那时候，二哥、三哥都在上中学，我还未上学，等到他们放学回来，我就像箭一样飞快地跑到厨房里，拿了自己的铁碗站在锅台边等。二哥常常批评我"紧嘴"，说我不上学急着吃饭干啥？二哥说我的时候，我难过地要哭了，就站到二哥的后边去，或者就站在厨房的土坯墙后面等着。

等着夏秋之交，山上的杏子要熟了，于是我一个人到山上摘杏子吃。杏子树不是很多，很难等到杏子发黄，就被村子里面的人摘光了。所以杏子泛青的时候，我就拿着口袋到山上去找。有的杏子树不结果实，有的长在高高的悬崖上。一般的树我可以爬上去，只是人太小，只能够摘到离树主干最近的那些。有一次，我在西寨的山岭上发现了一棵杏树，这棵杏树虽然不大，但树上却结满了杏子，有几个杏子比大拇指头尖还要大，在阳光下泛着白色的光芒，让我兴奋不已。只是这棵杏树长得太修长了，我爬了半天，裤子挂破了，手掌擦出了血，却无法将杏子摘下来。最后在我仰头企图伸手摘杏子的时候，一块杏树皮掉下来，钻进了我的眼睛里。我的眼睛磨得又疼又胀，只好空手回家了。

晚上，奶奶给我吹了半天眼睛，仍是不行。我自己端了盆清水一遍遍地清洗，还是没有洗出来。第二天，眼睛就睁不开了，而且又红又肿。爷爷领我到村后连孩家里，他娘常常到各处寺庙里烧香拜佛，据说身上有法力。她虽然满头银丝，但却精神矍铄。而且比我的辈分还低，她很热情地为我施法。她让我坐在院子里的一棵小枣树下面，然后用手拨开我的眼皮，看了看。又问我，是不是一棵分叉的杏树？我想了想，点了点头。然后她对着我的眼睛朝一边吹了三口气，然后问我磨不磨。很奇怪，眼睛确实感到轻松多了。

除了摘杏子，山上还有毛桃、葡萄、猕猴桃、野栗子、八月炸、柿子。八月炸因为常常挂在高树上，因此吃得不多，其他的都是我童年最亲密的伙伴。在那个年头里，我和哥哥、父亲到山上去拾橡壳、杀荆条或者背柴火等，每次遇到野果，总要一次吃个够。特别是拾橡壳，基本上都是要过了中午才往家赶，有时候到南山上去，到了太阳快要下山的时候才回家。那时候，山高路远，常常饿得饥肠辘辘，碰到了野果，仿佛看到了圣果佳肴，总是会放下拾橡壳的篮子，爬到树上摘下来吃。吃葡萄满嘴流紫，牙也酸倒了，口袋里装满了才肯罢手。

没有摘到野果吃的时候，就跑到人家的红薯地或者萝卜地里拔几个红薯萝卜生啃。那时候感觉红薯和萝卜就是世界上最好吃的东西，吃完后，浑身的疲惫在清风的吹拂下，忽然减轻了许多。望着山下袅袅的炊烟，忽然双腿又平生了行走的力量。

山下就是村庄，山道弯弯，迂回盘旋。看到那些小似蚂蚁的村庄，心中便多了一丝安慰。那是我们取暖和可以躲避风雨的地方，虽然它并没有城市的豪华，虽然它简陋破旧、墙体歪斜，但却是我心中真正的家园。

如今，我懂得了故乡的真正含义。那时，故乡如同生母一样，怀着一种博大的慈爱，给予我生存的勇气和追求生活的动力，给予我在风雨中像燕一样搏击的信心。我从此学会了像大山一样拥有宽厚的胸膛，像小河那样乐观地歌唱。

在收获的季节，我下地劳作，和玉米、小麦、稻谷站在一起，融合在一起，我可以在田野里安静如一棵小草，聆听田野里最动听的声音。

团城在不断地发展和进步着，当它在我的内心定格成一颗永恒的星辰，不断向我传递着信念的光芒。经过三十年变迁，奶奶、爷爷、母亲相继去世，在我心中留下了永久的痛。而故乡却愈加值得我牵挂，牵挂着那些山水，那些庄稼，那些不定的风雨，那些如烟的往事。

故乡成为一座内心的雕像，它犹如母亲生前的脸庞，一直在我心中悬留。无论远近，事业和生活变得庞杂，对故土的思念变成了真正的奢华，成了内心最高贵的精神食粮，在深夜中仿佛一盏马灯在梦中不断地摇曳。

团城山的记忆十分遥远，又十分贴近。虽然在千里之外，但却藏在我的内心。那些记忆的碎片不断地破碎又不断地组合，像大海的浪涛一样不断拍打着我内心的琴弦，发出了美丽的弦音。

何时再回团城山，半年前我命了这个题目，半年后再重新提笔来写，匆忙间留下极端潦草的文字，算是对故乡的思恋有一个匆忙的总结。

新的一年来临了，旧年里一切成为茫然。失落和茫然竞相咬啮内心，在我的生活里交杂混沉，让我的内心充满了对未来的揣测和疑惑。只有故乡，只有团城山水和人物让我的内心产生了片刻的宁静。

万 物 有 序

我家老房子门外有两座高高的石砌月台，中间有十级石头台阶，从堂屋通向院子。

这两座月台是我童年读书写字的地方，也是祖母夏天晚上纳凉的地方。月台不大，只有两米见方。但却是我家不同于村子其他人家的标志。据祖母讲述，是我的曾祖母眼睛失明，为了方便进出屋门，动员爷爷修建了月台。只可惜爷爷刚刚修好月台便意外离世，于是月台就横亘三代人的生命时光。

不管岁月沧桑，月台始终坚守着自己的使命，从不懈怠。对于祖母来讲，一切事物都要在其应该存在的位置，不能轻易改变。如同夜空中的星座，它们每夜在头顶固定的位置闪烁，从不发生偏移。而家中的什物也应该存在于固定的位置，随时处于可控状态。它们存在的信息被记忆标注，不会产生任何差错。

祖母每天固定的一项任务，就是归拢家中的东西，让它们及时归位。镰刀放在里屋的门后，镢头放在牛屋门口，剪刀放在高桌西边第一个抽屉，我的作业本、钢笔和墨水放在第二个抽屉。就连不同的粮食也摆放有序，堂屋紧挨着高粱秆扎成的隔墙，是一条一尺宽一丈长的板凳，板凳上从里向外共有四个一尺高的瓦罐，从里向外分别盛放玉米糁、玉米面、白面和大米。更多的时候，这些瓦罐极度空虚。盛放大米的瓦罐只剩下底部稀少的米粒，时常揭不开锅。

祖母将自己唱经的铜钵放置于第四个抽屉。原本高桌四个抽屉都有归属，我们兄弟四人各分一个，分别放置各自喜欢的东西。三哥的抽屉里放满了小人书，二哥的抽屉里放满了他喜爱的烟盒、电池垫、口琴等若干玩具，偶尔还会有糖果。第四个抽屉原本属于我，但我年纪尚小，并未有属于我的东西存在。里面放满了父亲的钳子、剪刀和母亲纳鞋底的锥子、五线盒，包括祖母的铜铃。祖母唱经的时间并不多，一般都是过年向先祖敬香完毕，取出跪垫向众神跪下，边敲铜铃边颂唱。颂唱的内容都是现场自编的，我大概听出是向先祖报告子孙成长情况、粮食收成情况以及祈祷家人平安等内容。祖母编出的词连贯押韵，和着铜钵清脆的节奏，感觉有人神相存的氛围和情景。现在想起来，祖母的文学创造力也是相当厉害，她像许多先人一样，并不依靠文字而是靠口口相传的方式完成了祖代文化的传承。

每天晚上，在大家都已经回屋安睡后，祖母先要查看院门屋门是否拴好，再看院中的衣物是否已悉数收回屋内，散落各处的家具什物是否都放回了固定的地方。有时候，即便是安睡，只要想起还没有检查哪一项，她也要再起身检查一遍。这是她每晚必修的功课，几十年如一日地坚持，直到她去世。每每天色已晚，假若家庭成员中还有没回到家中的，祖母便会担心异常，常常打发其他家人去一路迎接或寻找。我有几次放学贪玩回家晚了，祖母发动父亲和叔叔到放学路上和可能的山野四处寻找，唯恐被人绑在树丛里或者发生什么意外。

在祖母眼里，一切事物都会在固定的时间和固定的地点出现或存在。夜色降临，夜空繁星闪烁，院落内洒进一院子的星光。祖母常常指着头顶最亮的星对我说，看，这是"大慌张"，到了午夜"二慌张"也会升上头顶，等到"三慌张"赶过来，正是月亮落下、太阳升起的时辰。祖母并未告知三个"慌张"的含义，也不知道"慌张"的原因，我常常以为"大慌张"、"二慌张"和"三慌张"分别是桃园三结义的刘备、关羽和张飞，而"慌张"一词用于形容岁月飞逝竟然如此贴切。祖母观察着每一颗发着红光的星星，曾对我说，那一颗红色的就是你，你勤奋读书，将来到了京城当了官，就能为百姓说话。然后指着各处的星星，分别辨认出哪颗是姐姐，哪颗是大哥、二哥、三哥。祖母的话语让我倍感心胸开阔，仿佛自己置身于万里星空银河，游动在宇宙万物之间。

祖母的担心不无道理。万物皆有序，事物的发展一定会沿着预定的道路前行，伴随着无法预料的风险。但只要怀着感恩世界的心，坚韧不拔地坚持，一定能够实现目标。我在毕业后最先到了工厂上班，工厂的秩序更加规范。高温高压的管道按照一定的路线排列布阵，油箱的高低与体积也都是预先设计，机器的转速、汽轮机喷嘴开放的角度、电磁振打的频率和我们上下班的时间，也都毫厘不差。我们在固定的时间出现在固定的位置，甚至我的生物钟也适应了倒班的节奏，半夜十二点准时苏醒。有时半夜去锅炉机房或者汽轮机房巡检，每到一处机器，一定要观察它们的表计、指针是不是在正常的范围内，有没有超出范围的震动或发热。我沿着指定的巡检路线，重复一年又一年的时光，在机器的轰鸣和运动中走过了青春最为宝贵的时光。有时候走到没有灯光的黑暗角落，内心突然感觉有些崩溃了，有一个声音不断地在内心叩问，你要在这个位置上一直存在下去吗？如此机械的生活，仿佛陷入了一个巨大的工业定律，不断地验证并得出相同的结果。而生命中曾经执着的理想，在机器的高歌声中不断地萎缩消失。许多和我一样的工人，每天带着绝缘手套，挥动着巨大的扳手，把黄豆般大的汗珠砸落在机器上，化为咸涩的盐粒。有时候我听着对讲机传出的指令，仿佛这个声音来自另外一个世界，而它并没有任何的温情和暖意。我有些动摇了，读书多年，最终就是为了满足物质的生存？我不断地问自己，反复地质问内心。

最终我还是走了，离开了那个原本属于我的工业世界，像一颗电子偏离了轨道。但我知道，虽然人员不断地变动，但那座工厂依旧，它依然在固定的地方坚守，直到时代已经不需要它。我找到了自己不安分的心，我可能属于另外一个世界。在这个世界上，我可以自由表达内心的爱恨，而不是永久地悬挂着坚硬的面具。

当我走入城市，一切仍然是那么有序，甚至找不出有任何与以往不同的破绽。警察站立在路口，他们在固定的时间出现，指挥着来往的车辆。红绿灯明灭间隔，已经被输入程序。连同花朵盛放的时间和节令，也相差无几。我的背部开始佝偻，眼角的皱纹出现，走路的姿势愈发雷同于父亲。我开始担心生活中的风险，或者经常有一丝对未来的担忧。如果突然的暴风雨挟裹整座城市，还会有什么东西能够改变命运的轨迹呢？

也许没有答案。生命早就给了你遗传的基因，让你在宇宙中找到你的归属。我的记忆开始出现短路，有一天会记不起自己曾经说过的话，自己走过的路，担心有些东西会在自己的眼前丢失，再也找不到它们的位置。

我也学着祖母，把一些生活常用的必需品存放在固定的地方。例如钥匙和身份证，永远都在随身携带的包里。剪刀和螺丝刀，也都特意安放在阳台的工具箱里。我已经没有了寻找东西的时间，岁月已经不允许我再去寻找。我也将尽快整理脑海中尚存的记忆碎片，将它们存放在文件夹里，以纪念那些未来得及讲述就离世的亲人。

行 走 远 方

在杨树林里行走的脚步是超脱而又淡然的，所有的阳光都集中在了树梢，在风的吹拂下发出了浪花一样的声响。若干年后我走在一片异乡的杨树林，面对明媚的阳光，有些不知所措。

童年时，院子里有四棵高大的杨树，树荫覆盖住屋顶，衬托出屋脊的苍老。麻雀在杨树的枝头嬉戏，发出了欢快的鸣叫。春天的时候，杨树开出了毛茸茸的红穗子，落在水沟里，落在猪圈里，落在院子里的玉米垛上。我喜欢捡那些依然带着生机的红穗子，像是刚刚从冬天的枝头诞生的灵魂，带着虫子一样的身躯，耳坠一样的飘忽与轻盈。当泥土地并未完全苏醒，河流的岸边还长着冰碴，满树红穗子在风中飘忽，仿佛是春天来临的宣言。等花儿落尽，绿色的手掌一般大小的杨树叶子带着油嫩，在树枝间蓬勃生长，爆发出春天的生机。杨树像是我们四兄弟，并排站立在路口，守护着院落的寂寞，陪伴着父母忙碌的身影。

夏天来临时，树荫遮挡住天空的炎热，给一家人带来了无穷的清凉。我盛了一碗饭，坐在杨树下面的石头上，慢慢来吃。斑驳的墙壁透露出岁月的裂纹。墙上是多年前父亲用粉笔记下的豆腐账：张栓2.5斤，小狗儿1.5斤，栓柱3斤。几多风雨，笔迹仍然清晰有力，仿佛还铭刻着父亲在豆腐坊彻夜忙碌的身影。杨树叶相互摩挲，在我的头顶侃侃而谈，又将浓黑的影子撒落进我的粥碗里，飘散在我的肩头。我看到碗里面还有一双好奇的眼睛，鼻尖上有一颗黑痣，稚嫩的脸庞在碗的底部晃动。

爷爷放牛回来，会把几头牛分别拴在不同的杨树上。牛儿摇着脖颈上的铃铛，站在杨树下的树荫里反刍，又将牛粪拉在树下。我的任务，就是拿着比我个头高许多的方头铁锨，不断地将牛粪铲进院落边缘的粪沟里。粪沟渐渐满了，每过上三两个月，父亲用粪叉把粪清理出来，用筹头挑到菜园子里，为青菜施肥。

杨树下也可以摆上棋盘，兄弟俩坐在棋盘两头，用手在地上划出方格，石子和电池壳做成的棋子，在各自的线路上不断跳跃，被赋予了新的使命，在树荫的摇动里获得了鲜活的生命。母亲常常站在杨树下的猪圈旁喂猪。除了准备一日三餐，喂猪也是母亲必做的功课。生活不富裕的年代，猪吃的是厨房里剩下的泔水。有时候母亲会给猪煮一些麸子或者野菜，期望猪长膘，一家人过年可以吃上肉。猪多数时候都躺在猪棚下睡觉，玉米秆搭的猪棚，可以遮风避雨，在炎热夏季撑起一片清凉。母亲从厨房端出一瓢猪食，"唠唠唠"地呼唤着，猪从睡梦中惊慌失措地呼噜呼噜跑过来，一头扎进猪槽，吃得欢实。有时候，泔水太稀，猪就把头抬起来，久久地望着娘。

杨树下，我和隔壁家的秋红还启动了一场特殊的"婚礼"。那时我并不清楚这是一个过家家的游戏。我们假装在杨树下摆起盛大的"婚宴"，假想各路亲戚朋友从远方而来，有送面的，有送鸡蛋的，还有送钱的，都被我一一接进窄仄的巷子里，在杨树下就座。秋红用她的上衣裹了一块石头，羞涩地抱在怀里，当做满月的婴儿。不时还假想着有许多人过来夸奖"婴儿"的好看，一一向客人回复。我则把杨树叶在石头上捣碎，作为宴请来宾的美食。

秋天来临时，杨树叶子变黄坠落，满院子的落叶，纷纷扬扬飘洒在秋风里。父亲从地里收回来玉米，带着穗子胞衣绑在一起，挂在高高的杨树上，储备过冬。来年开春前，父亲搭了梯子，又爬到杨树上将玉米取下来。有一次，父亲在树上往地上扔玉米，不小心扔在树下捡玉米的母亲头上。母亲带着一圈带刺的发卡，铁刺牢牢扎进了母亲的头皮里，我取了很久才取出来。

后来，村里来了一个专门做桌椅的木匠。父亲把木匠请回家里来，把院子里的四棵杨树砍了，做了三张床、两张桌子、十六把椅子。记忆中的白杨树，化身陪伴我的什物，摆放在屋内各个角落。它们体内交织着岁月的纹路，在桌椅上呈现出木质的清香。空荡荡的院子里只剩下四个木桩，把杨树的记忆埋在了地下。

村东头河边也有四棵粗大的白杨。每当我远远靠近村口，高高的白杨树就向我早早地发出召唤。它们站在村口的姿势，像是祖母和母亲的身影，曾经在我归来或离开故乡时，长久地伫立和等待。这四棵白杨树干笔直粗大，是村口必经之地，因此树干常常被贴上各种告示和广告。如大量收购橡壳、血参根、白蒿之类的，也有谁家请说书戏或者放映电影之类的。有一次我和三哥从乡里回来，发现树干上贴了一张黄纸，上面用红毛笔写了几行字：天惶惶，地惶惶，××家有个好哭郎。过往君子念一念，一觉睡到大天亮。毛笔字无疑是请人写的，小楷，粗细均匀有力，像一首诗。我就去问三哥，这张告示有什么用途。三哥看了答曰，这是××家的孩子半夜哭闹，贴的符。当时倒不觉得奇怪，农村贴符的人到处都是，但这张符倒觉得十分可爱。我想过往的人不一定可以带来哭婴灵魂的安定，至少白杨树的宁静正直一定可以传递给孩子一些爱的意念吧！

如今，三十多年的时光已经飞逝而去。眼前这片白杨更显古老。它们的树干已经有四人环抱那么粗，白色的树干直插云霄，无尽的绿色海洋覆盖住了天空耀眼的阳光。我抬头望去，叶隙里细碎的阳光如银，闪耀着生命的光芒。风正在树梢巡游，杨树叶子泛起汹涌的河流，又将滚滚的涛声传递向远方。我徜徉在白杨树下，内心仿佛被无限的感动充满。我想开口说出什么，向着故乡的方向，向着自己苍老的那颗心，向眼前的白杨树倾诉。但我始终未能说出口，因我已经在白杨树面前，找到了自己熟悉的乡音和纯朴的灵魂。它们像我的父亲或者母亲，只要在它们面前一站，一切都不需要表达，视野内的遥望就是爱意最好的流露。

南 山 行

月亮还挂在天上,父亲就带着我上山了。

四周的山坡和河流都还沉浸在厚实的白雾中,村头的几棵白杨树依稀可辨出一片朦胧的轮廓。鸡还没有叫头遍,各家的狗也都还在沉睡。我小步紧跟着父亲,手里攥着一把薄镰。跨过村西头的一条小河,越上一片玉米地田埂,穿过我家的一块玉米地,翻上四银沟的低矮山坡,南山的路途就正式启程了。山路隐藏在低矮的栎树丛中,时而遮挡了父亲的背影。月光安静皎洁,似给田野镀上一层白霜。父亲把双手背在身后,竭力控制住脚步的频率,但我毕竟双脚稚嫩,渐渐和父亲拉开了一丈远的距离。

在我没入学之前,父亲常常驮着我去看戏。我记得坐在父亲肩上行走的感觉,幸福而又困意朦胧。父亲行走的脚步声被空旷的田野放大,回声传递进我的耳膜。睡意中的我感觉一会儿方向朝前,一会儿又觉得方向向后,恍惚间已经到了家门。

我已经上小学三年级了,该为这个家庭做些什么。除了每天早上起床帮着祖母洒水、扫地,帮母亲烧火做饭,似乎帮父亲干活的时间很少。父亲的行踪一般都在山上,喂蚕、砍柴或者刨草药,遥远的距离让我心生畏惧。这次跟随父亲上南山杀条,是我自己主动提出的请求。第一次跟父亲上山劳作,至少可以拥有一把锋利的镰刀。在我更小的时候,祖母坚决不让我动家里任何带刃的铁器。她把所有锋利的器具都放置在屋内阴暗的角落,床底下或者是牛棚里,剪刀则锁在堂屋的抽屉里,只有母亲做鞋的时候才拿出来用。祖母的担心不是没有道理,后来发生的意外的确让我意识到铁器伤人的惊惧。三哥和二哥因为《西游记》中的一个片段发生了争吵,二哥随手把母亲箩筐里纳鞋底的锥子甩向三哥。锥子在空中翻了几个旋,锥尖牢牢地刺进了三哥的膝盖。为此,不得不请村里的村医来,费了九牛二虎之力才取出来。

我始终坚信自己可以独立使用这些铁质工具。为特地证明自己的能力,小学开学第一周早上，我偷偷起早揣上镰刀，跑到门前的山坡上杀了十根荆条，还学着父亲用茅草打成一个捆，扛着回来。祖母破天荒没有追问我拿镰刀的事情，还当着父亲的面夸奖我能干，这份内心激起的骄傲一直被我珍藏于心。

和父亲一起上山杀条，我的内心有一种保护父亲的幼稚想法。头天晚上，父亲在院子里向母亲提出去南山杀条，我就对父亲有些担心。南山距离村子大概二十里山路，空手一个来回也要走上两个小时。南山人烟稀少，悬崖断壁众多，而且听村头小军说，剃头匠的娘就在南山失踪，据说是被狼叼去了。虽然我年纪稍小，但至少在心理上给父亲一个支持。想不到父亲同意了，大概是他知道穷人家的孩子应该早当家，自己的儿子也应早点学会干农活。

父亲后半夜摸起来，喊醒我，到院子里磨了两把镰刀，就出发了。这是我第一次跟父亲上南山砍荆条。平时上学期间，都是父亲一个人到北山去杀。这种荆条，遍布山野的沟沟坎坎，类似于一种质地柔软的灌木，被县城附近的煤矿收购用于填塞废弃的矿井。印象里面好像是四毛钱一捆，等我后来上了初中，才渐渐涨到一块五甚至两块。由于北山杀荆条的人过多，荆条已经几乎被杀尽。南山离村子的距离比北山远上一倍，去的人少，所以父亲决定去南山。

路过四银沟那棵柿子树的时候，我的内心不由升起一丝恐惧。柿子树下埋着一个女人，据说是村西头杨老师的妹妹，喝毒药死的。死的时候还不到二十岁。据说是不满父母为她找的婆家，一气之下喝了一六零五。每次上山路过的时候，我都忍不住要扭头往阴坡上看看。那面黄土半坡上有一棵李奶兔柿子树，更加衬托出一片阴暗的气氛。我刚入学的时候，就在这条沟隔岭的三间瓦房里上一、二年级。柿子红的时候，我还和几个同学来捡过柿子。那座坟就在柿子树下，坟头上长满了茂密的迎春花。

越过山坡，面前呈现出一片平缓的山坡，视野到达了另外的高度。这里更高的山峰从山脊上突兀出来，笼罩在一片深浓的静谧里。不时有鸟叫声从山林里传来，四周涤荡着一片空灵的回声。翻过一座山梁，开始下坡。下坡路尽是麻骨石，四周被一人多高的栎树林覆盖。沟里住着两三户人家，其中一户已经搬到了外面，另外两户院子都垒着高高的木头栅栏。据说搬走的这一家靠近里山，狼背走了他家的猪，还咬伤了他家的骡子。

沿着山谷底部走了半个多小时，就真正到达了南山的主体山系。层峦叠嶂的南山是伏牛山脉的一部分，茫茫苍苍的山岭陡折盘旋，被高大的灌木丛和山石充满。每一道山岭最终都相互交汇，汇总到一条东西向的山麓，像是一条缠绵多须的树根，蜿蜒不绝。攀爬上南山的路，星星已经落了，森林的树梢开始发亮，除了山谷内笼罩着一层紫霭，道路已经依稀可辨了。

南山的道路崎岖难寻，多半被陈年的树叶覆盖，稍不留心就可能迷了路。进了南山原始森林，千万不能走岔路，一定要沿着山脊走，不然就会走进另一道山梁。在这里，类似的小路，类似的山谷，类似的场景，一旦迷路，就越走越深，越走越远。

走上一道山脊的斜坡，天已经大亮了。令人惊喜的是，山坡的丛林里布满了红条。这种红条虽然没有北山的荆条柔韧，但也是农人们瓦房上扒薄的原材料，特点是结实耐腐蚀。我和父亲开始快速收割，大概一个小时，已经收获颇丰，地上堆满了一堆堆红条，可以打捆下山了。

我的荆条捆只有父亲的三分之一粗细。大概是父亲看我第一次上山，担心我累着，把我的那一大部分荆条都捆在他的条捆上。即便如此，我扛起荆条捆的时候，还是打了一个趔趄，肩上的沉重让我觉察到生活的艰难。我和父亲一前一后背着荆条下山，背着清晨的阳光，驮着南山的清雾，行走在回家的途中。

第四辑　离乡情深

吃　桌

　　那是一段十分珍贵的记忆，四十年的时光并没有将这段记忆抹去，反而愈加清晰。甚至大家坐在一起的喧哗，筷子与汤勺相互碰撞的声音，仿佛仍在耳边。

　　凡是村里亲戚有结婚的喜事，街坊邻居大抵都会扼一篮子白面，上面放上几个涂了红纸敷印的鸡蛋，盖上干净的毛巾，送到结婚人家去，在那里等着吃桌。母亲去送白面鸡蛋，一般都会带上我。因为家里贫穷，去吃婚宴这种事，胜似天堂走过的一场欢喜。跟着母亲早早地在堂屋的四方桌子旁就座，等待着菜肴上席。一般是先上甜点，比如炸糖角果子之类的，因为盘子里的数目有限，大家便一哄而上，分秒就只剩下空盘子，连碎屑都不曾留下。我坐在那里有点拘谨，母亲也没有桌上的老太太出手快，大多数时候只能望盘兴叹。有时候，连续几次都空手的时候，我十分地失落，母亲则会说上一句，大家别拿多了，俺家孩子还什么都没吃到呢。

　　小时候，吃桌是母亲带给我最好的竞争教育。它让我学会了如何去争抢食物，如同动物面对眼前的猎物，因为争夺而厮杀，毫不顾及尊严。经济基础决定上层建筑。尊严因为体内的饥饿、物质的匮乏而失去。它逼迫人们不再需要面子和修养，对一个糖角做出夸张的动作。

　　我从小文弱，不善于抓取。在家里，兄弟几个面对一张饼、一块面包，都会正襟危坐，等待着父母拿来菜刀，平分食物。为此，我家落了一个不好的名声，分食的传言传遍全村，成为笑柄。

　　在强盗面前，哪有公平的道理。先下手为强，这是弱肉强食的自然规律。可惜兄弟几个都不是强盗，我们渴望平等对待，谁也不苛求多一点溺爱，谁也不希望旁落，哪怕谁也不吃，也不能失去了心理的平衡。

　　吃桌时分明是市场规则，谁眼疾手快，谁胳膊长不嫌丢丑，不等盘子落下，手里面就已经攥上了。大家也并没有因为争抢不到而相互争吵，相反，抢不到的

北山草木记

自认倒霉。大家都承认吃桌的规则，竞争的残酷性。面对一盘有限的红烧条子肉，老太太会从口袋里掏出手绢来，迅速地夹上两块，用手绢包了，塞进衣服口袋。我知道她一定有自己的孙子，有自己的儿子闺女或者丈夫。她的爱通过抢夺表现出来，把有限的资源分配到自己的口袋里来。

我权且不把这种行为列为自私。在现在看来，这种事绝对不会发生。因为人们已经从吃肉改为喝粥、吃野菜。物质的丰足让人们不再因为食物自私，而吃桌已经成为一种延续传统的形式。我记得在电厂工作时，但凡同事们结婚请客，刚刚落座，就已经有人离席了。人们参加婚宴不再以吃饭为目的，而是变成了面子。

那时村子里吃桌，是真实的吃桌。大家吃相各异，生吞活剥，恨不得把桌子啃了去。吃桌这种事，基本上是女同志干的事。也有村子里的男同志们参加的，他们主要目的是喝酒。我小时候并不会喝酒，也不明白酒场上的道道。与其说是喝酒，倒不如说是斗酒。一伙年轻人坐在一起，心态各异。有些人酒量好，屡喝不醉。有些人几杯下肚就开始说胡话。我观察他们的表情，愈加弄不明白了。喝酒也能喝出个输赢。几个人两两猜枚，五魁首，六六六，四季发财，八方进宝。反正不单喊数字。开始的时候，并不懂猜枚究竟是怎么赢的，后来才明白，他们是在做加法运算。两人手伸出的数加起来，等于你喊的数，你就是胜者。赢的笑看输者喝酒，爱喝的人输了，脸上仍表现出失望的样子，不甘心地喝掉。喝完还要咂一口酒杯，表示酒杯喝空了。喝酒持续一个下午，可能还要持续到灯火上来。总有几个倒下的，被人搀扶着回家。

我跟随着母亲，和村子里各家孩子的母亲坐在一起，感受着母爱的泛滥与争夺。母亲也会抢上几个花米团，迅速塞给我。我很快就吞进胃里了，那时候觉得花米团可能来自上帝之手，米香膨胀出巨大的满足感、幸福感，洋溢在整个房间。我觉得母爱在每个人的饭碗里流淌，都是那样的狂烈，不拘一格，甚至毫不修饰，相互媲美。

不仅是喜事，还有白事，我也曾经去过。出生和死亡，两种记忆，相互衬托，愈加鲜活如初，只是氛围极其不同。大概是五岁左右，跟着会做木匠的爷爷到邻村吃桌。到了地方，才知道与其他吃桌不同。一桌子人坐在那里，安静异常。桌子上只有一个瘪了肚子、边缘低伏不平的铝盆，里面盛放着一盆炖萝卜，萝卜中间隐约可见几块肉。每人发了一个馒头，一双筷子，就着吃了完事。对于我来说，能吃到馒头，已经是最大的满足了，况且还吃到了一块儿薄肉片。爷爷忙着给人家刨棺材，我就坐在那里看。为了填饱肚子，敢往死者的地方凑，对我幼小的心灵也是一种独特的磨砺。

　　姐姐出嫁时，父亲带着我去吃桌。那是一个初冬，道路上到处泛着白霜，寒气逼人。我已经是十一岁的初中生，第一次出远门坐班车长途跋涉到县城去。到了地方，还没上桌，人就发上高烧了。混混沌沌躺在姐夫老家的椅子上就睡了过去，等到醒来已经是日薄西山了。当时心里特别的失意，姐姐比我大了近十岁，从我记事起，她就到省城上大学了，一毕业就远嫁他乡了，总感觉姐姐对我的爱，被人掠夺去了。晚上吃过晚饭，姐姐姐夫商量，第二天父亲先回去，趁着寒假，让我在县城住上几天。我听了心里十分担心，第二天天没亮，我就偷偷拉开门栓跑到门外的麦秸垛里等着。等父亲出来的时候，我就紧跟上去，死活不愿意住下来。

　　当时内心不知道在担心什么，可能是面对另外一个家，有一种对陌生氛围的恐惧。害怕被亲人抛弃，害怕离开自己相濡以沫的亲人。那个家虽然贫穷，吃不饱，穿不暖，但那里有父母的疼爱，比任何物质的富有都值得坚守。

回 归 宁 静

在雨中等待着虚无。所有的灯光都将变得如此柔弱，带着几分倦怠。

我等待着谁？黑夜的脚步，走在草丛中，沿着花园的黑暗，悄无声息地靠近我的心。

父亲走后，我再也不愿走到黑暗的地方去。每天晚上，走到门口广场那些灯光下，仿佛在寻找什么，仿佛要遇见什么。我心头依然会发出恍惚的错觉，灯光下坐着的是父亲吗？

我等待着父亲的归来。北京，这座遥远的都市，能否承载我的亲情？在苍茫的风声里，枝头的夜色更加浓重。树影在地上蹒跚行进，一场又一场安静的夜，裹挟我走过梦境一样的时光。

一个人苍老的时候，会觉察到生命的空洞。我来回踱着脚步，每一次转身，都像是翻过了人生的一次篇章，可它们又是如此雷同，面对着熟悉的街道，陌生的行人，在沿着道路边缘行进。我们不会在这些轨迹上留下任何闪光的印迹，只有用目光送他们远去。

远去的灵魂，到底去了哪里？父亲走的时候，我坐在夜色笼罩的屋檐下，苦苦思索这个问题。院中依然落满了星光，枣树还在坚挺着发芽结果，葫芦还在柴捆上悬垂。父亲的灵魂在哪里？一只蝴蝶在我的眼前逗留，落在我的膝上。它是父亲最后的眷恋？

我是父亲最小的儿子，而如今却又走得最远。在父亲最后的时刻，他也没能和我说上一句话。躺在病床上，已经难以辨清眼前一切的他，只是痛苦地啊了一声，仿佛把晚年的痛苦都倾诉在了我的面前。

没能等到父亲再醒来。在医院进电梯的时候，姐姐哭了出来。我小声地安慰着她，自己也忍不住含着泪水。父亲走过了苦难的座座大山，却未能看到世间幸福的时光。

我跑去给父亲买寿衣，买穿戴，买纸钱。一切都将不再了，故乡的幕布又被拉上了一半，眼前只剩下自己的路，只剩下父亲交给我的使命，只剩下父亲的疼爱，在风雨中转换成无尽的悲伤。

风雨无尽，父亲安歇了。一生劳碌的父亲，到最后一刻都没有停下脚步。

我只有在雨中等待。这样的夜色中，分离出了亲情的血水，又如此的令心情反复。只有茫然望着不远处的灯光，开始出现了不安的飘离。

世间的万物，仿佛都已经化为父亲的灵魂。我在深夜中感觉到了夜色的使命，承载着多少亲情的孤舟，飘荡时光的海洋与巨流，还原世界本来的面目。

风吹动着身边的草木，它们仿佛也无睡意。只有我一颗茫然无措的心，还在平静地跳动。我感觉到了世间的善良，就是人生的本义。活着，就是对亲人的馈赠，把自己的生命打造成敬献给亲人的花篮。

有三三两两的人走过面前，仿佛一阵风。我的内心就是一个剧烈的化学反应体，不断地发酵出对生命的感悟。痛苦就是一种彻底的燃烧，在燃烧中忘记了火焰的颜色，忘记了脚下的大地，忘记了明天的新生。

我还是我，身上流淌着父亲的血液。只有黑夜的磁针，在悄然发生偏离。人在醒着的时候，却又忘记了疼痛，忘记了身后的雨声，在无尽的思念中等待着潮声褪去。

在时光面前，谁又能成为胜利者呢？而我也将成为河流里的一朵浪花，翻卷着，沿着嘈杂的水声向前奔波。

想想自从离开大山至今仍在城市翻越无尽的山丘。父亲，则是我内心一盏温暖的夜灯。每一夜的思念，都化为坚贞不渝的信念，让我在黑夜的迷失中找到自己内心的力量。我思考着人生的迷茫，是要找到不同于父亲的归宿？

夜风从不同的方向吹来，徘徊不定。我的脚步也在树丛中左右逡巡，数着命运时高时低的鼓点，敲响了深沉的夜色。灯光敞开了自己的心事，让道路变得如此宽敞和明亮。坚硬的路面，把聚集在人行道上的树影作为舞场，如此飘摇，似要变得更加地坚定。

抬起头，还是那几盏夜星，出没在云头。只是云层的边界被月色照亮，躲闪着细碎的流水。

我也像一阵风，落脚在远离故乡的地方。而父亲也会化为一阵清风，温暖地抚着我的背。我感觉到了父亲，他在离我不远的地方望着我，等候着我。只是那阵风，变得如此粗糙，多像从故乡的北山上吹来的呀！

北山草木记

  再没有和父亲说上一句话，哪怕是生前最后几次的见面，言语也是格外少。记得是有雨的八月，回到家里时，看到父亲坐在门前的石头上。那块石头，曾经坐着奶奶，仿佛是一样的雕像，等候着回家的亲人。我暗暗观察父亲，他步履蹒跚，耳朵上沾满灰尘。从屋内走出来，坐在门口的凳子上抽烟。

  院中枣树老态龙钟，因为盖新房，砍去了几支粗枝，却依旧结果。几颗红色的枣，仍挂留在枝头，衬映在夜色中。苹果树被父亲嫁接了，只是白色的叶子枯卷了很多，爬满了腻虫。我从院子的厨房里寻了盐水，为每一片叶子洒水，希望这能治疗枯叶病。

  父亲坐在那里看着我，我还是他眼中的孩子吗？父亲问了我在北京的情况，买房子的事情，孩子上学的事情，孩子妈妈上班的情况，父亲是牵挂着我的呀！

  我走的时候没看到父亲出来，因为时间匆忙，没有在家吃饭。父亲的腿没有力气，走不动路，没法到二里地外的街上买菜。他告诉我晚上总是睡不好觉，只有吃了安眠药，才能踏实地睡上一觉。有时候半夜睡不着，到院子里躺在地上，才能睡着。我当时内心突然感觉到了一种不祥的预兆，但却不会相信这有什么，而这是奶奶老的时候也有的征兆啊！

  父亲走了，我的内心悲伤到了极点。他忍受了多少痛苦、孤独，而今却走得如此的突然，如此义无反顾，没有任何征兆，没有来得及同儿子告别，没有说上一句话。

  这是我内心深深埋藏的悔恨和痛苦，仿佛埋藏了一个世纪的遗憾，也必将伴随我的余生。

  在夜色深处的徘徊，在迷茫深处的动摇，在现实中无奈地找寻人生的答案。没有人能够回答我内心的痛苦，没有人能够解除我内心的疑惑。活着的人还会相互珍惜吗？直到他们相互失去，直到他们变得无比孤独，才会想起自身的渺小吗？

  如同漫天的星辰，守护着自己的星座。它们亘古千年的光芒，始终如一地审视着大地。可这些落在深夜深处的目光，早已不再如昨夜的红润与闪亮。

  我感觉到了自己的内心，被现实无情粉碎。唯独矢志不渝的忠诚与热爱，唯独世间血脉相连的亲情，能够被天地所承认，变成亘古不变的旋律，飘荡在你我的耳边。

  我正在失去世间的一切，连同内心对生活的热度。风吹散了眼前的迷雾，又将带来无尽的风雨。我们在牵挂着何物？我们被自己抛弃，承认渺小的灰尘，承认疾驰的马匹终将失去内心的草原。

留在原处，留在原子的核中，缠绕着现实的嘈杂。离开与回归，都将是无法留守的港口，无法到达的彼岸。

我坐在广场上，望着越来越昏黄的灯光。曾经也是有一颗热忱的心，如今变得如此的苍凉。我感觉到随着父亲的离去，我也变老了，步履如此蹒跚，每一步都像踩在刀刃上，每一步都像是走在另一个世界，连同我的目光和表情，都无人知晓。

雨 的 往 事

很少有雨来了。

在这个即将复苏的季节，冬日的寒意已经被温暖的春风消融，河流的冰碴也被上涨的河面淹没。能听得见小鱼游动的声音，而我的内心却是一片无雨的沙漠。

这是南方的小城。温润的气候犹如柔顺的女子，一路在春天的季候里蹒跚。它一向是温暖而又明媚的，或者有云雾的清晨，被一层厚雾裹着，城市的人流变得缥缈起来了，犹如行走在海面之上，一切变得混沌不清。

这个春天，雨来得格外早。刚刚过完春节，小雨便洒下来了。我行走在雨中，仿佛走在一场雨的记忆里。雨丝柔细无比，在雾的挟裹下，带着密集的凉意播撒在我的脸上、头发上。它是轻盈的，带着舞蹈的身姿；它有着绅士般的风度，若有若无地渗透进内心；它是虚无而又淡泊的，在无意间描绘出了春天的诗意。

地面上已经形成了湿地，隐约可以看见细密的雨线，在地面之上漂浮，交错的目光编织着春天的道路。我透过这层雾纱，看见雨的小脚，匆匆地在眼前徘徊着，它一定有一颗冷峻的心。

我在雨中变得更加安静，脑海中充满了对潮湿和泥泞的惊惧。这是童年的记忆，一场雨的记忆。

雨常常是突发而来的，不管你是在山上放牛，还是在田中耕作，一场急雨说来就来了。先是风，忽然从四面八方吹了起来，它们呼号着，卷着落叶和尘土，铺天盖地而来。接着天空被乌云遮满，大地变得阴暗异常，黑压压的云朵一层层堆积，很快整个世界变得狭小而令人窒息了。

我常常在故乡的田野与一场骤雨遭遇。毫无准备和征兆，就在一念之间，就在躲闪和惊惧的意识里，雨白茫茫地从天空赶了过来，迅即占满你的视野。

那时，雨初的景象令我记忆犹新。指头大小的雨点噼里啪啦砸了下来，在尘土里留下一个个小坑。它们仿佛就在你的身后追赶着，又仿佛从你前面迎面而来。

你不可能超越一场急雨，在天地间，在毫无反抗之中做了它的俘虏。

雨会迅速浇湿你的头发和衣服，顺着耳根流到脖子里。湿衣服紧紧地贴住身体，让你毫无温暖可依偎。你的体温一点点地减去，你的嘴唇发紫，内心充满了对家的渴望。

雨是无情的，它构成了天地间唯一一道不容辩解的风景。它是一个急于倾诉内心情感的精灵，世界万物都成了它的听众。哗哗的雨声形成了天地间的共鸣，驱赶走了内心的嘈杂和暴躁。

有时候，雨前是要有滚雷的。也许这种震撼的雷声只有在乡村才能听得到。在我的记忆里，炸雷就在山顶或天庭那个地方发生，紧接着是一串长长的巨石滚落的声音，仿佛一直从山顶滚到山谷。巨大的雷声让人联想到发怒，联想到炸裂、崩陷，联想到黑色的审讯和宇宙的伟大。

我从小就习惯了这种巨大的雷声，以至于耳朵的听力有些损伤。雷声和雨是相伴而来的，常常是在雷声和电闪中完成雨的一段激情演绎。

如果是在山路上，时间充足，我照例会躲在山崖下或者石洞里。等雨的心情是漫长而安静的。有时，常常是等到暮色时分。就坐在石崖下面，远远地看雨，交织在山谷之间，村庄之间，交织在对温暖的向往与期待里。

我常常充满了对雨的渴望。有雨的季节，我躲在自己的小角落里，思考着曾经的阳光，曾经的成长，曾经在外行走的日子。翻开旧书浏览着，坐在地面潮湿的房间，仿佛就在意念混沌中沉入梦乡，雨声就是最好的催眠。

我喜欢雨。喜欢它的直爽与恬淡，更喜欢它有一颗公平的心。它在云间飘落，随后又归入泥土，随小溪一路追赶着大海母亲。

在故乡的荒野上，被一场雷雨捕捉，犹如被生活的苦难捕捉。就在背柴回家的山路上，或者是在地埂上，一场雷雨声色俱下。它怒吼着，粗大的雨线形成一面不透风的墙，残酷地蹂躏着大地上的一切。

那时，我的内心常常会产生一种对生活的共鸣。如同生命中必有的苦难，在它突然来临时，你只有坦然地面对。就像一场急雨，你不需要躲避，也无法躲避。只有和它融为一体，倾听它，感受它。

那是一种发泄般的表白。饥饿带着寒冷袭上心头。那时，你会对生命产生尊敬。它们都是大自然中最平凡的，像树叶与小草一般，随时都会遭遇风雨侵袭。而有些长途奔波的蚂蚁也许已经被洪水卷走，再也无法回到温暖的巢穴，但我们无法获知更多的细节。

北山草木记

在童年缺衣少粮的年代，我的内心充满了对暴雨的无惧。常常在雨前来的时候，就在大路上或者田野里与风雨赛跑。豆大的雨点砸落在额头上、衣领上，狂风吹折了树木，细碎的干枝从枝头嘎吱嘎吱地断落。然后雨从四面八方包围上来，奔跑的步伐逐渐减慢，身上衣服已经被雨水浸透，索性就脱掉鞋子，赤脚蹚着水流回家。

夏季的时候，暴雨常常不经意间阻挡了回家的路途。村庄在乌云下显得异常黑暗。山上的积水都汇集到河流中去，几袋烟工夫，小河流变成了滚滚的江河，淹没了过河的石头，淹没了堤岸，卷积着红薯、玉米秆、树枝、南瓜、木头，一路咆哮而下。浑浊的河水涌动着、翻滚着，在石头上碰撞出白色的浪花，在山谷间回荡着不息的涛声。站在河边，目光和身体都随着河水的涌动而变得眩晕，即使你与村子一水之隔，也无法超越。

有时候，我就顺着河流走，企图在山梁和谷道之间找到平坦宽阔的地方，而常常充满了绝望。远处的山梁在大雨中变得寒冷而遥远，我的内心充满了对穿越一条河流的渴盼。而家乡的河流从没有一座桥，这使我产生了对桥的尊敬与膜拜。它们都匍匐在河流之上，态度那样谦恭，让人们成功地到达心目中的地方。而我也常常幻想着，在现实中，能够有一座桥梁，一头架在深山，一头架在山外，让我早日走出这块贫穷的土地。

大多数的时候，亲人会在我徘徊无措的情况下出现在我的面前。他们背着我，冒着洪水从水流平缓的地方涉水过河。汹涌的河水打得他们左右踉跄，我用双手紧紧地搂住亲人的脖子，头深深地埋在亲人的背上，仿佛能听见耳际风声的尖叫，周围充满激流的怒吼。

到了秋天，梅雨季节悄悄来到了。淅淅沥沥的雨丝在大地上铺开了行李卷，即将开始它们漫长的下乡岁月。秋天的雨水在收获后的土地上徘徊着，浇透了山山岭岭，打落叶片。在村前村后的树林里，早晨醒来，便会发现厚厚的一层发黄的树叶，在湿雨的吻中静歇。它们也许习惯了母亲的宠爱，叶落后仍然眷恋着母亲温暖的怀抱。它们簇拥在树的周围，发黄的额头上沾满了雨水，等待着另一个季节的诞生。

秋雨的后山常常缭绕在雨雾中，苍黛般的深重令我想到书上的油墨，它们从来都那样虚怀若谷，接纳着秋季的沦落。在雨中，仿佛整个村庄都熟睡了，偶尔有一两个人影顺着街巷远远地走来，手执青桐油伞，瞬即消失在墙角。

我几乎在雨季变成了蛹，躲在茧中。那时，家中堆满了杂物，我就在杂物的黑影间闪烁。而小屋内仍然是快乐的，读书或者趴在竹篾编制的窗户上，透过发黄的窗纸缝隙看草屋屋檐下流下的雨柱。

如今，雨声已经几乎从耳膜里消失。雨从我的记忆中淡出，只有在坚硬的房间内，无法排解内心的烦躁。这是生活的浮躁侵入我的肌肤，让我再也无法深入一场雨的记忆。我的内心苍茫而空洞，缺少雨的滋润，心田几近干涸；缺少雨的考验，内心再也没有搏击苦难的勇武。

我是幸运的，通过学习，走出了故乡的土地，再也不用因为没有雨鞋而发愁。而我又是不幸的，我同样被大自然的安静所驱逐，被雨水的世界所驱逐，我再也走不进一场雨的内心，无法感知它的命运。

雨　声

雨声低迷。

在什么地方听雨最具别致？也许是山野之间，也许是闹市之中。就在转瞬之间，倾盆大雨从天而降，来不及躲闪便浇得浑身湿透。借避站牌下，仰头看那雨线，粗粗密密地从天空垂落，映衬在高高的楼壁之间，犹如一首长长的未断句的诗行。

很长时间未观雨了。在雨来临时，很多人选择躲避，仿佛雨与生命之间，存在着说不出的隔阂。这些隔阂，就在身体上偷袭与侵蚀。它弄湿你的头发、衣服，还要钻进你的眼睛、嘴巴和鞋子；它仿佛是你遥远他乡的亲密朋友，一头扎进你的怀抱，让你的身体完全变成了与它相似的模样。

雨就在天地之间，描绘着一种回归的快乐。当不断的倾诉化为流动的水洼在马路上滚动，我仿佛看见它的足迹，它要寻找它低处的故乡。

不注意间，我成了雨的听众。原本要去湖中游泳的，这次突然被半路拦下。站在檐下，看那些苍翠的草木一动不动地沐浴在雨中，更显出生命的厚重。

小时候，我很喜欢雨天的。孤单的我在雨天里，能够在屋内找到与兄弟和亲人谈话或者玩耍的机会。

或是一个人趴在竹子搭成的窗户后面，透过窗户的缝隙望那草房的屋檐，水线顺着屋脊流下来，流成一面水帘，在檐下击溅出一串串带着泥点的浪花，变成一个个半圆形的水泡，又被不断地打破流走。

一个小铁钉会成为我钟爱的玩具。在窗台上，我将小铁钉在手里摩擦几下，于是便可以吸起很多小小的塑料颗粒。有的小颗粒是父亲擦二胡弦用的松香，有的是夜里老鼠吃玉米掉落在窗台上的玉米屑，有的是高粱米。

父亲年轻时吹唢呐，还拉二胡。这是我和二哥喜欢乐器的原因。也大概受父亲的影响，村中一个叫刘现营的年轻人，每天早上都会来我家学二胡。他穿着蓝色中山装,坐在清晨的月台上,枣树叶上不时地滴下露水,吱吱呀呀的声音穿透村庄的炊烟。

但我很少真正听到父亲吹唢呐。在我很小的时候,我家屋门后的房梁上,挂着一个脱了芯的唢呐。唢呐里面已经没有篾子了,一直在发黑的屋梁柱子上挂着。直到有一次父亲心血来潮,用镰刀刮了几个芦苇的篾子,装到唢呐里面,吹了一首《百鸟朝凤》。篾子也许不是很规则,唢呐声音里面带着一些沙哑。后来那唢呐不见了,我再也没有听到过父亲吹唢呐的声音。

小时候,家里的粮食都用圈仓放着。放不下的玉米,就带苞编起来挂在屋顶的木梁上。因此,老鼠也很盛。奶奶每天晚上的功课就是赶老鼠。她的床头放着一根长长的竹竿,在屋梁或者箱子顶上啪啪地敲上一阵,呜呜呀呀的老鼠一下子就安静了。可没一会儿,老鼠又会叫。那些老鼠很多,吃起玉米像下起中雨,沙沙的声音透过深夜的屋顶,惊扰整个午夜。每天早晨醒来,奶奶做的第一件事就是用笤帚在屋内扫一遍,把满地的碎玉米扫起来,倒进猪槽里。她一边扫着,一边咒骂老鼠。

为了抓老鼠,奶奶总想着养一只猫。但在我的记忆里,猫常常夭折。因为猫喜欢吃肉,那个吃不饱穿不暖的年代,连人都没有粮食吃,更何况一只猫。奶奶让叔叔每次从地里回来,不要忘了抓一只青蛙,用青叶包了放到火里烧熟了喂猫。那猫久而久之竟只吃青蛙不再吃别的了,小猫便越来越瘦,满身的跳蚤,最后夭折了。

奶奶很爱猫,宠猫。有时候吃面食便会留下几口喂猫,而猫竟不喜欢吃,这令奶奶常常无措。我记得奶奶每次用铁勺灌猫的情景。她右手掐住小猫的脖子,左手舀了满满一勺子的面汤。小猫吞咽的动作十分可怜,它的头部不停用力地扭动着,企图摆脱奶奶那粗糙有力的手。

在我的记忆里,这些小猫浑身沾满了风干的面浆,很多毛都黏在了一起,样子十分难看。

有一只猫终于在我家长大了。那是从岭西我的姑姑家逮回来的。这只小猫吃红薯,于是便渐渐地长大了。它还会逮老鼠。从此家里的老鼠渐渐少了。为此,奶奶非常高兴,常常夸奖它,每天为它梳毛。

奶奶的床头有个大木箱子,这是她出嫁时陪送的最珍贵的东西,里面是她的衣服、裹足的带子和唱经的小铃铛之类的东西。在奶奶看来,她一生最宝贵的东西莫过于此。那只猫每天都卧在奶奶的箱子顶上睡觉,吃饭也在上面。晚上便去捉老鼠。

家里老鼠绝迹了，猫便开始到外面去抓。每天早晨，常常看到猫把咬死的老鼠放在屋门口的地上，或者箱顶上。

不久，这只猫生了一只小猫，很是可爱。奶奶高兴坏了，照顾得十分周到。小猫满月之后，岭西的表妹来了，告诉奶奶，她家的那只老猫死了。奶奶本来打算留这只小猫自己养的，只好答应三个月之后送给姑姑家。

三个月后，小猫长大了，也会抓老鼠了。要送走了，奶奶十分不舍，给它准备了一个竹篮子，表妹来带走了。

但不久，我家的猫也出事了。它在外面吃了毒死的老鼠，在屋里上蹿下跳，不一会便躺在地上不动了。奶奶急得不行，找来两个生鸡蛋给它灌，但还是死了。

一天下午，奶奶就坐在高高的木椅子上，怀抱着她疼爱的小猫。嘴里不停地说着：不行了，身体硬了，暖不热了。挨近傍晚时，太阳渐渐下去了。奶奶喊我找来小铁铲，到屋后把小猫埋了。

我在埋小猫的地方替奶奶给小猫作了一个揖。

2005年4月，奶奶去世了，这令我陷入了深深的悲痛中。奶奶一生为善，教诲子女，清贫而又乐观。她的去世让我的心难以承受，每当想起往事，我的心就不能停止痛苦。

谁知，2006年8月，母亲又查出肺癌晚期，沉重的打击让我喘不过气来。2007年12月15日凌晨，母亲在医院病逝，享年61岁。没能陪在她身边，让我心怀无尽的忏悔。

我深爱我的母亲，她和奶奶一样善良、淳朴，疼爱她的孩子。她们都是时代农村女人最杰出的代表，不幸却又常常追随她们的一生，但她们却用坚强证明了一切。

在雨中，我回想往事，回忆起故乡的往事。这是一段不平凡的岁月，这段岁月足以成为一册厚厚的卷册。

雨划过广场前的长空，在一幢幢尚未完工的大楼上，透露出一丝空旷和孤独。瓜贩和菜农都躲在了篷布下，只有那些西瓜和青菜裸露在雨中，静静地享受这雨的洗礼。

我无语而立。置身雨中，突然感觉到了生活的漂泊不定和无奈。当大雨毫无征兆地来临，我甚至还未来得及做好迎接它的准备，它便把你的计划打破。

于是原先的准备和忙碌全部归于沉寂，就被阻隔于中途，等候着雨渐小的迹象。三十而立，四十不惑，五十知天命。如今我已年过三十，却有一种听天由命的感觉。如同这雨声,哗哗地笼罩了这个世界,增添了几分迷惘。

在这雨中,我接近了真实的自己。一切都面临着重生,一切都将等待着新的命运。就像在这苍茫的雨中,等待雨停的结果。也许会云开日出,天空绽放出绚丽夺目的彩虹;也许是乌云更浓,电闪雷鸣,倾盆大雨持续到深夜。

我想冲进雨中,按计划实施。本来是要去燕尾岛游泳的,还能恐惧这雨吗?

小时候,常常在田野里遇到暴雨突袭。在一瞬间,大雨覆盖了整个村庄和河流,于是河水暴涨,找不到回家的路途。在这种恐慌中,我一面寻找石崖躲避,一面托大人向家中捎口信,让父亲或叔驮我过河。

下过雨的河床水位暴涨得十分可怕,河水卷杂着木头、树枝和泥土,咆哮着,冲击着河床和田埂,卷走了石头、小树和田埂上刚刚长大的瓜果。父亲或叔来了,他们挥着塑料布,腰中系着绳子,寻找着岸边的树或宽敞而浅的地方,不管多么危险,我最终都会被他们平安接回家中。

如今,我已为人父。当在这座城中,我仍旧在躲避着风雨袭击。然而那颗心却失去了斗志,失去了挑战的勇气。在暴雨中,倾听着咆哮的雷声,我只能搂着不满两岁的孩子,不断地安慰着他,莫怕,莫怕,爸爸在这里,不用怕。

我用什么行动证明给他看,父亲战胜自然的勇气呢?年幼时,父亲就是我的靠山。每次从山上扛着柴火回家,父亲和叔都会走在我的前面。离家尚有十里地左右时,他们总会加快步伐,到家了回头再来接我。

我总想着,渴盼着长大了,就可以帮助父亲,为他遮蔽风雨,让他不再受风雨之苦。然而日复一日,我长大了,却从那个小村庄飞走了,与他远隔千里。

我唯一值得欣慰的是高三暑假在家,为了赚取学费,父亲和我一道同村里的人到山上砍柴卖。那些木柴都是从树干上砍下来,基本上都是细碎的长枝,捆成一捆捆的,等待煤矿上的人来收。一捆大概三元钱,在当时,已经是一个不小的数目了。

最开始时都是在附近的山上砍的,后来砍完了,就跑到花园沟的山上去了。那里比平时多了十几里路。果然,那里的碎枝特别多,为了不枉跑这么远路,我和父亲都砍了比平常多三分之一的量。

有一次回家时,因为翻了一座大山,我们的力气消耗了很多。离家还有十里地时,天突然下起了大雨,瓢泼大雨瞬时从天空浇了下来,河水瞬时淹没了过河的石头。好在我们已经过了河。离家还有三里多地时,是一片黄土路。黄土路因雨水浸泡,变得泥泞不堪,又湿又滑,而且还是一路上坡。我咬紧了牙关,快速地翻过了山坡,把柴捆竖在地上歇息。突然,我看见坡下的父亲打了一个趔趄,他那瘦小的身躯和庞大的柴捆形成了鲜明的对比,脚步也迟缓了很多。他的身体几乎要变形了,脚下不停地滑着。

我突然忘记了那种曾想着要父亲早回家来接我的宠爱,一种责任感从我的内心升起,父亲老了!我应该去帮助他,我不能这样看他挣扎在泥路上。一股力量从我的内心迸发。我跑到父亲面前,向父亲喊道:爹,我来背!

父亲迟疑了一下,把柴捆放下了。暴雨已经打湿了他发白的双鬓。我看见他满是皱纹和雨水的脸上绽放出一丝微笑:你背不动吧,父亲说。我坚定回答,能!父亲的柴捆比我的大,这一次我扛在肩上,咬牙上了山坡……

那是一场感恩的雨,让我明白了人生不能一味地索取,还要回报;那是一场思考的雨,让我明白了肩头的责任。我长大了,我要成为更坚硬的肩膀,当父亲人老疲惫时,可以依靠。

如今,这雨依旧如十几年前狂暴,横扫街道、道路和桥梁,在那一洼洼急雨的闪亮中,我仿佛又看见了年迈的父亲,忍受着失去母亲的巨大痛苦,孤守在故乡的雨中。

雨渐渐地小了,天边的乌云逐渐地飘走,直至一片片蓝天重新露了出来。

"老天爷知道我要游泳,放晴了。"我笑了,爱人笑了,我们重新跨上电动车,朝燕尾岛驶去。

明天,又会是怎样的天气呢?

听风听雨听江南

在夜里听风声，在雨里听风声；低迷的风声，狂吼的风声，温柔的风声，在眉际间，构成人与自然的交流。

我看到沟壑荒芜，柿子树散落在黄土上，迎面的阳光像淳朴的笑意挂上酸枣树叶，我看见那些并没有被逼上绝路的生命，重新在干涸的黄土地上抗争着。那是舞雪的风，让我百感交集；那是陕北的风，掠过土粒，又重新被放置于道路上。无边的山野仿佛就是一块灰褐色的巨石，沉重地压在麦田里，压在握犁老农的手上。

回到小城镇，南方的柔情让我的心趋于平缓，不再悲喜无常，在小巧的广场花园，目不转睛地观察着男男女女或者老人孩童安静地享受着风中的煦暖，忽然感觉到内心那些粗糙的纹理被岁月抹去了，不禁一阵惊惶。

风在水中一圈一圈地荡漾开去，那是游船的波纹，也是风的波纹，风在借机传送江南的惬意，江南的情韵，那样虚无缥缈般地，轻描淡写般地将云铺展在湖底，远远地吹响垂柳的乐声。

往日的丝竹，让我心生忧郁。我是北方的孩子，那时的北方，就刮着凛冽的北风，吹裂我的唇，刮干我的眼睛，让我的脚步匆匆。如今我一样依偎在江南的石椅上，观望河边的小舟，起伏在黄昏的灯光里，却无法驱走耳际的那些旧风声，那些被遗忘在北方的村庄的风声，敲响我家厚木门栓，钻进我家的窗户，吹走了屋脊的黄背草。

我是这样听风的，在遥远而密集的丛林，赤脚坐在河边，杳无人烟的山野，树木葱茏，叶背朝风敞开了心怀，哗啦啦地歌唱起自然的纯净，自然的雄浑，自然赋予我故乡土地上的那些淳朴的歌谣，一遍遍地汹涌起伏的韵律。那时的我，没有考虑人生和未来，没有考虑明天和方向，我甘愿是一片在风中飘曳的树叶，在广袤的群山沟壑间，把故乡的每一片土地，把每一个山谷的形状，把每一条河流的波浪，把每一棵桦树的雄伟记在心底。

风吹走蒲公英的儿子，风吹开拳菜的手掌，风吹响了波光盈盈的水田。当我重新沉浸于那些夜晚，明月当头，屋瓦的影子藏在小街上，我披上旧纱的上衣，来到了故乡的稻田。明净的天空里，瓦苍云一层层地铺到月亮的身边，星空仿佛已经在河水里洗过，月亮上的暗谷依稀可见。我看见早起的萤火，点点闪现在浅暗的稻田里，躲过麦草堆，绕过白杨树，轻轻地朝我飞来。这时风从河的下游刮来，荡起层层的水的凉息，我突然感觉走进了童话，一篇美丽而真实的童话，我正在寻找那些可以和我对话的生物，它们同样喜悦着，享受着故土每一缕平和的气息。

我什么时候离开了故乡？当我来到江南，那些淫雨绵绵的日子，撑伞走在安静的街头，徜徉在繁华的店铺间，看到悠闲的守店人在房间里来回地踱步，我突然听到那些被圈藏在内心多年的风声，它扑打着我的心房，不停地喊着：到田野去，到那些树木、山川、河流边去，那里仿佛就是回归的故乡！

江南的雨，遇见风时，就是和平相处，没有一丝粗暴，这让整个城市凄迷。

我走进风，那些银色的蛛网一样的雨丝，牵挂着前半生的往昔，潮湿而沉重地堆积在这个城市某个角落，然而我不愿去寻找，我正在时光的汪洋之中，飘旋打转。

风卷着雾，走过山峦。这是少有的山，虽然不高，但林草茂盛。在山林里听雨，看风把树叶上沉积的雨水掀掉，把干枯的花瓣剔掉。道路上已经开始漫上小水流了，亭子周围布满了水帘。我坐在那里，看雨也看风，看风也看雨，我知道上山的路，也知道下山的路，但我也知道，我必须在某个时辰，原路返回。这就是我人生的轨迹！

雨四处冲撞，弥漫，抛洒。满目都是湿重，满目都是荒凉，旺盛的草木等不来一个人，果子也等不来一个人，都在自己那片阴影重重的地方，寻找着生存的阳光。我也在寻找，在回忆，来时路，去时路。我在听雨此时的咏叹，听雨落世的誓言，也许风在我的背后，在推动了雨的痕迹后，又推动了我的目光。

这是江南的山，我没有料到同样是这样迷人。但弥漫我心底的忧愁，却怎么都难以驱散！到底人生的追求何时才能像一场暴风雨一样覆盖住眼前整个世界！

雨小了，我看到了红果子，在故乡的时候，就有这些红果子，密集地出现在山崖边或是石堆旁，如今这些简单而寂寞的红果子又出现在我的视野，我忽然有一丝感动。现在已是四月了，按理说这些红果子早应该落地了，然而它们依然涨红了脸庞，饱绽着细嫩的果苞，就是等我来的么！

我冲出了亭子，那雨却开始大起来了，树叶与树叶之间的雨珠汇聚在一起从高处落下来，砸在我的脸上，滑落进我的脖子里，浸湿了我的衣服。我想到了退缩，只要一折身，就可以重返亭子，免遭一场雨淋，我犹豫了一下，亭子里坐着她，坐着江南的爱人，相濡以沫的爱人，为了让她尝到甘甜，也为了实现内心重现的故乡情愫，我重新钻进灌木丛里去。

我的手心有几颗果子，我攥紧了它们。果子，是故乡，是爱人，是我的那颗瘦弱的心。我把它交了出去。当甘甜的汁液在喉咙里流淌的时候，我忽然觉察到是江南那些文弱而纤细的气质早已融进了我的血液！我咀嚼着，品味着，我的六年江南生活，从水土不服，从辗转难眠，到习惯一窗雨声，再到融入每一条小街，每一种气息。我早已不再是六年前的我了！

分不清是悲哀还是喜悦，或者情绪交集。我是谁的？在这些早已繁华逝去的山野，在这些庭院里，在非同我故土的风景里，我怎样寻找一个理由，承认我生存的现状。

雨停了，江南澄清了它的园子和它的月亮湖。我依然不能站立在两座山间，坦然地谈笑明天的那些打算。我想离开，却又不能迈出沉重的双脚。是小巧的女子，弯腰把草地上的小花捡起时，那种心情就是我的心情，舍不得已经逃走的蝴蝶，缥缈地消失于这个季节。

我希望重起风暴，把我未来的路打坏、冲毁，让我面对新的开始。然而很快就要返程，诗歌也不能写在身边的树叶里，我想吹响手中的叶子，我想告诉前边的风雨，我在怀念着它们，我在追赶着它们，我在留恋着它们。

今晚有雨

北京的六月,这样多雨的天气真不多见。

我曾经渴望着住到海边去的,但不曾想在北京已经住了十个年头。愿望是守着大海,守着淋漓畅快的雨,方能解去内心的怅惘和迷茫。但北京的气候我却早已适应了。

我在北京坚守了十个年头,而白发也渐渐地多了起来。历经世界的变幻,只有自己一颗坚韧的内心告诉我要等待。那是一场漫长的雨呵,在畅快淋漓中把北方的城变得如此庄严,如此苍凉,是要让你在现实中苦苦地思索,等待上帝那双怜悯的双手,把粗细不一的雨丝洒向心灵的野地。

外面的一切都无法改变,能改变的只能是我内心的想法。连同自己的时空,都已经被打上深深的烙印。只能走到面前的空地,抬头看雨丝,敲打着青翠的树叶。每一个年度,它们都在赤贫的土地上顽强生长,顽强地忍受着岁月的磨砺。它们没有任何的索取,只是源源不断地制造着人类需要的氧气。连同树木,都仿佛经受了洗礼,它们并非为自己而活。我在为谁而活?活着的和死去的,我们都在相互取暖,相互用心灵彼此照亮;相互失去,又相互在记忆中为彼此留下位置。

就像这一场雨,滋润了干燥的盛夏,却又不留下任何痕迹。雨洗净了的丁香树,仿佛为前来拜佛的人们撑开的一把安静的伞。他们虔诚地站立着,在寺院大殿前面闭目祈祷。我感受到了他们痛苦的内心,他们与我一样来到世上,在世间经受了无数岁月的洗礼,经受了人间的坎坷和磨难,渴望得到神灵的庇护。

我坐在屋檐下,像一只早起的猫,等待着路人投来目光。没有经过任何的驯养,却能够听从自然的安排,以慈祥的目光审视香客,甚至安详地在地上打滚。

我生活在这里,小区门口是一堵民族大团结的界墙。广场不大,但是却充满了树影、月色或者阴云。我知道所有的烟云,都将在这里呈现现实的记录。

夜色四起时,我常常来到这里。这是一片不大的广场,却适宜放牧紧张的心情。一阵风,或者是一个路人,走过时投过来的目光,都是夜幕笼罩下的风景。我感觉到一股热浪卷袭着我,似要把我的灵魂抬升到空气中,在眼前的土地上盘旋。头顶是一棵巨大的槐树,它淡然看着这个世界,在灯光下兀自摇曳着自己的枝条。

没有更多的梦走进夜色,眼前的场景多像一个成年人的荒凉。我仿佛在等待一阵雨,抑或是一个人。但都不是,等待的却是自己平静下来的心情,漫无目的地打量和审视着眼前的事物,仿佛它们的存在早已经超出了宇宙的年龄,在我的身边恍若隔世。

有些发黄的叶子被风雨吹打下来,落在潮湿的路面上。城市的雨,如此无情,它们扫荡着路上的行人,把柔弱的生命卷入旋涡。记得去年这个时候,听到窗外下起了一阵仓促的急雨,于是便迫不及待地走下楼来,坐在楼梯口观看。灯光下的椿树叶子,在冰凉的雨柱中发出了颤抖,它们在经受一场命运中必经的磨难。我内心的热度,仿佛在雨中渐渐地冷却下来,内心藏着的那些人影和往事,都不断地消沉,沉潜于雨水的淋漓之中。

父亲去世后,我经常坐在这里。这个广场的凳子,恰巧对着小区的入口,不时还会有回家的人们,从身边匆匆走过。在灯光的闪耀中,很难辨别一个人的脸孔。城市的狭窄、拥挤,让我们习惯于面对更多的人保持陌生和冷漠。我渴望在这里遇到父亲的身影,他依旧在面前蹒跚着,行走着,在我的目光的搀扶下,徘徊游移。

但这一切都消减了真实。我内心的渴望,也因为日常的守候而成为无法挽回的静物。我将自己留守在城市,在一场即将到来的雨中,痴心于找到自己的痛楚,故土与城市分裂的伤口。

雨色匆匆

一

这一切都像是梦中的景色。乌云在头顶上飞快地游移，树影模糊而失真，公交车站牌下面站满了人。一汪汪的水影随着急遽的风翻起水纹。雨天让我的视野变得更加狭小，只能注意脚下的水洼，人行道上的树木，时不时抖落下来一阵急雨，砸落在面颊上。

我没有了雨下行走的安详，仿佛只是为了躲避这个属于夏季的常客。它对我来说有着黑色的面庞和身影，雨丝的缠绕让城市变得迷茫。属于前行的方向，没有固定的归宿，无论是坚硬的路面，还是蓬松的树叶，凌乱的草丛，它就此安居，或是到大地深处潜藏。

雨的生命来自大自然的创造。带着沉重的包裹，一层层地打开，抖落内心的心事。我不愿意去追寻记忆中的雨，也不愿意去留恋眼前的雨，我像是一枚早已失去牵系的树叶，独自在城市的巷陌中漂流。在这个城市生活了十年，而它过于高傲，并不准备接纳我。

从某种意义上说，我和雨是属于同一类族。没有定居的权利，唯有到处漂泊。我渴望一场暴雨能够冲刷掉城市的污渍和肮脏，如同把耻辱的标签洗去。我认真地走在雨中，仰脸啜饮雨的淋漓。它能够降临到任何地方，拥有心灵的自由，在时空中挥洒思念；雨有它独到的见解，似乎要覆盖住城市所有的嘈杂，灌注心灵的安静；它从容不迫地叙述或歌唱，在十字路口轻轻地拍击车窗。柔软的几丝光亮，在眼前的街道上匆匆划过，没有人会在眼前的雨色中停留，除了那些步入中年的槐树。

它们正在雨中垂下绿色的枝丫，在水影中打量着沉默的面孔。停留时，即将留下潮湿的痕迹和挣扎折断的枝叶。那些曾经怀着憧憬的繁茂，经受过烈阳炙晒的考验，经过无数暗夜的沉思与怀想，将目睹多少行者苍老而无奈的身影？身影中夹杂着蹒跚的凄冷，失意，无奈，还是被无情的岁月掠去的青春？

　　青春是一首无字的诗行，如同这无序的雨声，不时敲醒行走的梦。我偶尔放下脚步，打量着马路边的花坛，它们安静地低头遐思，雨水早已沿着花瓣凋谢，滴落在脚下的土地。

　　我默默在冷雨中穿行，仿佛是一颗离群索居的音符，找不到属于自己的节奏。每一步都要躲避雨洼侵袭，每一步都要夹杂着湿滑的跳跃和躲闪，是想远离那些已经积蓄了危险的水，还是只想掩饰内心的恐惧和不安？其实，这一切都是徒劳的，雨水还是打湿了裤脚和鞋面，泥污还是沾染到了衣服上，头发也被树上意外抖落的雨水浇透，丝丝的冰凉顺着额头流淌下来，仿佛感觉到了某种生命的蠕动。雨天是城市最真实的心境吗？我猜想行走在雨中的人们，他们匆匆的身影告诉我，人们已经习惯了在焦灼中奋争，如同在时空的陷阱中打开救生的绳索。我理解了命运，在雨水的淋漓中，更有一种无法表达的快乐，这种快乐是一种平等的快乐，是一种接受布施的快乐。

　　我看到城市上空的云团，正在向着不同的方向卷积。他们不会在这里久留，整个世界都是他们最热爱的故乡，城市只是他们命运颠簸中的一个驿站，在播撒那粗犷的针脚，散发出盛夏的气息。没有人在雨中停留，因为在他们内心，雨仅仅是行程中的一部分，他们内心都将保留着自己的去处，去找寻短暂或永久的居所。没有人去关注雨具，有的人小心翼翼地举着雨伞，有的人披着发旧的雨衣，有的人像我一样，根本无视雨的存在，在雨中泰然散步。

　　我想雨和我一样是快乐的，每一次生命的相遇，都像不同命运轨迹的纹路，相互交集或分离，相互珍视或错过。珍视的是关于某种特定情感的记忆，错过的是不同的人生方式。有的人也许永远奔波在这条道路上，他们不会因为雨的到来而停顿，而有的人只是借路而过，只是与雨有一场偶然的相遇。我是这个城市长久滞留的旅人，不知道还要在这里生活多久，不知道未来是否还有更多的风雨。雨在这座城市，执着于清洗我们匆匆的脚步，哪里还有往日的足迹。只是在不断地等待，等待一场雨的到来，又等待一场雨的消失，就像是等待自己另一个不被世界注意的灵魂。

　　其实，我是远离了雨的。多半因雨的推迟而感觉到自然的异常。城市上空的云层常常瞬间飘离视野，留下了无穷的燥热。即使偶尔有雨的降临，也常常若即若离，仿佛根本就没有降临于此。与记忆中乡村的滂沱之雨相比，城市的雨只能称之为欲扬又止，醒来时乌云也早已不见踪影。多少年未曾彻底深入一场雨？仿佛生命已经度过了大半辈子，现实中的苦难已经过于深重，记忆中那些被雨肆意虐打的痛感早已忘却了，那种透骨的寒凉早已在内心变得麻木，变得淡然。

看惯了人世间的悲欢离合，看惯了无法企及的理想触壁，看惯了那些无法说清的不公平与残酷的事实，谁又能左右突然闯入的厄运，谁能抵挡自然的灾难？或许，当世界变得更加美好，这一切都将会得到改变，如同深临一场雨的寒凉，在苍茫的雨丝里勾画着一张迷离的网、健忘的网、无法撑破的网。

雨丝织得更密一些，乡愁也就会更浓一些。乡愁是什么概念？乡愁是父母在世的产物，随着父母的离世，乡愁早已土崩瓦解。我记得幼年的雨，记得父母那温暖的怀抱，亲人的爱如此无私，如此细腻，如此纯粹。你无法形容父母给予你的爱，随着年龄的增长，成为一壶浓烈的酒，闻之沉醉。我记得母亲到学校为我送伞的情景。小学时我年龄尚小，一年级时只有五岁，而且学校远在一座山梁后面的外村。遇到下雨，还没放学，母亲总会拿着家中的黄油雨伞站在教室外，等着我下课。那是家中唯一的伞。看到母亲，我的内心升起无限的温暖，仿佛自己变成了一只自由的小鸟，在母亲的目光里勇敢地翱翔。

有时候母亲忙地里的农活，或者忙着做饭，奶奶就会差使叔叔来送伞，每次都不会落下；有时候暴雨来临，河上的桥梁早已被水淹没，父亲都会早早地守在桥边，等我放学，背我涉水过河。在雨中，我俯身父亲肩头，感觉到父亲温暖的背，驱赶走了对风雨的恐惧。

如今的雨中，只剩下我自己。只剩下我和雨本身。就像是纯粹自然界的事物，在思想上融合又分离。因为时空的交错，一场雨乘风驾云，赶到城市与我相约。一个即将落暮的黄昏，在满是车辆的街道上，在行人来往的楼群下相遇。我用目光接纳它，用内心感知它，用自己的体温唤醒它。故乡的影子，在雨中摇晃着、颤抖着，重新焕发了光芒，我的身体内渐渐被一种力量充满。

故乡曾经在雨中变得泥泞和模糊。那是我时常为之牵挂的地方，如今在记忆中干涸。故乡的雨去了哪里？故乡的人去了哪里？我找不到故乡的踪迹，听不到故乡的声音，连同那些泛着绿意的田野，迈着婀娜脚步的雨声也消失了，它们的色彩逐渐地黯淡，记不清楚道路的样子、河川的模样。我依然是我，因为与雨的接触，又一次感知到雨的温情，未曾减弱对命运的追寻，走过千山万水，依旧带着对故乡的眷恋，依旧带着轻柔的呼唤，在天空悬浮如母亲慈爱的目光。

雨像是一团奇异的思绪，很快在马路上卷曲，汇集成一种无法描述的湿度。潮湿是对生活的尊重，如此严肃的生活，需要我们小心翼翼地穿梭在无法预知的道路上，或许所有的润泽都是对命运的启示，对苦难的敬重。或许那是一场悲伤之雨、喜悦之雨，抑或是坚毅之雨、梦幻之雨。雨下在不同人的内心，泛起大大小小的涟漪，勾勒出深深浅浅的思绪。一座城市的忧愁是什么，一座城市的灵魂究竟藏在何处？如果细细思量，雨在空中奏响的是万千旅人的心思，更是这座城市的混响。而恰恰缺少了这首旋律的指挥者，它们因为下得飘忽，下得疯狂，下得交杂。在斜风中毫无征兆地将白色的带着锋芒的音符击落在地，发出了掷地有声的响动。

　　我不愿去躲雨，常常毫无牵挂地走在雨中。那是一种无从表达的内心豪情和对这座城市袒露内心的真诚。我们什么时候惧怕过生活中的苦难，什么时候在困顿的现实中被追得东躲西藏，什么时候能有这样栉风沐雨的狼狈。生活从来属于人类自己，从来属于我们真实的内心和表达，我们不需要陷于温室中保护懦弱。

　　这是一场雨来临之时的姿态，它饱含着无限深情，摩挲着道路上的树叶，透过密集的窗户，在降落时连同枯叶和花片一同摧毁。也许这就是大自然的威力，绝不姑息阻碍历史前进的力量。它们以自然的规律为利器，消除了踟蹰不前的犹豫，让城市的生命重新焕发出绿意和生机。我们从不评价一场雨，从不描述一场雨，它们仿佛来无影去无踪，没有一座属于自己的纪念碑，属于自己的家园，但它们坚韧的存在，随时闯入你的视野，证明自己的永恒。

二

　　雨季的到来是命运中必有的经历，无论狂骤还是细腻，都难以用确切的定义描述。一场雨在你的目光中带着特有的气质，摊开在你的掌心。雨，没有自己的家园，云只是它的寄宿地，用漂泊的行程驱赶理想的坠落。我在城市的傍晚，守候它的到来。仿佛并不是它愿意在坚硬的路面上停留，人类只是它邂逅的生灵，它们在雨伞上跳跃着身姿，滚圆的雨珠沿着伞顶攀爬，似乎要看清人类的面孔。哪里是一场雨的尽头，茫茫雨色，挂起一幅唯美的编织，但并无坚硬的阻隔，只是酿造出一幅深沉的布景，为燥热的城市降温。

　　其实，并没有太多的人去排斥一场雨。雨滋润了道路两旁的树木，也浇灌了树下的草丛。只是这些风景，为了点缀人们单调的视野，更多的是让眼睛不至于在楼群中迷失。一座古都的美被雨渲染得十分壮丽,增添了梦境般的深沉。梦中我们见到的雨和现实中我们见到的雨,相互交织融合,唤醒了离乡日久的苦痛,记忆中的庞杂,亲情的割舍,命运的斑驳。世界是内心的参照,当我们习惯了忘记,又不安于对理想的背叛,日益陷落的甘心。

在雨中,我和内心对话。眼前的人群趋于安静,他们更多都在收敛面部的表情。雨是一种表达,它的思想与身体同时碰触在地面的刹那,扬起了理想的浪花。它们欢聚在一起,拥抱在一起,畅谈着各自的际遇,对未来的幻想,然后各自离去。雨水究竟去了哪里,我们一无所知。也许它们去了遥远的大海,也许重上云端,过着漂泊的日子;也许它们随着花草的根茎,进入了叶脉,合成了氧气,进入了我们的呼吸。但我所知道的是,它们改变了一座城市的景象,改变了人们的路径,改变了我们的心情。

道路上并没有因为雨而停顿。只是车辆行驶的速度较平常缓慢了些,车尾灯带着潮湿,格外红润刺目,似乎是提醒后面的车辆要耐心等待。海棠结了果实,涨白的果实增添了成熟的风韵。它们在雨中颤动着厚实的叶片,列队观赏着来往的车辆。我在雨中啜饮着灰暗中的迷离,像是展露出藏匿于心的落寞。人世间的孤独,就是独立于世间的孤独,像是一只远行他乡的蚂蚁,触角早已被风尘灼伤。我是孤独行走在城市的蚂蚁吗?自己是自己的蚁王,自己是自己的救世主,悄悄地舔舐内心的伤口,等待着漫漫长夜中那一缕晨起的光亮。

城市的雨是梦醒时分的雨,是游离于绝望和希望之间的雨。当我们无法左右命运,当我们在困顿中回首,我们发现那些曾经爱着我们的人都已经离世。而雨是否是最好的悼词?怀念之雨,壮烈的风翻起了思念的白色思绪,在城市的街巷之间游荡、穿行,把我们的目光牢牢地吸引在脚底的静物上,看不清远方的轮廓,淹没了楼群的岛屿。

我曾远行在苍茫的海上,遭遇了狂风暴虐的雨。那是一只中型的游船,船上有几十位游客。船儿环岛行驶到中途,天空的云早已如雷霆万钧压顶。乌黑的云厚重如千年的巨石,卷积着不同的形状,朝着大海深处压下来。这是一场雨的世界,硕大的雨点从天空落下,瞬间敲击在船舷上、甲板上,像是坚硬的石子迎面而来。我终于见识了大海之雨,汹涌,无情,迈着无法阻挡的脚步,洋溢着内心深处的欲望,似乎想要将世界砸得粉碎。这是意志之雨、理想之雨,埋葬一切安静,用最为坚决的行动证明自己的力量,在滔天巨浪中顽强地冲浪人生。

这时,我的内心早已失去了安静,随着狂暴的大雨在海浪上浮沉。茫茫两不见，弄潮天地间。这是多么壮阔的人生搏击，在波谲云诡的浪尖上，还有低飞的海燕，这些迎着暴雨逆行的生灵，在浪尖上忽左忽右，躲闪着海浪的击打。它们仿佛成了雨的一部分，成了目光中唯一能够看到的坚韧灵魂。既然苍茫的大海已没有了可以停靠的港湾，那就勇敢地站立于潮头做一个不惧生死的弄潮儿吧！这样，我内心一切的惊惧也被窗外的雨水冲刷殆尽了。是的，一切都可以重来，还有什么困难不能逾越，还有什么痛苦不能忘记，还有什么烟云不能消散。

其实，海雨之中，我早已看到了一只渔船，在云头之间迅速地游移。它正在跟即将到来的雨赛跑。远远地看不到船上的人儿，也看不到船桨，或许是一只机动船，开足了马达。但很快压低的乌云遮挡了船顶，淹没在高高的海浪之下。我的目光始终在海浪间搜寻它，担心船的主人是否还存在。也许，就在一念之间，船翻人覆，整个大海仿佛一切都不曾发生。就在我胀痛的目光即将从风雨中收回时，却又看到小船从海浪中穿出，依然倔强的坚毅的存在。它移动的速度更快了，仿佛刚刚从风暴中获取了新的能量，快速向着海岸飞驰。

海雨冷峻、肃杀。它的降临是无情的，一会儿工夫就会使人失温，即使躲在船舱内，又多披了一件雨衣，我仍旧止不住地打着寒噤。我们无法与大自然抗争，人类是弱小的，面对强大的神秘的力量，唯有保护好自己，保护好未来的希望。

雨中多少狂烈的灵魂，都变得如此消沉。我们无法停止生活的脚步，无法在满是风雨的道路上选择逗留。我曾经是一场雨的旁观者，如今成了雨的一部分。我了解了雨的命运，我与生命中的厄运达成了和解，我开始在雨中享受生命赋予的一切。

我们谁也不会彼此嘲笑雨中的跋涉者，或许他们已经十分狼狈。有的被逼退到墙角，有的则成为十足的落汤鸡。但这一切都并未影响对明天的打算，对未来的追寻。雨季是我们灵魂依附的时节，是我们应有的属性，是我们必经的历程。

我曾于雨中与亲人们共度困顿的岁月，遭遇了屋漏偏逢连阴雨的痛苦。唯有把家中的脸盆和水桶都集中起来，迎接屋顶瓦缝里漏下来的雨水。那是两间仅有的瓦房，瓦当然是父亲去窑上烧的，或许因为没有太多的经济实力，只能给两间屋顶搭建了耙籔的屋顶，再覆以黑瓦。

我就坐在床边，听那屋顶黑暗处一滴一滴雨水滴落进水桶的声响，从沉闷一直敲击到明亮，一桶水满了，换了脸盆继续接。时间在雨水的淋漓中缓慢地游移，漫长的日子在等待中终结，盼着能够早日走出贫穷的乡村，改变家中的光景。

当我走出乡村，来到城市，回眸的瞬间，发现家中的亲人父母都已经不见了，他们再也看不到我所改变的生活，我所证明的生活，再也不需要聆听着屋顶的漏雨和衣而眠。而这一切都似乎没有了意义，我仍旧在前行，血液中流淌着父母的基因，我所掌控的命运，正是他们赋予我的力量。

三

雨的力量谁又能看清，谁又能说清。这群天外的来客，无论是柔绵，还是狂骤，都以万箭齐发的姿势穿梭。一切事物都成为它们的靶心，在碰撞的时刻以吻献身。雨似又在落地的刹那，狂乱地在地上翻滚着，匍匐着，虔诚地行礼，到达与潜藏，坠落与新生。活着是对美好的追寻，死去是对命运的不甘。雨滴的碎落，发出了生命的呐喊，震颤了枝上的叶片。

我曾多次在雨中奔波。有时是在山上，有时是在田间。那时的我，仍然未曾远离故乡的田野，把雨色误认为是对山野的装点。直到雨迅速汇聚成惊涛骇浪，冲垮了山间的茅屋，冲垮了石堰，冲走了家什。还有的离河边较近的坟冢，也都冲出了骨骸。大自然没有赋予人类任何特权，没有给予他们任何优先的待遇。岁月的沉积改变了大地的形状，改变了行云流水，改变了山川和面貌。

我感叹岁月的变迁，是风雨雕琢了记忆，掩埋了记忆，摧毁了记忆。再也找不到熟悉的地势、熟悉的风景和熟悉的道路。一切都变了，命运变得如此剧烈，我已经被故乡抹去了名字。我看到被洪水冲毁的河谷，沙滩、白杨树也不见了踪影。石堰下曾经的小溪也没了踪影，苍老的柿树早已倒下。雨既能造就一切，也能抹杀一切，我再也不是这片土地上的行走者、吟哦者，我犹如失去方向的蜻蜓，在山坡下逗留。

城市的雨也在无声地改变心境。从青年到中年，雨的姿色几度沧桑。再也不是青春的舞会，再也不是一首青涩的诗。雨更多趋于安静，趋于晦暗，趋于缠绵。许多道路上都可见雨行走过的痕迹，落叶满地，人影匆匆。我们即将与这样的雨陪伴一生？或许，仅仅是擦肩的一瞬，就将定格生命的旅程。

失去的是过去，留住的是现在，期盼的是未来。有雨的日子，我们奔波在道路上，等待着旭日从远处升起，照亮每一处暗淡的角落。在苍凉的古都，雨水被种植和养育，在逐渐地走向北方的茂盛，在惊雷中成长，在夏夜中出笼，行走在夜色的苍茫。我该怎样去感受这样不期而遇的雨，去迎接它蹒跚而又坚定的脚步，踩碎了夜空中的不安和惊惧，等待着世界秩序的重塑？

雨并没有改变形态，风雨飘摇或者步伐踉跄，都一样走得兴致盎然。有时压弯了花坛中的低枝，几乎要擦着地面；有时则打碎了树叶，满地的狼藉。我们希望雨后的天空更加专注，它们怀抱着清澈的云朵，注视着雨后的繁华。

我曾经在边陲经受一场细雨的洗礼。本该是十月的初秋，在这里却是春天。冷雨忽然开始扫荡刚刚从车上走下的我们。面前是一片辽阔的油菜花地，金黄的花朵正在锻打一块金黄的纯金。我们钻进油菜地里，冷雨扑心。高原之雨如同带着霜凌的冰晶，让我的心打着寒战，手足无措，唯有抱紧自己的身体，唯有祈祷生命的暖意。

更远处，是一个大的咸水湖。湖面上早已风起云涌，黑色的云块从天地间汇集，在湖面上升起一个巨大的蘑菇云。白色的云雾缭绕在雨柱中心，仿佛那是天地交汇的神坛。我无法感知那里发生了什么，源源不断的雨雾从湖面上被吸附，升腾向遥远的天空。

雨更加密集，油菜地埂瞬间充满了泥泞。我的双脚陷进了松软的泥土，裤腿以下悉数被冷水浸透。我蹲下来，和油菜花一起被淹没在雨里，感受着油菜的呼吸，聆听着雨行走在高原，像是一场苦极了的人生之梦，站在理想的花开处，经受着最为致命的考验。

我曾经在风雨中磨砺了苦难的童年，又在苦难中经历了爱情。而面前的一场雨，和黄灿灿的油菜花地相遇，是不是也在追忆它们内心无穷的依恋。花带着笑意，垂泪沉思；雨带着迷茫，在草叶间追赶。分不清是内心吐露的情感，还是世间最为珍贵的爱意，它们在相互纠缠角力，从黎明的曙光中切割着时间，弥散着时空的烈度，守候着高原的清纯。

我在雨中淋湿了头发，又淋湿了衣领。冰凉的雨水顺着脖颈灌进衣领，又将我的身体占领。我是高原上一颗滚烫的石子，逐渐地冷却，逐渐地下沉，逐渐地趋于缄默。雨曾经那样驱赶过城市的人群，而面对辽阔无人的原野，雨在悼念什么？

在悼念爱情或者青春。如同春天如此迟缓地到来，我们十月在高原的相遇，携手走向未知的远方。只有雨苦苦在车后追赶，它拍打着车窗，亲吻着车顶，在我的困意中不断地闯入，不断地惊扰。我不再留恋一场雨，也不再执意倾听雨声。生活的庞杂让我迷失，让我压抑了内心的情感，学会面对无常的冷雨。

在一片高地上，我下车凝望。雨就在前方的路途上，砸起灰尘。而远方的云朵，悄然在山顶升起。雨带着自己的理想，到处漂泊，时不时停下脚步，尝试在高原打坐。它们更多地表现出狂野的个性，猝不及防地将硕大的雨点砸向羊群，或者是路边的一棵树。虽然高原辽阔，但我从未迷失，因为雨仍旧在我心中，指引我的怅惘。我高举自己的目光，向着北方的大漠执着前行。

　　我留恋一场雨，崇拜一场雨，在雨中感受内心的迷失，寻找现实的温暖。就像是雨前的浓雾或者是乌云的聚集，都像极了为筹备一次旅行所积攒的热力。有时候我们常常无果而终，当我们热情地准备面对生活的挑战时，乌云突然被风吹散，不见了踪影。一场雨被意外打断，曾经幻想积蓄力量重新萌芽的种子，曾经希望在暴风雨中冲击飞翔的燕子，曾经我们新买的雨具，也都被丢弃，被搁置，生活的节奏恢复了平静，重新投入一场燥热的煅烧。

　　雨后的高原恢复了平静，薰衣草带着雨珠的晶润匍匐在高处。多少高原行者，聚集在花丛中，等待着摄像人布景。这是一片自由呼吸的高原，雨水带来了新的生机，即将酝酿出新的生命，即将在人生的旅途中留下最美好的记忆，那是一片曾经荒芜的原野，如今正在雨水的怀抱中耕植，收获人生的繁华。

弯 月 似 刀

一

　　月亮似有似无，在树丛间隐约闪现。它似乎在某个年头消失，又在若干个年头后出现。当你走在城市的巷子里，突然发现月光再次在青色的砖墙上铺展开信纸，上面的字迹却再也不能辨别，你内心感觉到了恐惧。那是时空苍老的标志，月光遥远而陌生。

　　走在月色里，这座城市装载了你几十年的心事。月色是你心灵的宽慰剂，是你心湖上唯一不变的目光。它宽厚仁慈，从来不减少它的温暖、明净和淡雅。最初你怀着期待来到城市，一样在月光里徘徊，想要找到进入月宫的大门。那时候，故乡并未沉沦，月色苍茫的旧影里，一头牵挂着村庄，一头牵挂着自己的家。如今，月色泯灭了界线，只剩下生与死的苍茫，混淆了它的表面与内部，只剩下相互交融的壮烈与汹涌。

　　我曾是爱着这月色的，它朦胧温润的脸庞上写满了青春，写满了圆满。如今它满含着沧桑，充满了缺憾。仿佛人生，正在走向下弦月。下弦月，弯刀似有利刃，锋芒孤独而寒冷。我常常坐在城市街道旁的长椅上，望着天空的月，它曾经是那么熟悉，如今突然变得陌生。不知何时与我成了陌路。

　　奶奶走时的前几年，常常与我谈及月亮姑姑托梦于她，为她加了十年寿限。想来颇为神奇，奶奶果然十年后离去。月亮似乎也成了神一般的存在，告诉一位老人她未知的事情？梦的神奇是因为它与月亮紧密地联系在一起，让我们人类充满了好奇。

　　月亮是黑夜里的什物，它与太阳共守着地球，成为地球的阴性伴侣。我们观察着身外之物，是不是也在修炼着自己的心灵。心灵中的月色，该是灵魂的月色，该是人类内心最为强大的力量,像是相互牵引着、缠绕着、复原着、重生着、行进着。不断地靠近与远离,昼夜奔息,从未停止。

就像夜晚忽然想起月光,而它在城市中的身份,仿佛变得更加复杂了一些,变得空旷了一些,也变得疏远了一些。因为我们与它交流的时间越来越少,我们沉浸在电气化的时代里,感受着璀璨的灯火,享受着现代化音色的熏染,忘记去看窗外的宁静世界。

打开窗能看到什么?有时候面对城市的黑夜,我们疑窦丛生。楼群的阴影挡住了月色,车灯遮挡了月色,繁杂的琐事笼罩了内心,无处栖息。梦乡中,多半是空寂的暗淡,对世界的担忧,对未来的恐惧。我们可知月色虽然免费,但异常珍贵。我们却又常常辜负了它,忘记了它。面对它时我们无动于衷,我们视它们理所当然的存在,当我们失去它时却痛苦不已。

有时候月色似有似无,几乎被内心的杂乱淹没。我们常常在花园里或者马路边无助地徘徊,忘记了月色清冷的陪伴。它并没有跟随你的打算,兀自低沉地悬挂在半空,安静地打量着身边的一切。谁能够解读这漫无边际的月色,覆盖住浩大的时空。小店的灯光仍然未曾熄灭,还有坐在窗边的人们仿佛在交谈着,谈论着令人喟叹的人生,或者抚今追昔,一唱三叹。只是几棵胡同口的白杨树,早已经在月色中开始反复练习着歌谣。唱得最响的是那一簇簇细碎的叶片,抖动着月光的白霜,走进梦乡。

我低下头,仔细地辨别月光下的事物,安静得可以听到自己的心跳。我是那个丢失了记忆的人吗?我是那个忘记了回家的路,忘记了呼吸,忘记了给你写信的人,还是忘记了自己生命中最原始的青春,忘记了那份狂野和义无反顾的追寻?

曾经的我常常在月色中找寻自己的未来,也许是一捆柴,也许是石头搭建的城墙,也许是一棵粗壮的树木,都可以容我轻巧地躲藏。我躲下来,像是把自己安全地放置于月色中的秘密基地,等待着有人将我发现,等待着捧出自己的呼吸,被发现的惊喜,潜伏在夜色中,更像内心那份依恋和不舍,直到所有的小伙伴回到家门,我才一个人悄悄地走出来。

没有人发现我,因为我藏得过于隐秘。他们都厌倦了,放弃了,回到自己的小天地。而我仍旧在田野上,感觉一个人的遥远,像是一缕月光的一部分,在轻轻地漂移。

月色中夹杂着几许陌生,因为我们过于疏远,有时候虽然近在身边,却没有余暇来审视它的面庞。它的面容有些苍老，有些疲累，有些倦怠。是随着我的那颗心一起成长的么？随着我的心情一起漂泊，在遥远的无边的海上，等待着靠岸的时辰。

月色并不是名利的，它只要是能够照到的地方，都丝毫没有保留。所有的世界上的愁苦、漂泊、柔情，都被月色打量着、沐浴着，混合成世界上最为浓烈的醇酒，在胸口涤荡着、翻滚着，向着城市的街道滚滚流泄，在人间的河岸上翻卷浪花。

那时，我怀着无限的幻想，游走在乡间的夜色中。金秋的稻香里，蛙声阵阵，月色与稻穗垂挂喜悦。河岸上是黑黢黢的菖蒲丛，仍可见点点的萤火划过潺潺流水。我是在梦中吗？我在如梦如幻的雾霭中采捉了几只萤火虫，欢喜地放置在玻璃瓶中，带回家去。那时窄仄的河渠上，高大的白杨树随风摇摆着叶子，在月光下曼妙的舞蹈。我陶醉在故乡的月夜，忍不住大声歌唱，高亢的歌声穿过河对岸的柳树林，穿过山林，在空旷的崖壁上回荡。

梦是梦的伴侣，它们相互辉映，在心灵的祭坛上闪烁着现实主义的色彩。居住在城市多年，月光仿佛也成了我唯一的朋友，它常常在深夜出现，不知何时又在头顶消失。因为孩子学校搬迁的缘故，我的租住地也多次搬迁。从南到西，从西到东，来来回回搬家，却始终围绕着一座礼拜寺。礼拜寺的规模比较庞大，在街道两侧形成了几个绿化带，因此成了周边居民散步的首选。我常常围着礼拜寺散步，特别是月色凝重时，月亮从礼拜寺塔尖上升起，照亮了瓦楞上的苍凉，照到了内心深处的幽暗。

我常常在月光下行走，而又忽视了它的存在。在某种意义上，月亮更是大众的亲人，它不求回报，只是默默地陪伴，即便是最难的时刻，它依然会温和地将你注视。我只顾思考自己的未来，企图在繁杂的生活中找到喘息的空间，而忘记了远在他乡的亲人。是他们将我养育，将我带到这个世界上，而我享受着他们的亲情和关爱，却又常常在城市的角落忽视了他们。就像忘记了身边这些闪着银灰的世界，蜷缩在城市的一隅，躲避未知的风雨。

在美学家看来，月光更趋于唯美。关于月亮的传说，根植于内心的就是关于牛郎和织女忠贞不渝的爱情传说，抑或是嫦娥奔月的故事。无论是选择忠贞还是背叛，月亮终究是爱情最美的见证，银河闪烁着晶亮无比的锋芒，无数怀着对爱情无限憧憬的少男少女们依偎在月光下，等待着月光的濯洗，仿佛是人生的终极意义，体验来世的价值，爱上一个没有血缘关系的异性，成为自己生命中的伴侣，成为最值得依赖的情感归宿。

我看着月亮，它每每在云层上升起又渐渐落下，都带着佝偻的身躯，缓慢的步伐像极了年迈的父亲。每次看到月亮钻出槐树的影子，站在小区门口的楼顶朝我张望，我就认为那是父亲的灵魂。它的目光永远带着赏识的宽慰，带着慈悲，带着柔情。我沿着狭窄的道路走到月光中去，找到了一小片可以被月光照到的地方坐下来，仿佛又和父亲促膝长谈。内心无声的语言与夜色中的风交织着，摇晃着树枝上的叶片，吹来了记忆中故土的气息。

许多时候，月色清纯明亮，为记忆中的夜晚增添了最值得铭刻的部分。很多人都在回忆，在失去后方懂得珍惜所有。所有的情感和心事都仿佛堆积在月亮上，抬头时便看见了自己真实的心境。我们内心那些看不见底的欲望沟壑，显露出沧桑的阴影。仿佛早已经被岁月埋葬的，被灰尘涤荡的，被风雨碾碎的往事，一件件都被月光照亮，早已经变得虚无和沉静，只剩下空空的回声。

月色是最好的安慰剂。城市的夜多数时间都似咀嚼难以下咽的心梗。有时候我们从繁忙的工作中脱身，看见月亮时怀疑这个世界的真实。朦胧中的街道如此的庞杂，它们早已经在白天承受了太多的碾压和噪音，此时已经沉入梦乡。路边的树木把黑色的影子伸展在地上，仿佛得有余闲来梳理和折叠。月光一瓣一瓣地落在马路中间的花坛上，它们如此悲壮，所有的花期都没有游客，所有的果实都已成为摆设。

还有什么能够唤醒月色中的真实？茫茫人生的江河，滔滔不息地奔腾着，滚动着无数年的月色，在大道上游弋，混杂着不安、悲壮、兴奋和炎凉，慢慢地凝固成一块万里的冰川。

二

月亮与文人的情感最为密切。过了而立之年，随着对生命况味更加深刻的体验，对月的情感也与日俱增。在浩瀚的文学长河中，月色的明润、苍凉与诗人的人生情怀相互交融，构成了中国文学的明亮底色。从内心深处讲，最喜苏轼关于月的诗文，极尽苍凉豪迈，映射出诗人跌宕起伏的人生轨迹。"酒贱常愁客少，月明多被云妨。中秋谁与共孤光，把盏凄然北望。"月光太亮就会被乌云遮挡，谁能与我共享月光的孤独。《西江月》一词道出了苏轼对命运的思考，一路南贬，北归已经成为他内心最强烈的夙愿。苏轼一生从仕四十年，有四分之三以上的时间游离于朝廷之外，三分之一的时间处于贬所漂泊的状态。苏轼去世前在《自题金山画像》中写道："心似已灰之木，身如不系之舟。问汝平生功业，黄州、惠州、儋州。"

宋神宗元丰三年（公元1080年）二月一日，苏轼被贬黄州。到黄州后，苏轼开垦东坡，躬耕田野，寄情山水。"雨洗东坡月色清，市人行尽野人行。莫嫌荦确坡头路，自爱铿然曳杖声。"雨点纷落，把东坡洗得格外干净，月亮的光辉也变得清澈。城里的人早已离开，此处只有山野中人闲游散步。千万别去嫌弃这些坎坷的坡路不如城里平坦，我，就是喜欢这样拄着拐杖铿然的声音。多么恬淡的自然人生！苏东坡仿佛忘记了仕途的困顿，在雨后月色弥漫的山野疗伤，在坎坷的旅途中毅然铿锵前行。在黄州期间，苏轼写下了千古名篇《前赤壁赋》、《后赤壁赋》和《念奴娇·赤壁怀古》，在两赋一词中，苏轼在江岸边信步，在清风明月间思考，对人生的领悟更为深刻。"清风徐来，水波不兴。举酒属客，诵明月之诗，歌窈窕之章。少焉，月出于东山之上，徘徊于斗牛之间。""哀吾生之须臾，羡长江之无穷。挟飞仙以遨游，抱明月而长终。""惟江上之清风，与山间之明月，耳得之而为声，目遇之而成色，取之无禁，用之不竭。"在东坡看来，唯有清风明月如此慷慨，像世间最为真情的馈赠，信手拈来，俯仰皆得，不掺杂官场的世俗交恶，真可谓人生在世，抱明月而长终乃人生一大幸事。

公元1094年，苏轼被贬英州，人还未到英州，朝廷圣旨追到，再贬惠州。惠州期间，朝云病亡，葬于栖禅寺松林。此时的苏轼，已是"使我如霜月，孤光挂天涯"。中原北望无归日，内心悲痛可想而知。紧接着厄运再至，弟弟被贬雷州，自己再被贬到儋州。"吾谪海南，子由雷州，被命即行，了不相知"，苏轼给弟弟写下"孤城吹角烟树里，落月未落江苍茫""他年谁作舆地志，海南万里真吾乡"后，便孤身携带着幼子乘船离开广东惠州，踏上了去儋州的生死行程。"我行西北隅，如度月半弓。"到了儋州，穷困潦倒，荒凉无依，"孤村一犬吠，残月几人行。""大瓢贮月归春瓮，小杓分江入夜瓶。""枯肠未易禁三碗，坐听荒城长短更。"江水煮月，坐听荒城打更，可见苏轼已是清贫寂寥之至。直到六年之后，宋徽宗即位，年过六旬的苏轼才遇赦北还。六月二十日夜渡海北上，大海汹涌，思绪翻腾，回首久居南荒的穷困生活，苏轼的内心仍坚守着那份澄明达观。"参横斗转欲三更，苦雨终风也解晴。云散月明谁点缀？天容海色本澄清。空余鲁叟乘桴意，粗识轩辕奏乐声。九死南荒吾不恨，兹游奇绝冠平生。""天公变化岂有常，明月行看照归路。"对于看破生死的苏轼，一切苦难已经超脱物外了。只可惜一代文豪，于公元 1101 年，病死于北上途中的常州。

与苏轼的人生之月不同，李白的月则更具浪漫主义的色彩。李白天资聪颖，小时就写下"小时不识月，呼作白玉盘"。四十二岁奉诏入京，受到玄宗接见，被召供奉翰林。只可惜文人的天性孤傲难以融入朝廷，李白很快被贬出京，后又因参加永王东巡而被流放夜郎。遇赦后的李白半生追求仕途无望，遂寄情山水，把一腔政治抱负化为踏破山水的侠气方刚。李白笔下的月与其性情极其相似，有年轻气盛时"人生得意须尽欢，莫使金樽空对月"的洒脱，有与月对饮时"举杯邀明月，对影成三人"的落寞孤寂，有月下舞剑时"三杯拂剑舞秋月，忽然高咏涕泗涟"的粗犷悲壮，亦有无奈离京时"孤灯不明思欲绝，卷帷望月空长叹"的苍凉感慨。

李白一生与月为友，以月寄情。从《梦游天姥吟留别》"湖月照我影，送我至剡溪"到《峨眉山月歌》"峨眉山月半轮秋，影入平羌江水流"，从《送韩侍御之广德》"暂就东山赊月色，酣歌一夜送泉明"到《闻王昌龄左迁龙标遥有此寄》"我寄愁心与明月，随风直到夜郎西"，月始终带着诗人的使命在诗句中跳跃出入，似有万般幻化，承载着诗人浓郁的情感、疼痛的思念、扯不断的愁绪，赋予诗句生命的永恒。

李白与明月结伴一生，最终因月而死。北宋诗人梅尧臣曾作《采石月赠郭功甫》，"采石月下闻谪仙，夜披锦袍坐钓船。醉中爱月江底悬，以身弄月身翻然。不应暴落饥蛟涎，便当骑鲸上青天。青山有冢人谩传，却来人间知几年。"明人冯梦龙《警世通言·李谪仙醉草吓蛮书》写到诗人在一个月明如昼的夜晚，泊舟于采石江边畅饮美酒。忽然狂风大作，波涛汹涌，有一条长数丈的鲸鱼奋鬣前来。李白遂跨上鲸背，腾空上天去了。南宋陈葆光则在《三洞群仙录》写道："子美后说李太白宿江上，于时高秋澄流，若万顷寒玉。太白见水月，即曰：'吾入水捉月矣。'寻不得尸。说者云水解，此神仙之事也。"总之，有种种理由让人们相信，李白成仙了。这虽然是人们对李白赋予的理想主义的期望，但终究一代诗仙坎坷的人生历程，在苍凉的悲怆结局中画上了句号。李白在遇赦后几年投靠安徽远族叔父，不久便饮酒而死。

月色如水，千百年来缥缈往来烟云世间，目睹多少人间百态、将相布衣之死，又安然迎接多少新生命的诞生？月色如火，点燃了生命的激情希望，一场场又化为壮烈的虚无。它所见证的是人类思想跃升的轨迹，在黑暗的宇宙中不断擦燃生命的火花。

三

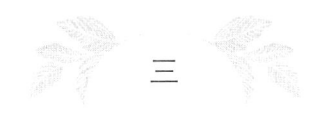

　　离开故乡后我很少再继承年少时隆重的赏月仪式。因为人类经济社会的发展带来的巨大影响，不仅让我们对月饼这种物质的功用失去了兴趣，同时其附带的情感和文化也淡出视野。八月十五，本该是一家人团聚吃月饼赏月的时刻，而这个时刻也只能留在我们这代人的记忆之中了。每年八月十五夜，父亲便会搬出一张八仙桌放在院中的枣树下，把月饼放在桌子中央，等待着月亮从瓦檐上升起。月光透过枣树细碎的叶片，将树影的斑驳曲曲折折刻印在院中每一个角落。父亲敬了月神，将月饼切了，喊出一家人坐在院中赏月吃月饼。大家各自谈着对未来的打算，自己的理想，自己对改变生活的看法，不知不觉夜色深了，村子更加安静一些，蛐蛐的鸣叫更加清脆了一些，仿佛对未来的命运看得更加清楚了一些。

　　来到城市后，人类的内心与月亮发生了奇异的变化，漂泊中的陪伴更容易让人铭刻在心。我们扫视着城市的楼群，钢筋水泥，冰冷阴暗，月光更难进入。人们在繁忙的街道上往来穿梭，全然忽视了月光的存在。生存，这是人类的底线；为了有尊严的生存，这是人类内心所追求的生命价值所在，当人们在虚无的物质中埋头跋涉，精神的荒漠再也无法承受月光的直视，他们在岁月中仓促老去，鬓角苍白之际，难以再挂留月光的温暖，只能在夜半的睡梦中惊醒，回忆命运深处那些空洞的声响，是不是月光在焦灼地等待？

　　月色中，人们在重复错过的陌生。我们头顶都有一丝皎洁的月色，尚未在惊魂中喘定。只是年轮在圆与缺中扑朔迷离。谁是命运的主人？谁将是岁月长河中屹立不倒的石碑？我常常在深夜辗转难眠，失去了亲人的我将如何度过下半生的岁月？我坐在一片月色中，仿佛要重新打捞沉在岁月长河中那些发光的记忆碎片，重新认识自己生命的起源、生存的意义，在永恒的月色中发现人类与宇宙的关联。

　　活着和死去都如此雷同，一场情感的盛宴，如同花园里壮美的花朵，开出了最热情的火焰，又在季节的末尾从容凋谢。我们与月光的对话都珍藏于心，它们如此隐秘，每一个人的告白都将是灵魂结出的花朵，每一个人的信念都是内心渴望结出的果实，它们在酸涩中逐渐成熟、丰收，在月光下悄悄收割。

　　我看到过壶口的月色，澄净安详，如霜如雪。它的灵魂融入黄河的浪尖上，镀金在礁石上。如果说壶口的巨浪是飞天的狂舞，那么月色就是这座花园中舞会的导演，它赋予了如此神圣的灯光和舞美，如一卷卷佛语的行板，以不容亵渎的光辉照耀心灵，让黄河的波纹在月色中瞬间顿悟。

顿悟的还有驻足在岸边的我。一场银白的法事在壶口之夜上演，酒醉的探戈，和着腰鼓的铿锵和信天游的高亢，歇斯底里的呐喊从深醉的内心发出，似要在月光之下滚动跳跃飞升，似要在贫瘠的土地上找到自己内心的温暖和激情。

我看到过贺兰山的月，苍凉悲壮，瘦骨嶙峋的山体上，一团团化不开的雾被月光洗濯，似乎埋藏着千年的心事。我伫立在渐凉的大沙漠之中，凝望着那轮孤独的山月，像凝望着自己的父亲，自己的祖辈。或许这枚月亮，看过了太多的厮杀，看过了太多的纷争，看过了太多的战火，早已经把历史的沉痛深埋心底，道不出一句话。只是默默地注视和打量，只是像慈爱的母亲，怀抱着一个受过太多伤的孩子，怀抱着一座千疮百孔的城池，怀抱着经历过血雨腥风的大漠，等待着灵魂的苏醒。

那是一片什么样的土地？岳飞曾八千里路云和月，踏破贺兰山缺。卫青霍去病曾经旦戈枕月，王昭君曾百步一回首，汉中月色怎消看。玄奘更是一路星光月色，踏上漫漫西去取经之路。月色漫漫，是否已经渗透进历史的情感，化作沙漠深处的甘泉，经久不息地滋润着脚下的土地，养育着它的万千子民？昭君出塞时骑在马背上，满目悲怆。昭君远嫁匈奴，这一去塞外就人世苍茫，将一生安放在了历史的卷册里。我们来想象她一路上的心境，回忆自己多年的孤守，无望的等待，耽搁了妙龄青春，徒费了万千月色。而今被迫选择了一条流浪迁徙的大漠生活。这一去，再难回头。昭君想到这里，弹了一曲故国别恋，这曲子旋律融入了昭君的爱恨情仇、眷恋不舍、毅然决然，怎能不让路上的月色掩泣，大雁徘徊呢？

月色中的大漠，更显宁静幽远。风吹起尘沙，沿着沙丘的脊梁轻声游走。月光后面藏着什么样的世界？是否是无尽的沙粒，无尽的深夜，无尽的宇宙？我没有力量用目光刺透未来，但我知道月光照射的地方，其实就是另一个未知的世界。

我们彼此在月光下注视，却无法留驻视野内的苍凉。它们沿着历史的记忆，在无人的沙地上蹒跚。除去我们内心的敬畏、热爱，我们该怎样珍视与命运相遇相知的月色。

在某种意义上，月光的性质类似人类的情感。虽然存在但却无法留驻，它于时光的流淌中不断地渲染着人类的记忆，为历史的行走留下印痕。在月光的注视下，情感似在不断发酵，不断酝酿，触发了内心的琴弦。据说贝多芬为了让一个失明的姑娘感受月光，亲手为她演奏，遂成就了流传后世的《月光奏鸣曲》。贝多芬回忆自己的初恋，内心的情感在月色中凝聚升华，在遥远的山野中缥缈独舞，如缕交织。在音乐家的手下，一种无法抗拒的情感油然而生，化为纯洁的幽灵，从遥远的地方漫步而来，好像从望不见的灵魂深处忽然升起静穆的声音。有一些声音是忧郁的，充满了无限的愁思，另一些是沉思的，纷至沓来的回忆，阴暗的预兆，而后是明亮、从容，是对爱意与温暖的渴望，弥漫了整个田野……

月光化为音乐，一个可以通过聆听而感知的灵魂，如此热爱着你所渴望的梦幻，和你一起抵达未知的远方。有时候我们在安静的生活中聆听，大自然所赋予我们心灵的力量，如同我们内心的庙宇，供奉着我们崇高的佛陀，经卷早已被翻阅，写满了月光的文字与经句。

昭君是否也是在月光下奏响离别？月色摊开记忆，音符碰撞着瞿塘峡的雄浑，深宫的幽冷，大漠孤烟的悲壮，一去万里的决绝，是不是琴弦上迸发出来的是命运的火花，抵达月光的圣坛，又如箭镞射穿高飞的孤雁？

月亮守护着黑夜，也守护着我们脆弱的心灵。它如此的恒久，照耀千古的力量，正是我们无法企及的永生。在月色中，弱小的一粒沙尘，不安地翻动着自己冰冷的身躯，等待着一阵狂风暴雨，洗涤内心的燥热与寒冷。只有月光从不改它的轮回，扫荡去了无尽的痛苦与爱恨，却始终保持着内心的明亮与安静，构筑一道命运的风景。

雨中离乡

今年的雨来得早些,未过完春节,雨便在河南西部的小镇下了起来。带着些许的寒意,随风倾洒在半空,迎着窄仄的屋门,细密地梳理着略显灰暗的天空。

我躲在院中的柴棚下,围着一堆火,安静地坐在那里观雨。内心的荒凉是不能为外人道的,痛苦亦是不能为外人道的。故乡,依稀只剩下寥落的麦田,和着稀疏的人影在乡街上飘忽着,很快又隐入人家的屋檐下。

麦地在雨雾的笼罩下一片苍茫,几棵未发芽的杨树,挺立在田埂上。想起若干年前的夏天,带着孩子曾徜徉在草木葳蕤的小道上,听着风吹杨树叶河流一样流动的声音,年轻的憧憬是多么强烈!茅草的嫩芽生长在草丛间,蒲公英举着嫩黄的火炬,在露水的闪耀中微笑。

一晃几年过去了,父母均已不在人世。故乡再也难以承载我的思念,只有村西头那两座坟茔,令我几多牵挂。

故乡愈来愈远,特别是席卷各地的疫情,让我们始料未及。回来没来得及买口罩,只带了三个备用口罩。原本想在孩子姥姥家待三天再回老家看看父母的坟,不料因为封路,好不容易找到一辆出租车,匆忙赶回便折回来,连去父母墓的时间也没有了。

内心的遗憾可想而知。

我的脑海中一直驻留着这样的画面。在茫茫细雨中,有一座孤独的坟茔在等待。等待坟前那片青涩的麦地,走来一个步伐踉跄的中年。他一路蹒跚,满怀复杂的情感,向着前方走去。

干枯的玉米株星星点点矗立在无人打理的麦地间,杂乱的野豆藤蔓攀爬上它们的半腰,藤尖似是长了眼睛,向着雨后的大路上张望。

我慢慢在菜地里蹲了下来,想从荒草中辨出仍旧顽强生长的菜苗。它们早已经被人们遗弃,但依旧挺立着不败的身姿,似要在雨水中汲取养分,膨胀出丰满的叶茎。我想在不规则的菜畦间寻找父亲的脚印,在菜叶的水影里寻找父亲斑白的额头和佝偻的身躯。但是除了迷蒙的光,看到的只有我焦灼的眼睛。故乡如此遥远,它已经不肯接纳离乡二十多年的我,不愿意在我面前吐露一句真实的话语。它捂住了河流的浪花,让竹林的风声沉默。

三年前,我回乡时父亲带我去河边的另一处菜园。那是一片与我陌生的菜园,紧挨着上游的河边。父亲告知,邻居要在公路边盖房子,和我家置换了这片菜园。菜园里种满了木瓜树,满地都是蒂落的带着斑块的木瓜。

我不知道父亲为何种植这么多木瓜树,也许是母亲年轻时喜欢木瓜树吧!小时候母亲每每从乡邻家拿回来木瓜,就藏在衣柜里。我常常偷偷打开母亲的衣柜,把整个上半身都探进衣柜的黑暗里,那里飘满了木瓜的香味,让我感觉到心脾清爽。

那片菜园装满杂乱的荒芜,各种辛夷树苗和丝瓜豆角缠绕在一起,仿佛都要抢夺这片园中唯有的一块儿阳光。父亲年迈,已无法耕作,他带我来到这里,也许是要告诉我这片土地是我家的,以后随着年代的变换,心里有个数罢。

父亲年轻时,是个种菜的好手。他种过西瓜、甜瓜、西红柿,不管什么季节,菜园里总是被安置上萝卜、白菜、茄子等各色果蔬。菜园是我放学后唯一可以一溜身就能到达的地方,那里充满着盎然生机,一度成为我的第二课堂。我常常主动拿起洗脸盆或者铁桶,到河里取水去浇菜。为了不打湿母亲为我做的布鞋,我常常先把鞋子脱在园子里,踩着布满石碴和荆棘的小路赤脚去河边一趟趟取水。园子里的菜渐渐丰硕,青菜叶子开始蓬松,葱苗已经到了膝盖高,豆角钻上藤架,南瓜也渐渐爬满了菜园子的篱笆,开出了沾满粉粒的黄蕊。母亲每到下午太阳下山前,都会来菜园子拔菜。一般都是割韭菜,摘南瓜或者豆角之类的。那时候,我的内心充满了自豪,我也是这个家庭的一员啊!

多少年后,再回故乡,菜园都已荒废,山野长满了树木。人们再不需要这些微不足道的土地,改革开放为人们带来了城市打工的机遇,他们在外面挣了钱,回来盖房买车,土地几近荒芜。

我家的土地都在靠近河岸的地方,一块麦地,两块水田,都被别人家代种。依稀还记得那些稻花飘香的日子,河岸上吹过潮湿的风,稻子在一望无际的绿海中泛起波浪。父母带着我们兄弟几个,在田垄间劳作,带着丰收的喜悦,带着对未来美好生活的憧憬,身影融进了皎洁的月色。

如今,最爱的父母都走了,带走了这片土地的记忆,带走了我对故乡的眷恋和深情。他们走得如此仓促，几度让我悲伤。故乡，在不知不觉中老得不成样子，他们在我的视野中日渐模糊。我的呼吸已经无法跟上故乡老去的节奏，迸发出相互远离与背叛的痛苦。

眼前的雨丝似是我内心缠绕的意象，我久久漫步在长满花椒树的村后小径，想要在杨树林摆动的枝条中发现春天的迹象。一只勤奋的啄木鸟，在树干上敲击着，细密的节奏在树林中回荡。我的心事仿佛也被掏空，那些时光的蛀虫，将我厚重的记忆啃啮一空。

孩子不知何时从身后跑出来，在沾满雨水的草间跳跃着，想要在这片土地上发现什么。我内心那份对故乡的依恋，无法告知孩子，只能在自己内心反复咀嚼回味，陈酿成一壶浓烈的浊酒。

急 行 的 雪

雪夜，有火升起来，映亮了院中急行的雪。

像是一场梦，漫长的人生之梦，编织着世间的忧愁和快乐，编织着低飞的目光，向着雪夜深处蔓延着，踩着村外道路的泥泞，依旧踉跄地行进。

我是雪的孩子，在雪夜里出生，在雪的冬天恋爱，在有雪的春天盼望着新生。回忆无法切断凌乱的迟疑，生我养我的故乡，却不能做长久的逗留，带着思念的疼痛，忍受着风摇落梦中的枝柯。

雪停了，风微微从身后吹来，有雨丝带着寒意从衣领上灌进脖颈。我们这就走了吗？这就走了，顺着湿润的麦地，走到大路上去。一个司机开着出租车在路口等着我们，因为疫情，乡村的路口都封了，他进不来。

我和妻子孩子拖着空箱子，戴着口罩从邻村后面泥泞的道路走过，一位大娘站在路口，茫然地打量着。她的亲人在哪？她是不是也刚刚送走了自己的孩子？她此时是什么心情？无法得知。

今年的春节，行程全部打乱了。原本是回平顶山去大哥二哥家看看的，但因为从洛阳直接到了鲁山，只能先回到孩子姥姥家里。待初三辗转回到老家，却急着赶回北京。车辆在村口等着，仅在家待了十几分钟，就匆匆赶回县城车站。

路上回忆着故乡的一切，记忆中不时闪过许多年前的镜头。路边的草木安静异常，猕猴桃伸展出硕大的藤条，露出嫩绿的小芽。板栗树挂着去年尚未卸去的干枯花穗，在雨中等待着腐朽。我打开车窗，深深地吸上一口故乡的空气，甘甜而又湿润的气息扑鼻而来。出租车在山腰的公路上盘旋爬行，即将越过分水岭，穿过玉皇庙、三间房，向着县城的方向飞奔。匆忙的我还未来得及再看一眼爹娘的坟，再多看一眼故乡的山川与河流，看一眼身后白雪覆盖下的山庄，就匆忙地离开了。

离开必将带着长久的疼痛。我踩着初春的料峭，内心升起一片迷茫，雨丝在眼前飘忽，似是中年记忆的发酵，故乡变得如此苍茫。

此前是在孩子姥姥家过的年，天气几多阴沉，多数是雨夹雪，在小巷里兀自飘舞。孩子踩着泥泞，走过一片杨树林，望着远处等待成长的麦地。绿色的麦苗正在吮吸着清冷的甘露，不安地瞟视天空的宁静。一切都将在自己的世界里寻找到归宿，一切都将在时光中落下身体的幕布。我不知道未来是属于哪一片安详的天色，就像今天的跋涉，一切为了感恩这个世界，感恩母亲的养育，感恩故乡的呼唤。

白色的空蒙洗红隔壁院中的柿子。那一家人早已经搬出，只剩下残垣断壁。院子里长满了一人高的荒草，院墙早已坍塌。只剩下满树的红柿子似在等待，等待着俘获饿了一冬的乌鸦，披着黑衣啄食理想的甜蜜？我在院中的柴棚下燃起了一堆火，似炊烟从小院中升起，在雨夹雪的空中弥散，躲闪着天堂之路的崎岖。

我无所事事，坐在火堆前望火。火是温暖的，也是危险的。需要保持着警戒的距离，也需要内心的依偎。当干柴开始达到燃点，剧烈地发出了自己的光和热，变成了一团明亮的骨头，化为灰烬。而它的灵魂，融进了我的血脉，吞噬了我内心的自卑和体内的病毒，让我重新鼓起了新年起飞的勇气。

我需要在忙碌中等待，我需要安静下来，重新打量和审视自己。我曾经如此卑微地活着，仿佛这个世界早已是强者的世界。我们甘愿做弱者，躲避世间的芒刺。我没有力气来喘息，每天都会藏起自己的锋芒，藏起自己的雄心，藏起自己的脚步，蜷缩在世界的洞窟，在那里靠着微弱的心跳，等待着黎明的曙光？

初二晚上曾做了一个奇怪的梦，高高地腾飞在山野之间。仿佛已是几十年未曾做过如此年轻的梦。在山野间飞翔，看得见青青草地，山坡的迂回，山野的微光。那是故乡的山野，熟悉的地形，却又夹杂着一丝陌生。我知道我离开得久了，离开了三十多年。岁月的牵挂在内心生茧，抽出了绵长的丝。城市里的繁华迷离，不断地在人生中打着问号。一切都未曾停顿，热情削减又聚合，重新燃起对生活的渴望。

早上醒来时，却又未来得及仔细地回味，穿好衣服来到院中。打量着眼前的时光，那场恍惚的梦，在现实里沉淀下来，似是又一场变幻不定的旅程。

下午天色又阴沉下来，外甥从前院走进家里，告知村里要封路了。几时广播里播放了村主任的通知，返乡的人如果要离开就赶紧走，不然明天就出不去了。外甥的提醒是焦灼的，担心我们一家不能按时返城，将是一件很麻烦的事。孩子妈妈走进来，与我商量找车离开的事，问要不要立即联系县城的司机，接我们先到县城去，看着愈加暗下来的天空，我却没有做好丝毫离开的准备。

打了几个司机的电话，被告知都已经接到停运通知，不能出车了。与一个师傅商量，求他问问身边开车的朋友，有没有私家车可以接我们出村。师傅答应帮我们去打听一下。晚上，在火堆旁，接到了一个陌生的号码，说可以来接我们。只是路上如果遇到封路，也只能临时再作决定调整行程。

第二天早上，司机打电话来了，说到了离村五六公里的路口，被拦在那里，让我们走过去会合。一家三个人收拾了行李，沿着村外的麦地，走向离乡的路途。在白雪与泥泞之中，每一脚踩下与抬起，都带着意想不到的趔趄。只是可以离开了，内心的石头总算可以落地了。

到了路口，看到障碍和路卡，这个新年的确被病毒包围了。

再见了，故乡！向着未来突围，脚步都深深地埋葬在麦地里，重新将被荒草填满。

父亲周年祭

秋天了，我该回来在故乡的田野上走走。父亲去年去世，未来得及见上最后一面，伤痕永远留在内心。这次回去，就是到父亲的坟前再和他聊聊，叙叙旧。

父亲去世周年纪念日这天，县城的天气阴沉下来，下起了雨。

我想这雨一定会下的，因为父亲走得匆忙。雨是上天的哭泣吗？雨是我此时的心情，雨是父亲在我耳边的低语。在县城雇了一辆车，一路上透过车窗打量着山野的起伏，回想着父亲的一生，回想着自己的半生往事，内心的沉重无法比拟。

这是一片厚重的山野，所有的草木都充满对我的深情。我却早早地逃离了它，以来到城市为荣。城市是一座嘈杂的城堡，人与人之间隔绝着一座大山。我却在山野间给自己寻找心灵的栖息地，我渴望着在这里找回真实的自己。

跪在父亲和母亲的坟前，仿佛又见到自己的双亲，两眼垂泪，却不能言语。山野沉默，柏树耸立，长久凝噎。我该以怎样的方式报答父母的养育？我无法向自己的孩子描述此时的内心。纸烟飘飞在空中，在烟雨中分散而去。望不断山野迷津，半生奔波却不能与亲人相守，执着于忙碌挣扎，生命的延续是一场无法圆满的梦幻吗？

父亲，请原谅那一个有着梦想的孩子，带着翅膀在异乡的天空搏击风雨。回望故乡的山水尽在雨雾中静默，我静坐在门前，空旷的村庄，是我空旷的内心，再也装不下任何的苦痛。

这一个秋天，来得如此匆忙，来得如此突然。树叶发黄，落在土地上。父亲也是在去年这个秋天，成为不小心被风吹落的那片叶子，也成为我内心再也无法安放的那段记忆。

无法想象父亲是如何倒在去乡里的路上的。他骑着电动三轮车，去街上买菜。作为超过80岁的老人，危险程度可想而知。我无从看到他生前的影像，曾一直想从谷歌地图中翻阅那一刻的影像记录，但却不能找寻到。

据说是身后有三辆拉砖的三轮车，与父亲的三轮发生了碰撞。但乡村的道路山岭陡峻，路边被高大的树木阻挡，既无摄像头，也找不到目击者。父亲被路人送到了乡卫生所，躺在简陋的病床上。等我回去的时候，看到他闭着眼睛。我喊了他一声，孩子也喊了一声爷爷。看到父亲睁开了眼睛，却不能言语。他挣扎着坐起来，我扶着他的背，端给他一杯水，却被他推开。没一会儿，他长叹一声，又躺了下去。

等到把父亲送到市人民医院，检查结果一出来，才知道父亲伤得严重，需要紧急做开颅手术。医生也许目睹过太多苦难，对于父亲的状况迟迟不能给出确切的结论，不知不觉已经过去了两个小时。等到兄弟几个确定送父亲去手术室的时候，麻醉师却从手术室出来，说父亲身体堪忧，极难承受全身麻醉，建议父亲再送到重症监护室观察。我回想母亲去世时，也是在做完一个临时手术后，状况急转直下，当天夜里就去世了。内心的各种担心涌上心头，而我却始终坚信父亲能扛过这次灾难。但我错了，在送重症监护室的第三天，父亲过世了。

我陪着父亲的灵车沿高速路回家，一路上呼喊着父亲，感觉黑色的十月如此苍凉，路边的一切都已经失去了颜色。唯一能做的，只是默默地端详和审视父亲苍枯的面容，内心像身后的道路一样迷茫和崎岖。

父亲走完了他坎坷的一生。年轻时受过的苦，如同故乡清水河一样的深，帽式山一样的高。经历过抗日战争，经历过解放战争，经历过三年困难时期，始终在生活的磨难中不断抗争。父亲放过牛、捡过破烂、当过民兵、做过豆腐、榨过香油、为人家锻过磨、摆过小摊，这一切都是为了几个孩子能够读完大学，走出贫穷的山村，避免重复自己农民的命运。

父亲在世时曾经来过两次北京，我带他去看了天安门、毛主席纪念堂、人民大会堂，去看了戏。父亲因为骑车子摔坏了腿，坐地铁十分不便，下台阶的时候，我想去背他，被他拒绝。我们坐在天安门广场上，聊了一个下午。那时候我想写一本关于故乡的书，父亲也许觉察到了，他详细地给我讲述了故乡山水的典故，以及我离开故乡二十多年的变故。那是父亲最愉快的时光，长期孤独留守故乡，他把心里想说的话都说了出来，直到夜色降临，我们才起身回住的地方。

父亲讲起挣工分的时代，那个情节始终在我的脑海里难以泯灭。每天夜色时分，父亲在石头场扛完石头，拖着满身的疲惫，走十多公里山路回家。石头场不供应午餐，只有回到家才能吃到食堂分配的稀饭。稀饭能照亮人影，奶奶怕父亲不够吃，常常将自己的那一份也留给父亲，而自己早早睡下。回家的路上，强烈的饥饿感，已让父亲几乎难以承受。父亲便会摸到生产队的菜园子里，偷偷摘生南瓜吃。大的南瓜早已经被人摘去了，只有拳头一般大的带着花的南瓜头，被父亲摘下来急急地吞咽下去。

我无法感知父亲是如何度过那个灾荒年代的，是如何走过生命的艰辛，又让血脉绵延进自己的孩子，承载着坚毅与顽强，扩散到祖国的四面八方。我一直不愿意承认父亲苍老，但时光无情，一晃我已是中年。父亲记忆力惊人，脑子清晰，只是听力不如从前，却是更加沉默。

父亲去世那天，我从医院回来，坐在屋檐下。那是父亲常坐的地方，我久久坐在那里，感觉父亲的灵魂在飘散。一只白色的蝴蝶，在院子里飞翔飘忽，最终落在我的膝盖上。我感觉到父亲的灵魂，在发出最后的眷恋。我端详着这只蝴蝶，又蹁跹起飞，飘过阳光，消失在天空。

我相信父亲还活着，他的身影和面容依然存在于我的记忆中，他的精神会永远传承下去。天空更加阴暗，毛毛细雨下得更加密集。我踩着阴雨的泥泞，走出了村庄，向着父亲的坟墓告别。心里一直默念着：父亲，我一定会常回来看您。

道路上的风景

我沿着草地走去,那是一片我深爱的草地,正值春天,河水开始潺潺歌唱,白杨树泛起了嫩黄的绿芽,所有的生机在土地深处勃发,酝酿了一个寒冬的生命萌芽,穿梭时空的因果,在这一刻相聚在河畔。

这是一片充满阳光的草地,干枯的荒草匍匐在沙地上,点缀着几片仍然泛着绿意的青叶。那是属于安静的世界,草根在土地深处蛰伏,等待着春意复苏。我踩在松软的泥土上,闻到了河边那些腐草与水绵的气息。远处河滩上,背阴处的雪仍未融化,孤单地闪亮着洁白。洁白是山野的内心,它们毫无防备地展现自己的内心世界,接纳和等待、奉献和收获。

几棵高大的白杨树,枝条上早已经急不可待地鼓出芽孢。它是最敏感的生命,在等候着春风到来的那一刻,抢先绽放嫩绿的芽片。我们还需要等待多少岁月,才能知晓未来的命运?一个村庄挨着一个村庄,人们站在门前的道路上,打量着来往的过路人,打量着眼前这个熟悉的世界。他们都在思考着什么?不曾想好多年前的画面依然会在我的脑海里清晰呈现。如今这些人早已不复存在,他们或许早已老去,那些牛群和鸭鹅早已消失,那片竹林也不见踪影。

我曾经带着课本奔波在这条乡间道路上,与这些乡间的景色相濡以沫,它们总是那样充满温情。夏天来临的时刻,道路两边的玉米地黑油油翻滚着波涛,玉米叶子在风中颤动着,散发出玉米穗襁褓的青春气息。我喜欢夏天的韵味,无处不在的生机让我内心充满了对收获的渴望。远处芝麻地也开着茂盛的花朵,开始结出了丰满的壳荚,充满油脂的气味刺激着鼻孔,芝麻正在籽荚内发育,由白变黑,等待着秋天的炸裂。

我等来了暴雨的时刻,漫天乌云翻滚着,从远处山头向着平原挺进。天色暗下来,雨点在风中翻着跟头,砸落在道路的灰尘上。玉米叶子在风中抖动着,狂舞着，发出了苍茫的声音。我喜欢这种风雨来临之前的黑暗，天色从亮丽变为阴沉，乌云贴近了大地，整个过程充满了斗争的激情。这是一个人生重要的时刻，当你见证一场雨降临的过程，犹如见证了人的生命中应该遭遇的苦难或困顿。在道路上仓促与一场雨碰面，融入一场雨的淋漓，一场雨的悲欢，一场雨的性格。它从不给你准备的时间，就像即兴演奏的一首乐曲，或者兴起时写就一首特色鲜明的诗行。诗意盎然时把白茫茫的雨柱倾倒在天地间，一切都在它的蹂躏和怀抱里。如果来不及躲在桥下或者屋檐，就在前不着村或后不着店的踟蹰间被浸透，凉意透进骨头，嘴唇乌青，手指也在雨中浸泡出褶皱。

雨尽时天空发亮，阳光钻出云层，照亮了玉米地葱茏的身姿。雨珠滚落着，道路上的水洼散射出晶亮的光芒。我们感谢一场雨，感谢它赐予大地新的生机，让缺水的土地重新富含水分；我们感谢一场雨，让我们专注聆听，专注观察，不再纠结内心的忧愁。天晴朗的时候，我喜欢太阳未曾升起的黎明，一切事物都在酝酿着面对新的一天。黑黢黢的树林，树梢抵触着天空的朦胧，蛐蛐仍然在低颂着将尽的黑夜。我听见了河流的声音，它们带着特有的混浊和沙哑，激荡着波涛。

等到黄昏来临时，道路两旁又是不同的景色。红色的霞光从高山上散射到近处的屋顶和田野，在转瞬之间，就变得黯淡苍黑，可见的村落和道路消失了，眼前只剩下微弱的轮廓，等待着梦中的沉寂。我那时多半奔波在上下学的路途上，充满了对这个世界的热爱。因为在这块土地上，有我温暖的家，有疼我爱我的亲人，有我赖以生存的土地和草木。

我更喜欢秋天来临的季节，玉米地叶子发黄，新掰的玉米棒子带着金黄的籽粒堆积在道路旁，人们挑着箩头拉着架子车，正忙碌地将果实运回院落。到处都散发着果实的香甜，西红柿和茄子缀满了枝头，南瓜和冬瓜泛着白色的霜，安静地躺在藤蔓上，等待着农妇采摘。路旁不知名的草蔓也都结满了果实，连蒺藜刺也开始变硬成熟，不甘成为土地上的落后者。我也渐渐长大，努力地读书，在晨曦中早早起床，走进教室。我喜欢简陋的教室里白炽灯的灯光，在无人的时候发出细微的声响。在安静的时刻，内心仿佛一张洁净的白纸，等待着书写人生的篇章。夜色降临时，校园更加安静，同学们在教室里复习着白天的功课，巩固一天学习到的知识。

这是一条伴随我三年成长时光的道路。即使冬天的鹅毛大雪，也阻挡不了前进的步伐。我在路上边走边阅读，雪花轻轻地落在书页上。我读到李健吾的《雨中登泰山》，读到了李白的"抽刀断水水更流，举杯消愁愁更愁"。这些文人作家的情感，就在这条漫长的乡村土路上，走进了我的脑海和记忆。

还有什么苛求呢？美丽的故土在我的内心不断地演绎着时光的轮回，我感受它的爱抚，感受它的温存，感受它的慈悲。我在聆听它的心跳，看它艰难地伴随我成长，给予我前行的勇气。

坐在花园中间

坐在花园中间，夜色十分昏暗。灯光从花丛深处照过来，深夜靠近其安静的本质。一阵花潮已经退去，绿色暂时成为花园的主旋律。零星的花朵仍在努力补缀春天末尾的背景，让我们不时可以发现夜色中的惊艳。

所有的安静都属于内心，假设没有世间的忧愁，生活会是什么样子？那该是花团锦簇，一片繁荣。可花儿终究落下来，它们曾经是春天的使者，如今灵魂已经走远。

不需要用一场雨水送别，当我们眼角折射出的失望足以让花园的小路沉默许多。我们还执着于找寻，仍旧带着青春笑意的花朵，在枝头等候欣赏者。它们安然面对时光的惨烈，在怒放中展示自己对美的追求。

我曾经是完美主义者，把花朵的降临视为上苍的恩赐。而花期已经短暂到流星般地易逝，几乎是几天的工夫，满眼的风光都像浪花一样流过岁月的河床。只是我已经欣赏过了，它们的音容笑貌，都已经深深地刻印在我的内心，那些曾经在风雨中带来的温存，都在单调的生活中留下不可磨灭的印记。

花匠剪下来的碎枝被我捡起，带回家插放在花盆中。我渴望着它能存活下来，继而延续生命中的美好。我在拯救谁的青春，不，我在挽留生命中曾经最美好的回忆。它们能够在艰难的生活中留下种子，在贫瘠的土地上寻找到属于自己的爱。

小时候家里是很少种花的，对于农村人来说，每天上山下地，到处都是花花草草，已经习惯了它们的存在。每天面对解决温饱的现实问题，自然心思都在明天的粮食上，谁还会去追求虚无缥缈的浪漫。菜园子里的蔬菜和土地上的庄稼，也会在属于它们的季节开出花朵。它们不仅停留在花朵的表象，而且还要开花结果，结出饱满的果实，喂养饥饿的孩子们，为来年留下新的种子。

当时菜园子里最好看的花朵当属油菜花和萝卜花。阳春三月，大地复苏，齐腰的油菜和萝卜棵开出灿黄美丽的花朵，等待着蜂蝶来授粉。等过了四月，油菜花和萝卜花变成了浓密的绿荚，点缀在叶子中间，满眼沉甸甸的青翠，压弯了苗条纤细的腰肢。

开得茂盛的还有芝麻花，浅蓝色的喇叭花缀满了每一片叶子下面，散发出清新的味道。等到了秋天，芝麻叶子根部结出了带棱的子荚，灌油变黑，籽粒饱满，就可以收割、打油。我还看到过红薯开花，如同牵牛花一样的形状，带着朴素的蓝，藏在硕大的菱形叶子中间，十分羞涩。父亲是不希望红薯开花的，红薯藤长得壮实，根须深深地扎进泥土里，还要不断地将它们翻起，让它们把注意力集中在主根茎上，长出巨大的块茎。

我家院子里唯一会开花的是枣树。枣树四月开花，花小而密实，与枣叶颜色相近，很少被人关注。一阵阵逼人的芳香溢满院子，引来了一群群蜜蜂前来采蜜。我上小学四年级的时候，院子里迎来了第一盆花。有一年暑假，上大学的姐姐回到家来，去山上挖回来一株兰花，栽在废弃的铁盆里。兰草在枣树下面坚强地存活，没有人给它浇水，也没有人施肥。只有下雨的时候，它们才吸足了水分，不断地膨胀着脚下的根。有时候院子里的鸡饿得发慌，偶尔过来啄几下，兰草的叶子反复折断，反复长出来，陆续存活七八年之久。但最终也没有看到它开出花来，想必是它挣扎存活已经不易，开花这种高雅的理想也只能暂时搁置了。

第二次种花大概是我上大学走的那一年，当时奶奶爷爷在世，娘从姐姐家回来，带了一株美人蕉，种在月台下面的池子里。美人蕉很快繁衍生殖，冒出了巨大的叶子，第二年就开出红色的花朵。那一年，姐姐带回来相机，在美人蕉前面照了一张珍贵的全家福。可惜我当时在省城上学，没有进到合影里。而今，合影中的四位亲人均已过世，而院中的美人蕉也不知何时消逝了。

如今的城市到处都是花园，种满了月季、海棠、丁香等花卉。身居城市，看花成了我生命中重要的一种仪式。花儿无言，它们在岁月中不断地绽放和凋谢，重复着生命中最美好的光景。而每一年我的心境也不断地变化，内心难以泯灭的乡愁和对亲人的思念，对未来的憧憬和现实的焦灼，混杂交织。看花的心情时时不同，而花儿的幻想则更逼真，类似那些曾经爱过的离开的人，在眼前恍惚闪过，盛开凋谢，零落在泥土中。

城 市 森 林

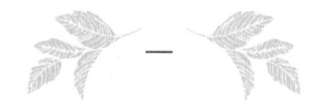

一

不知什么时候，菜市口地铁站附近开辟出一片城市森林。

我常常在夜幕时分走进去，仿佛那不再是森林本身，而是一个隐藏于内心的圣坛。带着对故乡的依恋，在这里漫步城市的黄昏，像是寻找故土的气味和感觉，寻找自己失散多年的心。

多久没有回到故乡的那片森林，在夜色下品尝田野的苦涩？那是坐落于山野的村庄，依偎着大山的厚重，弥漫着厚重的晨雾与潮湿的炊烟，散落于山野河岸的草木正日益生长繁茂，成为我自由憩息的家园。

眼前这片森林打开了我的想象。人工移植的类似原始的草丛，铺陈在黄昏的夕阳下；大丽菊肆无忌惮地怒放，蜜蜂在花朵上热烈地亲吻；栎树则不修边幅，坦然地站立在山坡高处，以安静的目光平视来往的人群。它们比人类高明，并没有按照固定的秩序排列，而是随心所欲地坦露心胸，任由岁月萧杀枯荣，没有人类欲望难以满足的痛苦。它们淡然面对阳光，伸展着枝叶，摇动满身的阳光。

我曾经走在故乡山林的夜色里，徘徊在山路上。从我有了记忆，仿佛就一直属于那片深沉的土地。我从来没有问过自己，何时离开，也没有离开的打算。成年后，我却选择了离开，离开了自己相濡以沫的山林，离开了炊烟弥漫的故乡，离开了脐带相连的土地。没有任何背叛的耻辱，没有任何迟疑和忧郁，带着父辈寄予的期望，带着对新生活的无限向往，走向山外的繁华世界。

如今我躲藏在城市。当我的目光在人群中迷失，难道我就是佛手掌里放飞的鸟羽？飘散在城市的云朵与烟雨中，寻找着这座城市的体温，寻找着理想的寄托，寻找着城市与乡村血脉相融的纽带。当我逐渐与故乡失去联络，在坚硬的水泥道路上行走，与路灯遥相呼应着内心的失落，或是要在灯火璀璨中感受时光的萧杀？

我喜欢这片城市的森林，像是爱上了类似故乡面庞的陌生人。园子里的树木是那样高大，带着丰满的枝叶和挺拔的身姿用干净的表情望着我，望到我内心深处，直到内心快要被看破。我感觉到自己的呼吸与它们的呼吸相互融合，目光与绿色的树叶相遇，心弦在风中拨响。

园子中间有一座浮桥，浮桥下面散落着鹅卵形的石头。无法获知这些褐色光滑的石头来自何方，通过什么渠道安置此处。它们沉默无语，叠积在浮桥下面，渲染出一片干涸的河滩。一个个大小不一的灰色石头，相互拥抱在一起，似乎要在城市里重新建设河流的平静与喧哗。只是北方的城市，格外地少雨，这些名义上的河滩也只能以形式上近似的状态存在，偶尔的雨水难以聚集和留存，再也找不到河流或沼泽的真义。它们只能固守在那里，像是带着一种表征意义的使命，代表它们来自河流，有着和我一样的故乡。

河滩上种植着芦苇。芦苇缺水，只有半膝高。叶子有些发黄，却依旧在夕照中散发出绿意。这些曾经一度离不开水的植物，艰难地适应城市的干旱、嘈杂，维持着内心柔软的本性，在我眼前化为一团深浓的愁绪，在风的摇曳中久散不去。

园子内还有人工用废弃钢铁焊接的飞马，站立于荒草丛后。无数汽车的零件、螺钉、弹簧密集地分布在马的身体内，带着工业的硬度，似要在草丛中逃离。深红色的铁锈从马匹上淌落下来，斑驳的痕迹带着一匹马嘶鸣的疼痛，似要把内心的禁锢喊醒。

一棵粗壮的泡桐不适应这里的环境，枝干上的叶子早早落尽，只剩下茫然的树干，在路边发着愣怔。树干上是园林工人插上的营养袋，正在紧张地施救。这种泡桐并不是名贵的树木，在故乡的田野上随处可见。它们属于贫瘠的土地，适应在沙地上生长。叶子随意从树干上生长出来，硕大无比，带着一种刺鼻的气味。

我在怜惜这棵泡桐，可能在属于自己的土地上度过了几十年的时光，却在晚年移居城市的过程中出现了意外。它们还在追忆故土泥土的芳香，留恋山林的鸟雀，还是思念自己骨肉分离的亲人？

只有白杨树生长得旺盛，巨大的树身撑起园子里的风声。我喜欢白杨树在阳光下泛着绿色的光芒，喜欢听白杨树叶在风中摇响的那片海洋。几个人躺在白杨树下，轻声地聊着。一个孩子蹲在树荫里，正翻弄着他的玩具。我站在林荫小道上，打量着几棵白杨树高耸入云的枝干，它们相互拥抱、歌唱，仿佛在自由的领地开启音乐的盛会和灵魂的舞蹈。

黄昏的暮色逐渐深浓，眼前的楼群反射出米黄色的光芒，夜色很快要淹没这座城市，璀璨的灯火即将升起在城市的街巷。而穿行于其中的异乡人，又将泛起多少内心的忧虑？

地铁站出口的行人步履匆匆，像是流水一样滚滚向前。城市是一片汹涌的海洋，人们就是海洋中一朵朵不起眼的浪花。物理上的相遇、分离无法留下任何印痕，而心灵上的相恋与失散却又泛起无边的风浪。无论时光如何按下快捷键，故乡都依旧在内心的原点将我们苦苦等待。

走到园子门口，一片阳光挂在雷草叶子上。这是一片具有美学意象的草，旺盛中带着曚昽，带着醉意。只是除了身后即将落下的夕阳，我还能挽留住谁的脚步？我坐下来，面对着一条铺满沙子的小径。这里不时有人走过，有相互搀扶的老年人，也有背着背包的少女，更有咿呀学步的儿童。他们都在寻找着自己内心的节奏，寻找着属于自己的故乡，属于自己的浪漫追忆。我感觉到天空愈加离我遥远，遥远得难以触及自己内心的苍茫，仿佛要永远在这片森林中滞留下去，永远不再走出。

二

青冈树带着原始的姿势，站立在高坡上。

这是一片人工的高地，种满了荒草、大丽花和野柳树，还有人造的漫水桥、坚硬的石头和几丛形容枯槁的芦苇。

几丝雨飘落下来，润湿了眼前的草木。多少次梦中的场景，唤回了内心的故乡。

山野在梦境中鲜活起来，野草在路边快乐地微笑。我那时多半是在山中，茫茫山野空旷、苍远、赤贫。我掩藏其中，在鸟鸣里、在林涛里、在炽烈的阳光下漫无目的地逡巡。

就像今天到达了一片原始的野地，树木都在绿色中自由地燃烧，唯有小雨的心情，恰如中年的心境，抑郁、苍凉。

多长时间没有来过野地？过于赤贫的生活，当我面对这片没有硝烟的战场，我早已经学会了在黑夜中蜗居？丢失了对季节的敏感，失去了对万物的兴趣，我只能感知到生命的存续、抗争、挣扎，不去人群中，不去繁闹的集市，也许只有在黑色的夜幕中，沉入自己的梦乡。

这些带着野性的树木，是否移植于我的故乡？我看到它们的枝杈间，似乎存在着自己的个性和张扬，它们在风中安静地摇摆自己的身体，目光充满无边地的自由。

我像是最卑微的一株草，活在这些草木的格局中。没有自己艳丽的花朵，没有自己独特的芳香，没有任何可以让观赏者铭刻在心的特色。而我善良的心，却是永远向着理想的方向生长。我没有自己的土地，或许是一阵风吹来了自己的种子，随意落地生根，发出芽脉。旷野就这样允许我头顶有一片无法预料的天空，开始了自己生命的追寻。那是一场漫长的等待，或许是一阵风，吹倒了柔弱的身体；或许是一阵急雨，让我的枝叶断裂。而我选择了坚持，发出了内心的绿，一如既往地满怀对这片土地的热爱。

我还在这里默默地坚守，早已融入了这片土地的寂寞和贫瘠。鸟儿栖息在身后的树枝，嗓音里含着城市的热燥，却又饱含着对昨日的怀念。多少来到这片园子的人们，内心深藏着不安，或许夹杂着复杂的回忆和情感？多少人回不去故乡，多少人在遥远的城市挣扎，如同我一样的身世，还在不懈追寻着未来的梦。

我看到了眼前的一棵桐树，已经有三人合围那样的粗细，却干去了枝头，再也发不出绿芽。它不适应这里的土壤和环境，不适应这里的嘈杂，不适应被园林工人细心地呵护。它们喜欢辽阔的荒凉，在渺无人烟的山野恣意地伸展自己的虬枝，开放出属于自己的花朵。

梦境已是十分苍凉，我却在这里找到了栖息地。我终于找到了属于自己的心跳，在翠绿的树林中间，轻轻地迈动双脚。我仿佛找到了曾经的山野，弥漫着阴云和细雨，弥漫着故乡的炊烟。

我坐下来，细细地打量面前的青冈树。这种树，一般生长在栎树林中。它们的叶子，更像是人的脚丫，层叠在一起。那时我常常在栎树林中穿梭，或者在树林的小道上歇息。我会仔细辨认每一棵树种的特点，并把它们牢记在心。因为它们都曾是我命运中的好友，它们每一次的复苏与峥嵘，每一次叶落的哀愁，都深深地印记在我的脑海之中。青冈树结出的果实与栎树有几分相似，但却没有栎树的橡子那样饱满。它们的果实细长，趋于清瘦。我几度怀疑，青冈树与栎树应该是近亲，它们生活在同样的环境中，却面临着不同的命运。

眼前这棵青冈树，刚刚成年。它的周身还没有伸展出更多的枝条，只有几片硕大的叶子，挂留在枝头。不知道它们从何处移居而来，一定还不曾习惯都市的生活；它们不习惯嘈杂的人群，地铁站附近的喧哗，不习惯被行人注视。它们的叶子有的已经枯黄，或许面临着死去的危险。

我真担心这些树或许有一天会突然死去。有时候在月色四起时，常常走进园子里探望。城市的夜色，几乎被霓虹和车灯掩盖，充满了机械的苍白。人们都在人行道上急促地赶路，几乎忘记了抬头去看一看被忽略了许久的月亮。这枚月亮，如此苍老，如同我们被遗弃在故乡的亲人，忘记了那些无限皎洁的亲情。

再往前走，是几棵高大的白杨树。白杨树生长得十分快速，只要是脚下的泥土足以支撑它们的身躯，它们就会昂首向着天空挺进。风起时，白杨树的叶子在高处摩挲耳语，演绎出一条清新的河流，升起浪花的温情。我就是那个曾经等候在渡口的孩童，企图钻进白杨树的内心，听它浩瀚的雨歌。

城市里很少遇到大雨。雨起时，很多人们都选择了躲避。城市的建筑，反映出社会的进步，又带来了人们相互猜疑的恐惧。他们害怕风雨来临时无处躲避，他们醉心于一个囚禁的斗室，他们在自己的生活中盘算着未来，盘算着如何走尽人生的长路。而我，发现了这片安静的园子，仿佛发现了自己内心的纯真之地。我久久地在这片土地上逗留，把自己的心跳调节得更加缓慢。这是我自己的心跳，这份舒适和静谧，是这几棵熟悉的老树给我的，是故乡的梦境给我的，我还要不断地走下去，走到深夜的中间去。

城市的雨

我常常在雨夜迷失自己。

当雨声从窗外响起，渐渐走近黑夜的巷口，内心的安静仿佛被陈列在灯光下，无人能够感觉到内心那份真实、宁静。

我是爱着雨天的。常常面对一场不期而遇的雨，掩饰不住内心的喜悦，就好像找到了藏了很久的自己，面对一场雨的深情。

有时候走在街头，四起的狂风卷积着树叶，街道上充满了风雨的狼藉。树叶被风吹落下来，紧贴着潮湿的路面，仿佛这个世界刚刚发生什么不同寻常的变故。城市的雨更多趋于急促，在不经意间，赶走了繁闹的人群，只留下苍黄的路灯，斜照冷雨的凄凉。

大雨起来时，我仍未走到可以避雨的地方，我的身体已经被杂乱的雨点打湿，仿佛世界早有预谋，让我在路口变得更加狼狈。我寻找着避雨的站牌，或者是可以暂且栖身的树。但面前只是一片空荡荡的街道，雨线毫无征兆地从天空倾泻下来，似乎要把我的身体化为虚无。我只好迈下路基，走向茫茫的雨中，在燥热的夏季，北方的城市早已忘记了一场雨的存在。楼群和楼群相依而立，衬托着一座城市的繁华。而雨真的到来时，所有的行人都早已被雨网俘获。

我的内心倾向于一场雨的豪情。正是因为自己来自乡间，更喜欢这个童年熟悉的朋友。它们有着天然的灵性，反复翻读和侍弄土地上的万物，似乎要让它们体验到那份不可多得的凉意和快慰。而城市的雨，更多地侧重于点缀快节奏的生活，让车辆减缓了追逐的速度。行人躲避着雨洼，躲闪着闪烁的雨点，仿佛要赶紧找到温暖的蜗壳。本来我想快速通过十字路口，到对面的超市去避雨，但遇到了一个长时间的红灯，只好呆呆地站立在雨中，等待着急雨的捕捉。雨仿佛早已注意到了与这个城市格格不入的我，找到了生命中曾经相濡以沫的朋友，迫不及待地扑上来，亲吻我的身体，钻进我的衣领和胸口，在我的肌肤上攀爬，没有感觉到任何的羞涩和不适。

  一切都是等待，等待着湿意的降临。仿佛在不经意间，理想和到达只隔着一个十字路口，可望而不可即。雨水顺着我的裤脚，进入了我的鞋子里。或许面前的行走将会更加颠簸，更加困难。当你停留时，你在瞬间接受了一场雨，感受到骨子里的情感，深入到性格的内部。这是一场漫长的等待，当你看到那些带着雨具的人们，保持着对一场雨的警惕，将自己的心灵蜷缩于更小的天空之下，你是不是感觉到一种不安？我安静地凝望雨色，只有这时，我才真正有时间端详面前这座城市，打量与我一样守候在路口的人群，它们的表情犹如树上的叶片，带着不同的纹路，不同的基因，不同的心情。至少，我是坦然的，并没有失去对雨的喜爱，任由它去表达对一座城市的亲近。雨是身外之物，却是这个夏季的良赐。我感受它并接受它，为它祈祷，为它祝福，为它依旧不改的本色喝彩。

  我原本是可以躲藏在家中的。雨天原本是适宜怀念，适宜阅读，或者适宜写下什么。因为迫于生活的压力，又要出来奔波。遭遇一场雨，与遭遇生命中的变故相比，并不算什么。人生要经受更多的洗礼和磨砺，在经历过与亲人生死离别的痛楚之后，面对一场雨的倾诉，或许可以从中感受到亲情的复归。每个人都会遇到更多不同的境遇，我们又有什么理由不面对无可躲避的痛苦，唯有化苦为乐，啜饮这世间最美的苦酒，感受苍凉颠簸的人生。再看面前的人群，他们同我一样执着于道路上奔波，仿佛早已习惯了雨的突袭，如同命运中必须经历的记忆和成长。

  我抬头打量对面雨中的槐树，它们低头沉思，碎小的叶片正在经受风雨的打击，却依然保持着苍毅的颜色。它们与城市中的人们一样，经历生命中注定的一场遭遇，经受岁月的洗礼，依然倔强地抬起幼小的额头，保持着生命的苍翠。

  当雨水顺着额头和脸孔流淌，我已感觉不到世界的暖意。这是属于生命的真实，雨水沿着道路流淌，即将在深夜抵达大地深处。曾经少年的我执着于雨中徘徊。那时的无数树林和草丛，都在雨中保持着肃穆。雨，仿佛来自宇宙之外，在苍茫的大地上列队跋涉。在山野的缥缈画面中，雨揭开了尘封的魔咒，打开自己的陈述。

  常常行走到中途，一场雨突然开始狂烈起来。在山路上，或者在乡街上，雨一直伴随着我的脚步，陪伴着我的身影，默默地与我将故乡打量。我进入雨的怀抱，踩着粗糙的沙粒和没脚的泥泞，艰难地向着家的方向前行。一切寒冷和潮湿都无法阻挡我的前行，仿佛这个世界只有我从未觉察世界的危险，行走在雨洼的溅射之中。

　　头顶的雨小了许多，抬头去看，原来是一位老者举伞站在我的身后。老者脸庞灰暗苍老，却透露着慈祥的爱意。"你没有带伞？"一句轻语，带来了整个世界的温暖。我们并排走过马路，老者淡然离去，只留下一个模糊而飘忽的背影。只剩下十字街头的我，仍然面对一场无言的雨。我久久地打量着来往的人群，举着各色的雨伞，相聚分离，又游移向不同的地点。这个世界的温暖，在这座城市是如此珍贵，也许只是在同一个伞下的瞬息片刻，却让你不再对城市的淡漠感到绝望。

　　雨林繁茂地生长，编织着雨夜的花环。我在城市的雨中游弋，像一只孤独的行舟。雨水顺着额头和脸孔弥漫下来，蠕动着，滴落着，阐释着一座城市的命运。

　　在雨中，我依旧坚定前行。风从不同的地方吹来，打落更多细碎的叶片，被雨泯湿在路面。它们也都渴望着经历人生的繁夏，在命运中忍受着四季的焦灼，或许再也无法挺立枝头，在风雨中选择落下。

　　像城市的雨，更显得芜杂。在城市的楼群中间，雨的重量，只能在窗户和楼面上瞬间掠过，而又会在黎明时分，选择离开。雨季的夜色，已经潮湿得看不清脸孔，只有模糊的车灯，还在远方隐约闪烁，也许那是人生的一场喧哗，啜饮着历史的苦痛，深深地陶醉在路途之中。

一场雷雨的启迪

雷雨响动起来。这个盛夏来临的典型标志，开始在窗外踱响脚步。我透过窗户，看那街灯，似乎格外昏黄寥落，若有若无地带着星星点点的游离，在醉意中闪烁。不再是记忆中的那种酣畅淋漓，不再是汹涌相遇中的拥抱，不再是青年时的激情。

窗外的树叶与黑夜融合在一起。多么奇异的世界，当你的想法创造了现实的语境，把你的内心演变为现实的苍凉。雨打湿一切，覆盖一切，洗白一切。雨声仿佛是一把柔软的镰刀，收割你浅浅的乡愁。我站在客厅，以旁观者的姿态读雨。雨在诞生的那一刻，就注定将到达大地深处。它们在夜色深处的小巷相遇，相互汇合在一起。潮湿是思念的代表作，它更加具有沉重的质地，让你的步伐增添了踉跄的背景。楼前广场和马路上的行人，都已经消失了。他们躲避着急行雨，回到了孤独本身。像我，虽然并未与雨直接接触，但已经置身于雨的感染力与浓厚的缠绵氛围之中，让我的眼光无法从闪烁的水光中抽身，若有所思地站立，仿佛早已经对这场雷雨有着准确的预感。

那是一条通往中心城区的街道。在往常，即使是在深夜，道路上也依旧灯火通明。城市已经成了自然的敌人，它们以坚硬的姿态吞噬乡村的淳朴，让一切人性的底影暴露在视野中。我看到过街道上人们相互之间争得不可开交的场面，仿佛一团气压在他们的内心，无法忍受和吞咽下去。只有雷雨到来时，人们才归属于安静的庭院，他们像我一样躲藏在窗户后面，仔细谛听上苍自由的倾诉。

暴雨的来临似乎早有预测，仅仅是履行一次对土地的承诺。雨从容地降临，密集或稀疏，都不曾在意。它们只在乎耕作的深度是否足以让瓦砾中的荒草复活。上天同情弱者，给予他们生存的途径。如同雨，只要有足够的精力，都将到达慈母的胸怀。

灯光在雨的滋润中开始发出昏黄的光晕。仿佛它们的色彩早已随着雨水的濯洗而流失。黑夜是雨最好的催化剂，它们开始具有了黑色的波纹，诞生了微型的河床，泛起了金色的浪花。

　　黑夜并未睡去，还有几辆黑色的车辆，艰难地在雨中爬行。一些人未曾回到住所，一些人还将继续奔波在路上。只是都面对一场雨的陪伴，行程变得更加斑驳错杂，似乎时空被隔离拉长，发生了变形。我久久地盯着那一条夜不能寐的街道。它们在回忆什么，曾经承受的艰辛和痛苦，依然铺设在坚硬的道路上，不曾被岁月的风尘碾去，不曾因为天气的变化而消减。

　　我在想象一场雨降临的理由，它们并未提前接到邀请。每一次到来都是一次命运的必然，在你看不到的地方留下印记，又很快消失。雨声并未散去，道路上的泥泞仍未苏醒。雨点时隐时现，加重了夜色的空蒙。远处古老民房里的灯光早已经消失了，仿佛万物遁入黑暗，而生灵的气息也早已不在。只有微弱的心跳，在我的心口安静地起伏。

　　我来到楼下的空地，这里有一片月季园，花池里刚刚生长出繁茂的花蕾。它们淌了满脸的雨水，摇曳在微风中。正是四月花开的季节，一年里最青春浪漫的季节。雨水提前到来，让它们学会了静默以待。花香时隐时现，透过雨水的清凉沁入鼻孔。我深深地呼吸着清凉的空气，把深夜的浓黑也呼吸进鼻孔，感觉一颗心瞬间得到了温情的抚慰。这是多么安静的夜，四周除了苍茫的雨丝，在灯光下飘离出一片虚无的雾，一切的声音都已经消失在视野。花儿紧紧地抱着自己的身体，面对世界冷雨未知的夜，体味人生的寒凉。当人们获知那些未知的病毒，逐渐侵入这个世界，唯独花儿这个美好与幸福的使者，却从不曾缺席。我围绕着花坛久久站立，月季油亮的叶子上挂满了晶莹的雨珠，它们在默默沉思，默默耕耘，窖藏内心的勇敢，向着明天的朝阳出发。月季园后面的竹林更加鲜绿。这是一片北方的竹子，身姿修长，枝叶稀疏而又带着厚实的坚韧。正是竹笋拔节的季节，几根新竹还挂着薄薄的胎衣，夹着细小的叶片，向着天空靠近。如果是有月色的夜，则会更显迷离和雅静。北方的竹子坚韧，忍受着干旱的磨砺，枝叶上往往带满沧桑的斑点，在枝叶交错间讲述着命运的抗争。

　　我常常在夜深时来到这里，体味难得的一片宁静。城市隐藏着一场无法走出的嘈杂，唯独在夜深时方能感觉出植物那份自由的呼吸。有时候趁着月色，听风吹竹林的声音，看那片叠落交错的竹影在月色中不断地摇曳呼喊，内心的燥热和不安早已被驱赶到凡尘之外。竹林边造了一堵遮墙，并开了一扇栏窗。趁着月影，透射出几分江南的韵味。而身后那几棵八爪槐，则以恒久的姿势站立。它们显示出无比的坚定和从容，不管风雨多么激烈，依然保持着不变的身姿。

起风了，雨在楼群之间相互追赶碰撞，声律变得杂乱。楼下面几棵笔直的银杏树，在路灯下闪耀着绿色的光芒。它们时而抖落身上的雨，带着碎小的叶片，翩翩飘飞。我穿过花园小路，走到树的下面，可以观察到小区门外宽阔的马路。马路对面的小卖店早已经关门，偶尔有送外卖的人，正低头骑着电动车穿过，车灯照亮了空中的雨丝，仿佛从未有过这样的密集。

实际上，雷雨控诉的方式并不苛刻，它们在未知的天空擘画形状，阴雨快马加鞭赶往大地和城市。如同今晚，乌黑的云朵集聚在楼层上面，似乎是汹涌而来的一队兵马。闪电照亮黑暗的街道，似乎这一切只是临时起意，并未预告。现在天气预报早已十分精确，几乎要预测到某一个时辰，雨的烈度和风的等级。但这一次确是不同了，先是一阵急风，抬高树枝上刚刚长齐的芽片，接着是几道发着红光的闪电，从天际穿透大地。雷声这个具有远古意象的动静，再一次在现代的都市炸响。我相信这座城市的每一个人都感受到了它的力量，它几乎清空了人们内心所有的徘徊和多疑，并被雷声的句子装满，开始专注于迎接一场雨的到达。

雨点以最直接的方式降临，落在所有物体的表面。与一场雨相遇在中年的黄昏，早已处变不惊，习以为常。没有惊惧，没有惊喜，没有对上苍的感恩和祈祷。我安静地站在阳台上，观察着瞬间安静下来的胡同。椿树梦幻一般的身姿，在道路两旁的人行道上相互遥望。车辆在急风的吹动下，发出了警戒和嘶鸣。我的眼前开始有雨线弥漫，斜插天空的阴郁。这不是一个舒适的时光，经受过无数风雨的考验，我已经深知雷雨的脾性，它无常而怪舛，常常会把一个仓促赶路的人，驱赶到屋檐下。我更加趋于沉默，仿佛世间的一切都已经远离身外，包括对雨的无限痴迷，都成为了历史的记忆。

少年时在县城读书，离家六十公里的山路，交通不便再加上没有钱坐班车，因此很少回去。有一次周末，特别想家，于是赶了下午的班车往回赶，车走到中途却坏掉了，只能坐在车上等。车修好已是晚上十点多钟，等到了乡里，电闪雷鸣，瓢泼大雨。我一个人冒雨往三里外的村子里赶。硕大的雨滴早已将我的衣服浇透，带走我的体温，我的双唇发出了阵阵寒战。整个路上没有任何灯光，雨打得我根本抬不起头。雨水顺着头发流进眼睛和脖颈，流进我身体的每一部分，我只能凭着记忆闭着眼睛硬着头皮往家走。走到小竹园的山坡，内心有一种濒临崩溃的感觉，真害怕一不小心，走进山草丛生的坟地里去。我最后咬着牙，终于走回到家里去。一个十四岁的少年，在一个深夜，懂得了雨的真正含义。懂得了故乡在内心的位置，懂得了爱的火炬永远不会被大雨浇熄。雨给予我面对恐惧时的自信，敢于去融进一场雨，得到它的恩赐和洗濯。

工作后，又曾经在雨天的楼顶上写诗，躲在楼道口观察楼顶泛起的雨泡，不断地膨胀破碎。那时的理想是单纯的，爱情也是单纯的，想要在社会上立足，寻找到靠近理想的道路。当人们都躲在自己的角落里，安慰着自我的心灵，打理着自己的现实世界。我却怀着诗意，在冷雨中端详它的诞生、行进与终止。原本楼顶是开阔的，我还常常在那里散步或看书，打量远处的贤山或雷山。我不知道雨水被谁种植在大地上，但我知晓雨的命运，在落地的瞬间，在坚硬的水泥地上开出洁白的花朵，瞬间凋谢。花朵如此的细小晶莹，在你的内心掠过一丝冷峻，化为无影。

如今，雨水提前光顾北方的城，连同雷声，都开启了夏季的狂放。它们依然如记忆中那样奔放淋漓，让整个世界安静，呈现出原始的开阔。面对这场雨，我常常想起那些雨中的往事，而所有的夏季都不会相同，那些美好的情节，都将湮灭进苍茫的雨雾中了吧！

菖蒲在岸

一

　　菖蒲绿的时候，春天来了。

　　河两边已经被菖蒲的浓绿覆盖，万头攒动的绿芽在风中集聚起生机勃勃的绿浪，激荡着心田。青蛙从冬眠中醒来，在浅水中孵化产卵，发出清亮的鸣叫。我被菖蒲的绿感染着，心情也不由自主地快乐起来，在河边淡绿的草滩上游荡。过桥草历经寒冬，将草蔓紧紧匍匐在沙地上，每一个枝节间顶出针尖一样大小的绒绿。薄荷也在水边伸出椭圆形的叶子，平展出浓绿的鳞片。

　　菖蒲被浪花唤醒，在风的吹拂下翩翩起舞。它们群居在河岸上，形成了一个独立的王国。我很少到菖蒲丛里去，那里浓密过膝的阴暗通常是蛇隐匿的世界。青蛙被蛇缠住的惨叫一般都来自菖蒲丛中。我曾经挖过菖蒲的根，发现它们的根粗大，散发着刺鼻的气味。不晓得《本草纲目》中关于菖蒲的分类，后来翻阅才得知菖蒲竟分为若干种，河边这种常见的菖蒲学名为白菖蒲，大概有化痰、开窍、健脾、利湿之功用。另有名为石菖蒲，叶子柔软纤细如兰，也常在水边，只是不曾知晓它们竟是一个科属，体型竟有着如此天壤之别。白菖蒲叶子柔软如同柔韧的长剑，斜插在安静的河滩上。它们扭捏的身姿不时地抖动，即使在风停时也难以保持安静。

　　菖蒲的根盘绕错节，深深地扎在沙土中，维持着河岸的生态。每每暴雨过后，菖蒲白色的根茎被洪水冲出，但仍牢牢地抓住河岸上的石块和沙土。当时不觉得菖蒲对于保持河流形状有着如此巨大的作用。后来有一次奶奶带我到村西头的麦地边，看到那里有一道水渠，通往下游的稻田。水渠是村西头杨姓人家挖的，紧挨着我家的麦田，麦田的边缘处是父亲平整的打麦场，常年堆放着麦秸垛。河渠的急流冲刷着打麦场边缘的泥土，塌陷了几个口子。奶奶从河边挖出带根的菖蒲，移栽在河渠与打麦场塌陷的泥土上。我那时年纪尚小，不晓得奶奶的用意。等过了暑假，再到打麦场来时，才发现郁郁葱葱的菖蒲已经将打麦场塌下的泥土牢牢地固定住，形成了一道坚固的屏障。

现在打麦场已经不复存在，麦地也几经易主。我们兄妹几个在父亲带领下，趁着月光割麦子的场景快要在记忆中消失。而菖蒲依然保持着旺盛的生命力，一代代繁衍生息，绿色在时光中恒久保存。菖蒲虽然以群居的姿势耸立河岸，但它们的目光是寂寞的。也许它们喜欢孤独，喜欢在阴凉处保持着缄默。除了墨绿的目光，已经无法再为命运着上更多的色彩，仅有的绿，浸透了性格的色彩，生命的脉络里流动着绿色的血液。

菖蒲发出的气味也是绿色的，苦腥的气味透露出岁月的深沉。有花蕾从菖蒲的叶柄中伸出，形似一枚小小的狼牙棒。花蕾头部坚硬，带着微小的黄色花粉。我喜欢抽来菖蒲的花蕾，多棱的花柄攥在手中，可以作为防身的用具。有时也会抽来菖蒲的叶根，作为撩响寂寞午后的口笛。

尖啸的哨音在河边草丛响起，一下午的时光就多了一丝生机。稻田里疯长的谷穗含着花苞，抬起了羞涩的头颅，在风中晃动着细蔓的枝节。水渠内清亮的河水缓缓浸润着松软的泥土，大豆膨胀开厚实的叶茎，在田埂上悄悄生长出青涩的豆荚。

菖蒲还在记忆中飘摇，它们经历了河岸的荒芜，成为一片刻印在内心的伤痕。许多被培植出来的石菖蒲，带着清秀的姿色陈列在城市书房，衬托出居室内的高雅。而我思念那片从不掩饰激情的野生菖蒲，它们纵情的蔓延和着青春的火苗，在河岸边燃烧着对命运的热爱。

二

在菖蒲的梦境中不曾有忧郁的影子，风低声从河岸吹过，摇摆清扫着平凡的日子。

母亲照例会端着脸盆到河边洗衣服，肥皂的泡沫顺着河流的浪花卷积盘旋着向下游漂去。我坐在菜园入口的石头上，端详着石堰上的一丛丛大叶的倒剥麻。没有人再去剥麻，只有硕大的麻叶覆盖住石堰的缝隙，攒成一丛黑暗。那块地原本是我家的稻田，我曾连续两年在那里割稻子。随着兄妹几个陆续考学出去，地也被划走了。

　　石堰下面就是密集的菖蒲，因为紧挨着河水，又没有牛羊靠近，已经长到齐人高。它们肃立在流水上面，听着河水的低吟，打量着自己的影子。菖蒲开出了浅黄色的花球，在绿色的怀抱中散发出特有的气味。母亲直起腰，喊我过去拧衣服。一人捉住湿衣服的一端，向相反的方向用力拧。衣服被拧成麻花状，水分从衣服里面挤出来。拧干的衣服一件件被母亲搭在河边菜园的篱笆上。红红绿绿带着图案的衣服在篱笆上铺展，给寂寞的河滩带来一丝生机。

　　我赤脚坐在石板上，看河里面的几朵云，在蜉蝣的身影下摇晃着，又迅速缝合，趋于安静。母亲端着洗脸盆顺着河埂回家去了，她还要准备一家人的晚饭。留下我与河边的光线一同变暗，像是一只未曾苏醒的石头，等待着被风吹醒孤独的梦境。有几株菖蒲刚刚从泥土里冒出来，芽子浅黄，在无风的时候依然无法从摆动的姿势中停下来，它们不断地把叶子的两面展现在我的视野里，像是上帝手中的剑刃挥舞白昼和黑夜。

　　恍惚间梦境逐渐打开，那些挥舞的菖蒲在我眼前吞吐出巨大的云团，温柔地簇拥着我的身体，沿着河流缓缓行走。伴随着河流的歌唱，伴随着西去的阳光，围绕着村庄的田野四处巡游。河边的沙地上，有小虫行走的痕迹，它们诞生在一个和平的世界，在淡雅的时光里享受生命更迭的进程。没有任何惊扰，没有风雨侵袭的惊恐，在温柔的田野锻打宁静的心境。

　　我看到母亲晾晒在篱笆上的衣物，安静地伏在干涩的荆棘上。体内的水分如同刚刚惊醒后飞出脑海的梦，恢复了轻盈。菖蒲依旧飘摇，它们没有远走的打算，在脚下的泥土上繁衍生息。我等待它们花开的日子，等待着硕长的叶脉在平淡的时光中燃烧，渐渐老去。

　　我吹起菖蒲叶子制成的口笛，仿佛在不安地倾诉着什么。叶子在我的唇上颤抖，弯曲的咿呀顺着黄昏的河堤，和村口的炊烟一起飘飞。在安静的村口，偶尔有行人走过，并没有人注意到一个坐在石头上的野孩子，他吹响的是一颗少年的心，飞翔在杨庄的上空。

三

　　菖蒲在沙地上繁衍，行走。它们像是扎了翅的野鸡尾巴，以战斗的姿态扬起翎羽。风从河的上游出来，翻起绿色的记忆，在一望无际的河滩上反复晾晒心事。

我常常来到河滩，与繁茂的菖蒲丛相对而坐。阳光从山坡上下来，照到河岸上方的石头、荆棘丛、栎树林。一条弯曲的小路在河岸上面的山坡上盘旋延伸，一直通到紧挨天边的白云。我曾沿着这条路盘旋了三年时光，读完了小学三四五年级课程。贫瘠的时光里，小路上的植物都一度成为我不可或缺的朋友。蒲公英、野葡萄、泡桐、栎树、白杨，等等，这些植物都有着不同的形态，每天在阴晴不定的风景中展示出不同的景致。

菖蒲就生长在我渡河的岸边，几颗刚刚高过水面的石头，淹没在菖蒲丛里。我闻到了菖蒲的味道，看到它们在小心地向着河水中间迁移。菖蒲的根须被河水冲刷，根茎在水边形成了一片鱼虾隐身的去处。下学后的时光，我脱下鞋子，沿着河流，迎着阳光，走到河的上游去。有时候，就在河边弯腰去那些菖蒲的根须里捉鱼虾。

鱼虾隐身在菖蒲的根须里，浑身洁净。虾儿举着长长的须儿，与菖蒲的根紧紧缠绕在一起。两只小手伸进根茎，最终挤对在一起的时候，虾儿在掌心轻轻地弹跳。虾节处颜色加重，似山黛色。虾儿身体通透，虾身的根须与菖蒲的根须一同被我从泥沙里拽出来，铺展在河岸的草丛里。虾儿在草丛里弹跳着，预知到了危险的临近。鱼儿则肚子洁白，带着腥味的鳞片，被我紧紧攒在手里，鱼尾巴不安分地摇摆着。感谢菖蒲的摇篮，既是鱼虾的乐园，又织就一张天然的网，让我可以在自由的时光里收获快乐。

我把鱼儿的腮用菖蒲的根茎穿起来，形成一条长长的鱼串儿，提着回家，等待母亲和面煎鱼。菖蒲的味道和着鱼儿和虾儿的味道走进我幸福的肠胃。

菖蒲则依旧在河岸上飘摇，它们在河滩上经受每一个难熬的冬季。水流在裸露的蒲根上结出厚实的冰碴，在河边闪耀着冰冷的寒光。有人在河滩上烤火，拉荒时将菖蒲的枯叶点着了，汹涌的火苗在河岸上蜿蜒行进，将繁茂的枯丛扫荡成一片黑色的平地。

早春来临时，河滩上的寂静被绿色的芽脉打破。它们在燃烧后的灰烬上钻出卷曲的嫩芽，在黑色的灰烬中重生。绿色渐渐掩盖了荒凉，河岸重新恢复生机。菖蒲靠近地表的根茎，有些被烤干，渐渐枯去，变成了绿芽的肥料，滋润着新生的希望。

四

河岸上除了白菖蒲，也有石菖蒲。石菖蒲叶子纤细，常年保持墨绿。童年时并未获知二者是为同类。常见的菖蒲有五类，生于池泽者，泥菖蒲也；生于溪涧者，水菖蒲也；生于石水之间者，石菖蒲也；人家以砂栽之者，亦石菖蒲也；甚则根长二三分，叶长寸许，谓之钱菖蒲是也。生于乡间，与这些菖蒲朝夕相伴，从未感觉菖蒲如此高贵，药性中竟有长生之功效。

《神仙传》中记载，汉武帝登临嵩山，夜间梦见仙人，耳从头出，垂下至肩，遂礼而问之何方神仙，有何长生之术。仙人答曰：我乃九疑仙人，听说中岳之上山石之间的一寸九节的菖蒲，服之可以长生，所以前来采摘。汉武帝遂令手下采集大量石菖蒲，连服二年，因感觉闷而不快遂止。菖蒲最早见于《诗经》，彼泽之陂，有蒲与荷。从诗句推断，与荷一同生长的，应为湖边的水菖蒲。

石菖蒲在宋代逐渐走入文人雅士的视野，被寄予士人性情，抒发情怀。东坡有诗云："碧玉碗盛红玛瑙，清盆水养石菖蒲。"宋代方岳也有赋菖蒲之诗，"瓦盆犹带涧声寒，亦有诗情几砚间。抱石小龙鳞甲老，夜窗云气故斑斑。"案几砚台上，菖蒲青涩带寒，云气层生，可见诗人幽深心志。

菖蒲从乡村的沼泽之处登临学士雅堂，被寄予了中国人的乡土情思与历史情怀，在荏苒时光中带着草木的青秀本色，伴随着记忆的疼痛与荒芜，游移在历史与现实之间。"春迟出，夏不惜，秋水深，冬藏密。"《群芳谱》勾勒出菖蒲的四季性格，却也是那些隐士们最好的写照。

移居北京之后，朋友送我一盆极其精巧茂盛的石菖蒲，只可惜居于斗室之中，尚无书房可摆放，只好弃置杂物堆积的阳台。不料想开花一年有余，却因我过于浇水而烂根，竟然死掉了。干枯的花色与疏长的叶条像是无法适应城市的现代人性标本，被陈列在阳台的角落里，任由灰尘堆砌，再也没有了闲心逸致。

我印象中的菖蒲依旧皈依河边，沙滩卵石层叠，高过天际山野，唯能听到河水潺潺，奔流不息。河水带着草木的影子，消失在云霭深处。夹杂着岁月的飘忽，风雪的无情，在故乡的土地上繁衍生息，坚守着山川的古老，以青翠醒目的表情呈现在记忆之中。

城市夜色

暮色四起时，城市安静下来。透过窗户，看到最后一缕光亮覆盖住楼群和屋顶。鸽子回巢了，马路上来往的人群步履匆匆。这是十月中秋，树木仍然披着一抹深绿，静候着寒冬的到来。

我在回想什么？室内的灯光泛白，照在杂乱的器物上，安静的影子仿佛从未存在。就像内心那些无法放下的事物，仍然在心中荡漾着波涛。父母都已离开人世，远在他乡的归乡之途荒草丛生。再也没有新生的温暖月影，照亮慈祥的门槛。再也没有那座充满静谧的小院，响起喃喃的耳语。

那片山野，也一定开始抖落身上的落叶，发出秋季的澄黄。风雨会清扫道路上的脚印，不留下任何行走的痕迹。羊胡子草发出了风雨中的颤抖，草尖显露出干枯的颜色。它们收紧了自己漫长的胡须，停止了生长，紧紧地缠绕在一起，拥抱在一起。山即将走向另一场人生，枯寂的人生，一切都将慢下来，生长的节奏慢下来，叶子都将落下，等待着寒冬的来临。

我打量四周的群山，依旧巍峨从容。它们不曾因为时光的改变而挪动身躯，也不曾因为风雨无常而放弃万物。山上的栎树林叶子渐渐发黄卷曲，在风的吹拂下向着枝干告别。那是自己的母亲，又将熬过一场年轮。母亲的怀抱是温暖的，在阳光下，不断地膨胀出来年的芽脉，悄悄地抱在自己的怀中。我们都在等待，等待一个故事的结束。一座山目睹了多少个复杂的人生，目睹过多少生命的枯荣和兴衰。无论在哪一处角落，都能感受到岁月的无情，那是时光的灰尘，覆盖住脚底下一场场悲欢离合。

我身在城市，在暮色中仿佛仍旧处于北山的怀抱。秋风正在扫荡街道上的行人，灯光正在楼群中亮起。它们照亮了夜空中的风雨，看清岁月的沧桑，正在城乡之间摇荡。我们内心将会多么孤寂，夹杂在时光明灭中的乡愁与亲情，正在风雨的侵蚀中变得破碎。我无法拒绝降下来的夜幕，黑色的云朵在天空聚集，汇合成苍狗万物的形状，不断地消散离去，不断地演变成徘徊不定的风雨，浇灌着花园里这些凌乱的花朵，时有时无的火焰在目光中闪烁，激荡起内心的记忆。

我是谁的孩子？我问苍天。我问这每日必来的黑夜。我是大地的孩子，因为父母已经归葬在大地上。我叩问大地，仰望头顶的星辰，它们的眼睛依然漫溯着游离的眼光，仿佛再也不能回答我的提问。我左右徘徊，回想自己的半生，唯独可以缅怀的就是留存于血脉中的亲情。走到天边，内心都会有一根脐带永远与故土相连，永远与母亲的目光相连，永远与我幼时的梦境相连。我呼喊什么，才能扑灭我内心焦灼的火焰，才能唤回我内心的安静，才能让我再认真地温习残缺的过往。这是一道无解的难题，这是一个无法交上的答卷，这是一个不完美的人生。因为当你双脚泥泞，左右顾惜时，身体内早已被尘世污浊。我寻找不到真实的自己，如同在山路上迷失的自我，在山林中呼喊着哭泣着，寻找回家的路途。

曾经我被母亲双手拉着的，如今那双手却寻找不到了。我孤独地走在城市，发现面前的陌生，如同山林中无法言语的植物。当你面对山野的风雨，只能靠自己的体温维持命运的真实。或者寻找一块避风的石头，或者寻找一株填补肚子的花草。我们永远找不到自己，是因为我们没有了爱的方向。

曾经在山野中迷路的时候，我们曾有几个兄弟在一起，相互鼓励，或者暂时丢下肩上的重物，分析可能的走向。但现在变成了一个人，变成了一个独立于世的那个独行侠，再不会有任何人去指点你走更好的路，也不会有人在路边向你伸出援手。那就是荒野，生命的荒野，城市的荒野，人生的荒野。在求生的长途中，躲避着野兽的侵害，躲避着饥饿和寒冷的侵蚀，躲避着岁月风尘的埋葬。

我安静下来，悄悄等待着夜色加重。外面的世界依然悄无声息地存在，任由时光的切割，切割成记忆的碎片。但这些碎片并没有留存在我的记忆中，反而变成了脚下的尘土。

后　　记

北山只是一个笼统的称谓，一定程度上代表了故乡、童年以及那片土地上的记忆与情感。

我所幸运的是，与北山相濡以沫的十年，是我性格和心灵接受山野塑造熏陶的十年。它们在我的记忆中以青春靓丽、充满活力的身姿呈现，成为填充我若干年后记忆虚空的发酵体。山野愈加迷离，心灵却从不迷航，因为山野厚重，始终在岁月中更替一轮又一轮时光的果实。它们带着无比的甜润或苦涩，犹如生活中尝尽的心酸滋味，在梦境与现实中杂陈。

北山留下我年幼时的足印，给予我心灵的温暖。它有着安静的时光，风雨暴虐的狂乱，白雪皑皑的等待，春日萌发的生机。多少年我在这里观察着山野的变化，体味着人情的温凉，送走了无数晨曦和黄昏，得到和失去着，痛苦和幸福着，渐渐地羽毛丰满起来，渐渐地勇敢起来，渐渐地走出了山野，走向了城市。

北山如父。多年后我写下北山曾经的记忆，更是写下北山父爱般的亲情。一座山的温度，是它无私地给予你心灵的慰藉，身体上的温暖，却从不曾向你索取。这是人世间最为伟大的爱，最为真挚的情怀，它超越了时空，成为永恒。

多少次在记忆中回顾，回顾山野时光，便是审视自己骨子里不曾泯灭的色彩，是那样淳朴，心灵依旧在北山驻留。我走过北山的角角落落，期冀表述清楚作为主人的熟稔，悉数家常般，不经意地流露一段发自内心深处的爱意。这种幸福是短暂的，如启蒙般最为原始的孕育，成为我生命中不可缺席的一段经历。

不在乎任何听客的倦怠或者现实的斑驳，只是与生俱来的印记，我们共同呼吸彼此的气息，犹如沉浑的林涛一样庞大地袭来，将你语感的果实淹没在丰收的光泽中。我们毫不掩饰地将每一个季节都搬弄出来，品尝着每一段命运旅程中收获的滋味；我们不得不说出来，这些经历过的沉默，这些自然的万象，这些跌倒过的疼痛；渴望炊烟与星辰升起，渴望品尝一条河流的凉意，渴望风拂去脸上的泪滴……

  这就是我想要向世界表述的，一段永不磨灭的记忆。它们鲜亮如初，伴随我在北山行走，一直行走下去，成为值得背负的乡愁。

著　者

2022 年 12 月